名家散文自选集

散文就是同亲人谈心

刘汉俊评说历史人物

刘汉俊／著

民主与建设出版社

刘汉俊评说历史人物

目录

一个人的四千年——说皋陶

故事从舜开始讲起吧。

但是这个故事实在不好讲。

话说舜是尧帝亲自物色的接班人。尧帝把帝位禅让给平民出身、历尽磨难的舜。后来，舜帝又把帝位禅让给了禹。这是中国古代两次最伟大的政治事件，确立了中国政治在继承人问题上的高峰。

关于尧帝、舜帝、禹帝的故事，《尚书》里有描述。这部书能成形并流传于世，功劳当推孔子。孔子编纂《尚书》之前，书中各篇已散见，是由历代史官撰写的，孔子进行了润色修改整理，是集大成者。《尚书》里收录了一篇《尧典》，记录的是尧和舜的故事。

《尧典》成于何时？有人认为是西周时期，有人认为是战国时期，有人认为是秦汉时期。《尧典》篇中讲述尧的故事发生在什么年代？名家各执一言，法国人卑奥根据前人对《尧典》里"四仲中星"天象的解释，推论尧的时期应为公元前2357年，即4000多年前。

如果此说成立，舜的时期就在这之后不久了。

从尧帝说起是为了引出舜帝。

舜生于姚墟，往上五世祖都是平民，自小历尽磨难却能以善处世，曾辛勤耕耘于历山，渔猎于雷泽，制陶于黄河之滨，在寿丘制作生活杂品，在顿丘、负夏一带经商。从这些经历不难看到舜有着丰富的生活积累。尽管身处低层，但舜的品德高尚，受人尊敬，他走到哪里，哪里就停止纷争，哪里就谦和相处，哪里就兴盛发达。后来，舜就被尧当做帝的人选来考察培养。

从舜帝说起是为了引出皋陶。在这里，"皋陶"二字读gaoyao（音高姚）。

皋陶的言论，在没有发现商代以前文字的情况下，是没有记录的，但口口相传的歌谣传说是最好的记载。孔子整理的《尚书》中，有三处辑录了皋陶的言论。一处是今文尚书中收录的《虞书·尧典》，一处是今文尚书中收录的《虞书·皋陶谟》，一处是古文尚书中收录的《虞书·大禹谟》。其中内容是从传说中梳理而成的。

中华民族是一个很有品质的民族，没有高德的圣贤君王是不能千古流芳的，能令世世代代缅怀的屈指能数。

皋陶就是其中一位。

舜的第一次全会

正月初一，吉日良辰，舜帝登临太庙。他深情地凝视天上的北斗，君临天下，环视四方。

三十一年前的今天，太庙还是这座太庙，北斗还是那方北斗，尧帝把帝位禅让给他。二十八年的摄政经历，三年为尧帝守丧的静悟，舜帝觉得该有一番作为了。

回想尧帝的恩德，舜恭谨不已。自己本是一个瞎子乐官之子，父亲心术不正，母亲喜欢说谎，弟弟态度傲慢，一家人对自己不亲不爱，还常常刁难，处境困苦，好在自己不计较不自馁，以美德孝行感化他们。尧帝听说后，派人来考察，还以两个女儿相许，以进一步考察自己的德行，看看能否堪当大任。尧帝让舜以父义、母慈、兄友、弟恭、子孝等"五德"教化民众，让舜行使总理百官事务的权力，让舜在明堂的四门接待四方诸侯听取意见，还让舜到茂密的山林里，在雷电交加的考验中而不迷失方向。经过三年的考察，"光被四表，格于上下"的尧帝决定把坐了七十年的天子大位禅让于自己。舜自忖："我何德何能，受此大恩大德啊？"坚辞不就，无奈尧帝信任有加，美意难却。

回想隆重的禅让大典上，恢弘的尧乐《咸池》回响于天地之间，在尧帝的主持下，舜虔诚地祭拜了上天，祭祀天地四时、山川诸神，开始行使帝权。从第二个月起，舜帝就开始到东方巡视，祭祀东岳泰山，协调了日月四时，统一了音律和度量衡，制订了礼仪规范、礼物规定等。之后，又南巡到南岳衡山，西巡到西岳华山，北巡到北岳恒山。最后回到尧帝太庙，设礼向尧帝报告。可谓风尘仆仆，殚精竭虑。

回想三十多年来，舜帝励精图治、克勤克俭，不敢有失尧帝的重托。他把全国划分成十二个州，封十二座山设祭坛，疏通河道，以畅其流。他每五年把全国巡视一遍，让四方诸侯分别集中到四岳来汇报工作，舜帝借此检视诸侯的政绩得失，论功行赏。为整饬社会，舜帝设立了刑罚，以儆戒人民；又告诫刑官要谨慎用刑。他整肃吏治，把阳奉阴违、阿谀奉承的共工流放到幽州，把与共工沆瀣一气、相互吹捧的驩兜流放到崇山，把犯上作乱的三苗驱逐到三危，把违法乱纪、为害四方、治水九年而无功的鲧流放到羽山。处置了这四大罪人，民众心诚悦服，拍手称快。

此刻，《韶》乐袅袅，日照朗朗。舜帝决定在太庙与四方诸侯君长谋划国事。他命人打开明堂的四门，以倾听四方声音，明察四方政务。冀州、兖州、青州、徐州、荆州、扬州、豫州、梁州、雍州、幽州、并州、营州的君长们肃穆以侍。

"啊，十二州的君长们！"舜帝说，"朕召你们来，是要讨论天下发展的长计啊。生产衣食必须遵守时节，这是老百姓的根本利益，你们要安抚远方的臣民，爱护近处的臣民，厚德行，任善良，拒绝那些邪佞之人，只有这样，边远外族的人才能臣服于你。"

众君长们点头称是。

舜帝目光逡巡四周，关切地询问道，四方诸侯们啊，你们有谁能够总理国家事务，率领百官勤奋敬业、奋发努力，有序有效地工作，光大先帝的基业呢？

"禹可以啊，他担任治理水土的任务，干得很好！"

"禹治水有功，有统率百官的才能。请帝明察善任！"

各方诸侯众口一词。

舜帝点点头，赞许地看着禹。

见此情形，禹顿感诚惶诚恐，赶紧叩头拜谢，连声说："帝啊，稷、契、皋陶三人比我有德才，还是让他们来吧！"舜帝慈祥地说："禹啊，你的态度很好，但还是你来干吧！"

舜帝把目光停留在稷身上，说："稷啊，百姓饥馑，你负责社稷事务，主抓农业，教人们播种各种谷物吧！"然后转向契，说："契啊，现在百姓不亲，人伦关系不顺，你任司徒，负责对民众进行道德五常的教育吧，注意要以宽厚为本噢。"

说罢，舜帝长时间注视皋陶，这位尧帝时期就担任理官的贤臣，端坐前排，恭敬地仰视舜帝。

舜帝语重心长地说："皋陶啊，南方外族部落经常来侵扰我华夏之地，杀人抢劫无恶不作，希望你来担任司法官，依法管理社会，好不好？你可以依法管事，在野、朝、市三种场合使用墨、劓、剕、宫、大辟等五种刑罚惩处有罪之人，按五种罪行把罪犯流放到三类地方。要明断是非，维护公允，让百姓信服啊！"

皋陶俯首领命。

于是，中国古代历史上第一个大法官皋陶，就这样出场了。

接着，舜帝又给垂、益、伯夷、夔、龙等二十二位大臣一一安排职责，要求众臣各司其职，恪尽其守。舜帝还颁布了奖惩办法。

这次会议，十二位封疆大吏到齐了，二十二位朝廷大臣到齐了，还现场推选任命了总理大臣、大法官、农业大臣、教育大臣等。

舜有五臣而天下治。禹、稷、契、皋陶、伯益这五臣悉数齐聚，帝臣共同研究制订了天下发展战略，选贤任能了一批干部，体现了民主集中制。

天下渐渐兴旺起来。

这是中国远古时期一次何等重要的会议！

没有这次会议，皋陶还如囊中之锥，难以脱颖而出。

舜的皋陶

英雄当生逢其时。

舜帝的知人善任，给了皋陶一个舞台。

四千年前的另一场高层闭门会议，则给了皋陶一个独舞的机会。

这次会议上皋陶的德政思想、法治思想、民本思想一一展示，凝成了千古经典。

会议的主要出席人是三位：舜、禹、皋陶。一位是天下大帝，一位是百官总理，一位是司法重臣。

舜帝让皋陶首先发言。皋陶说："舜帝啊，禹啊，我讲三个问题——

"第一，关于以德治国。先帝尧帝圣明，确立了许多道德标准，后世当继承光大尧帝的传统，诚实地推行德政，决策谋略要明智，百官要团结和谐，同心同德。"

禹插话说："所言极是，但是如何才能做到这样呢？"

皋陶回答说："舜帝圣明，关键在统治者自己，首先要自修其身，有高尚的道德。

"哪些道德要求呢？我以为，为官者要遵循'九德'：一是宽而栗，即既宽弘又有原则，二是柔而立，即既温良又有主见，三是愿而恭，即既谨慎又庄重，四是乱而敬，即既有才干又认真，五是扰而毅，即既善听意见又果敢，六是直而温，即既正直又不傲慢，七是简而廉，即既宏大又简约，八是刚而塞，即既刚正又不鲁莽，九是强而义，即既强勇又正义。

"君王如果能做到这九德，就能处理好天下大事；能做到其中三德的人，就能做卿大夫了；能做到其中六德的人，就能当诸侯了。

"所有官位无论大小都是上天安排的，众官都要兢兢业业不懈怠。按照这些道德来谨慎修身、坚持不懈，功业就可以建成了。

"帝啊，我以为，要亲近九族，这是我们部落形成的亲缘关系，是联盟中最核心的部落，是我们赖以存在的基本力量和核心骨干。厚待他们，使他们贤明起来，辅佐我们一同治理国家，然后由近及远，影响其他所有的人。

"帝啊，禹啊，我要谈的第二个问题，是关于依法治国。

"舜帝啊，您让臣负责刑罚、监狱、法治，帝命在身，臣一定当好这个司法长官。臣以为，法是协调人际关系的规则，天秩有礼、天命有德、天讨有罪，是上天规定了人伦秩序，父义、母慈、兄友、弟恭、子孝，君臣之间和衷共济、互相恭敬、团结一致。上天还用天子、诸侯、大夫、士人、庶人五等服装来彰显不同德行，又用五种刑罚惩治五种罪人。

"还有，我们要建立一个最重要的治国理政理念，那就是要德与法相结合啊！"

舜帝闻言，频频颔首。

"臣的这些话，是顺从天意的，应该可行啊！"皋陶说。

禹附和道："您的这些话的确可行，而且一定能取得实际成效。"

皋陶谦虚地说："其实臣什么也不懂，只不过是整日想着协助帝王治理国家，不辱使命罢了。"

舜帝、禹都点头，敬重地望着皋陶。

那张脸，色如削瓜。几分坚毅，几分自信。

"臣想谈的第三点，是关于以民为本。

"臣以为，治国理政，关键是把臣民治理好。要安民，得让百姓得实惠，他们就会把帝的恩惠记在心里。

"上天听取意见、观察问题，都是从百姓中听到的、看到的。上天褒扬好人、惩罚坏人，也是根据民意来进行的。所以说，上天与下民是通达的，只有敬畏民意，才能保住疆土啊！"

听罢，舜帝若有所思，"禹啊，你认为呢？"

禹顺着皋陶的思路，谈了自己带领民众治理滔天洪水的过程，讲了自己如何教民播种百谷的故事，应验了皋陶的说法。皋陶对禹的作为表示了由衷的赞叹。

会议结束，舜帝感慨万千地对禹和皋陶说："像你们这样正直能干的大臣，是朕的左膀右臂。朕要治理好天下，需要像你们这样的助手。让我们紧紧地团结起来，为民造福吧。"

君臣一干人豪情万丈，作歌唱和。乐官夔命人演奏乐器，《韶》乐响起九遍，百官相互揖让，并肩坐下欣赏，百鸟起舞，凤凰双飞，景象吉祥。

舜帝唱道："敕天之命，惟时惟几""股肱喜哉！元首起哉！百工熙哉！"意思是，"遵照上天的命令行事，时时事事都要谨慎恭敬""大臣们欢愉啊，君王的事业就发达，百官们就精神振作啊！"

皋陶受到感染，拱手叩首道："舜帝的教导啊铭记在心，君王作表率啊万事将兴，慎重行事，遵守法度，不断反省自己啊就能修炼成功。"

皋陶登上歌坛，唱道："元首明哉，股肱良哉，庶事康哉""元首丛脞哉，股肱惰哉，万事堕哉"，意思是，君王神明啊，大臣贤德，才有万事安宁，君王如果琐碎了，大臣们懒惰了，万事一定颓废！

圣坛下，一片和声。

舜帝点头称赞，行礼答谢。群臣或歌或舞，或吟或诵，一派歌舞升平、政通人和的吉相。

禹的皋陶

舜帝九十岁那天，把禹和皋陶召来跟前。舜帝说：
"禹啊，朕在天子之位已经三十三年了，而今是耄耋之
人，精力不济，难以勤政。而你不懒惰、不懈怠，你来接
朕的天子之位吧，率领百官，把天下治理好！"

禹推让说，我的德行还当不起如此重任，怕人民不服
啊。"让皋陶来吧，他勤勤恳恳，德高政显，民众都感恩
戴德，您把帝位给他吧！"

舜帝欣赏地望着二让其位的禹，想到禹总理文武百官
以来，治理山川河流有功，管理稼穑万物有方，出现了地
平天成的喜悦景象，官僚机构六府三事也井井有条，为长
治久安万世太平打下了基础，表现出杰出的德才。舜相信
自己的判断：天下若得此贤明之人，何愁不治！

但是，明君也须贤臣助。舜要为禹选一位好助手。他
把目光转向那张色如削瓜的脸。

"皋陶啊，朕任命你当法官以来，干得不错，臣民们
没有闹事，是因为你彰明五刑，推广五常教育，德、法
结合非常有效。施刑是为了无刑，民众和睦。这是你的功
劳，做得很好啊！"

皋陶躬身作谢："帝啊，那是因为您的大德大恩，弘德无边啊。简约治民，宽厚民众，实施刑罚不株连他们的子孙，而论功行赏却惠及他们的后代；宽待人的过错失误，不论他的过失有多大；处罚人的故意犯罪，不管他的罪责有多小；追究人的罪责有疑虑时从轻发落，奖励人的功劳有疑虑时宁可从重行赏。与其错杀没有罪的人，宁可自己陷于不善管理的责怪。您爱护臣民的生命，合民意，得民心，所以人民就不冒犯国家的管理。这都是您的功德啊！"

舜帝听得耳顺，圣心满满，说："假如说我能够遵从人民的意愿来管理国家，像风一样鼓动四方的人民，都是因为你的美德啊！"

那年正月初一的早晨，禹在尧庙接受了舜的任命，像当年舜受命于尧一样。皋陶和其他百官受命辅佐帝禹。

当年禹受舜之命治理江淮水患时，婚娶三天就出发了，后来因任务繁重过家门而没有回家。孩子出生了，禹也没有顾得上回家看一眼。由于兢兢业业地治水，业绩明显，赢得上上下下的称赞。

皋陶由此对禹的德行由衷地敬佩，他到了禹治水的地方，召集当地民众，说："长者们啊，贤人们啊，禹做的

事是关系你们生命财产的大事，你们要支持他，服从禹的
领导啊！""你们要不听禹的话，不支持他治水，作为法
官，我会用刑法来惩罚你们的。"

在皋陶的支持下，禹取得了功绩，舜帝的圣德也就彰
显出来，得到民众的拥戴。

如今，皋陶决心全力辅佐帝禹，创造和制定一系列德
治与法治的条文，以达到天下大治、天下兴旺的目的。

譬如，继续推进"五典五惇"，即让人们都遵守君
臣、父子、兄弟、夫妇、朋友的伦常次序，而且使这五种
关系固定下来，社会就和谐稳定了；"以弼五教"，即树
立五种教义：父义、母慈、兄友、弟恭、子孝等五种伦
理道德规范；"天秩有礼"，即定下"吉、凶、宾、军、
嘉"等"五礼"，吉礼即祭礼，凶礼即丧礼，宾礼即对外
交往礼仪，军礼即约束部落成员形成战斗力的纪律，嘉礼
为民众日常中的喜礼。礼制的确立，从此规范了国家的礼
仪、社会的秩序。

譬如，继续实行"五刑五用""五刑有服、五服三
就，五流有宅、五宅三居"等政策，即设五种刑律用于五
种用途，这五种刑律分别是墨刑、劓刑、剕刑、宫刑、大
辟刑，分别在野外、朝上和市区三个地方执行。也可以

分成五种罪行进行有住所的流放，可以分别流放到三个远近不同的地方。"五刑"也有甲兵、斧钺、刀锯、钻笮、鞭扑五种刑法之说，甲兵，即对外来侵犯和内部叛乱的讨伐；斧钺，系军内之刑，属军法；刀锯，系死刑和重肉刑；钻笮，是轻肉刑；鞭扑，是对轻罪所施的薄刑。让民众"明于五刑"，知罪而不犯罪。"五刑"创我国刑法之始。

皋陶奉行先帝尧确立的道德标准，制订出现实社会的行为规范。为让天下民众遵从道德礼仪，皋陶强调天人合一，主张"天命有德""天讨有罪"，同时还告诫帝王臣民要修身、明德、敬天、慎罚和安民，遵循天道、自然之理。

皋陶设计的法律制度强调司法公正与审慎司法，层次严谨、逻辑严密，严而不酷，疏而不漏，在社会上推广效果很好。

皋陶还做了两件事。

第一件事。他把经过周密思考、严密论证的法律条文，归纳成《狱典》，刻在树皮上，呈给帝禹审阅，禹看后觉得很好，就让皋陶实施。中国古代第一部法律文书《狱典》就诞生了。

第二件事。他发明了一种办案的方法：在大堂中供奉一只独角兽獬豸，一旦发现谁有罪，独角兽就用独角顶撞谁，十分灵验。"獬豸断狱"体现了皋陶铁面无私、秉公执法、断案如神，更彰显出司法公正、社会公平是皋陶司法的终极目标。

"皋陶制典""獬豸断狱"成为中国历史上依法治国的经典。

皋陶辅佐尧、舜、禹三帝，克己奉公，呕心沥血，为天下大治、万民和谐立下汗马功劳。

正当禹帝想第三次举贤于皋陶，把皋陶作为帝位继承人时，皋陶却因积劳成疾病逝。终年106岁。

皋陶的四千年

历史长河浩浩汤汤，思想峰峦苍苍泱泱。

回望中国的古代思想史，2500年历史须看孔子，4000年历史当看皋陶。

皋陶，是中国第一个思想高峰。

皋陶勤王有功，德高望重，虽然没能最终登上帝位，但后世把他与尧、舜、禹一同并列为"上古四圣"。东汉时期的思想家王充把皋陶与"五帝、三王、孔子"并称为

"人之圣也。"

中国历史上，皋陶是唯一被誉为"圣臣"的人。

皋陶之所以为"圣"，是因为他的思想。

皋陶生活的尧舜禹时代，是中国原始社会的晚期，天下无序，部落林立，有"万国"之喻。信仰习俗不一，苍生无范，蒙昧混沌。他制订的"五教""五礼""五刑""九德""九族"，规范了部落之间、部落内部的政治、经济、文化的秩序，形成了新的联盟制度和文化形态，并固化为治世方略。

皋陶的这些动作，为融合夷夏关系，形成华夏民族，产生国家形态，奠定了原始的基础。人类社会秩序拨乱为正的规顺者、社会阶层框架的创立者。这是先秦社会的第一次政治和社会改革。

皋陶是中华文明曙色中的第一轮朝阳。

我们可以给皋陶这样一个评价：他是自有文字记载以来，中国最早的政治家、思想家，是思想家辅佐政治家模式的开启者，是中国四千多年来政治文化的拓荒者，是依法治国和以德治国的首倡者，是儒家思想和法家思想的首创者，是古代治国理政思想，尤其是民本思想的开源者。

皋陶创造了中国先秦时期政治文化史上的诸多第一。

譬如，皋陶是中国古代民本思想的贡献者。作为辅佐过三代君王的重臣，皋陶有着深深的民本情怀，主张明刑弼教、以化万民，强调既要治民、管民、驭民，又要重民、安民、爱民、惠民，关注民生，听取民意，这些理念成为中国古代民本思想的源起。孟子"民贵君轻"的思想即来源于皋陶的"天聪明，自我民聪明"。

譬如，皋陶是中国古代儒家思想的创立者。用系统的道德理念约束人的行为，用完备的礼仪制度规范社会秩序，从德行中引申出仁政，从礼制中提炼出法治，这是皋陶的贡献。君德、臣贤，方能民安、世治。儒家思想的核心，就是一个字："仁"。正是因为皋陶对仁政的提炼与倡行，才有了《尚书》所说"德自舜明"、《史记》所说"天下明德皆自虞舜始"的局面。皋陶的思想被孔子继承和发扬光大，成为儒家理论学说乃至中国古代封建王朝治国理政思想的基础。

譬如，皋陶是中国古代哲学思想的奠基者。他提出了不以人的意志而存在、为转移的"天意"。这个"天意"实际上是我们现在说的客观规律，这一伟大的发现，标志着中国先圣先民对自然规律的探索，以及对社会运动规律和人类发展规律的认识，因而具有哲学意义上的思想革命。尽管皋陶没有直接指出司法运行与四季变化之间的关系，但可以从他的言论中提炼出"天人合一""德配天地"的观念，这成为汉儒董仲舒"天人感应"思想的理论基础。

譬如，皋陶是中国古代法治思想的先行者。他是中华法系的开山鼻祖，面对上古时期的自然异象环生，社会混沌无序，怎样才能让社会和谐稳定、有序发展？他兴"五教"、定"五礼"、创"五刑"、立"九德"、亲"九族"，建立了上古社会最早的纲纪，划定了中国社会最早的人际关系原则和行为规范，规整了天人关系、神君关系、君臣关系、臣民关系等，从此天下有"法"可循。皋陶的伟大之一，还在于他看到了法治与德治相结合，法治思想必须体现人道主义、民本思想的道理；看到了于法周延、于事简便、重在执法的道理。"皋陶制典""獬豸断狱"的故事，体现了皋陶对公正司法与秉公执法的理解。皋陶天生一副法官相。荀子在《非相》中描述"皋陶之状，色如削瓜"，一个面色青绿的法官形象跃然而出，这正是"铁面无私"的由来。作为一个司法文化符号，皋陶被自古以来的监狱奉为狱神，建庙造像以祭，狱吏和犯人都要顶礼膜拜。宋朝的《泊宅篇》里记载："今州县狱皆立皋陶庙，以时祀之。"皋陶也因此被称为中国的"司法鼻祖"。

皋陶是中国历史上第一位思想家、政治家。他的立言、立功、立德表现在治国理政的嘉言、良法、善政，对司法制度和政治文化的开拓。他的贡献功在当时、利在千秋，主导了华夏民族文化的发展走向，奠定了华夏文明基本框架的最初范式。他留下了思想，留下了业绩，也留下了口碑，为世代政治家、思想家所景仰，成为圣贤形象的重要代表和主要角色之一。除了本文所引用的《尚书》，还有《史记》的《五帝本纪》《夏本纪》、儒家经典《荀子》、道家经典《淮南子》、佛家经典《牟子理惑论》等有关于皋陶的记载。春秋时期的《左传》中有三处涉及皋陶，唐代《后汉书》、清代监狱管理著作《提牢备考》等也都有相关记载。

爱国诗人屈原在《离骚》称赞皋陶："汤禹严而求合兮，挚咎繇而能调"，挚是伊尹、汤的贤相，咎繇即是皋陶，意思是，成汤和夏禹都能和帮助自己治理天下的人志同道合，伊尹和皋陶也能和他们的君主和衷共济。应该说，这是屈原所憧憬的政治局面。孔子说，"舜有天下，选于众，举皋陶，不仁者远矣"，孟子称赞皋陶说："尧以不得舜为已忧，舜以不得禹、皋陶为已忧。"这些论述说明了皋陶仁政思想对孔孟思想的影响。

无有皋陶，何来孔孟！

关于皋陶的故事像是讲完了，但的确晦涩难懂。史料就是这样晦涩，历史就是这样难懂。

混沌初开的历史天空，皋陶是第一颗启明星。

一位面色如削瓜的先圣，屹立在历史先河遥远的源头。他像一尊文化符号，历经4000多年风尘的磨洗依稀泛亮，身后的长河汩汩滔滔，两岸葱茏……

丝路情歌——说周穆王

远古的一位君王，正渐渐被我们淡忘。

当我们在西部正午的烈日下，热乎乎地谈论汉朝的丝绸之路时，却不知道周朝的他一大早就坐上马车出发了，一个人在前面冷清清孤零零地走着。他是这条道上的早行人，背上已落满了三千年的风尘。

他叫姬满，3000年前西周的第五任君王，史称周穆王，或者穆天子。他50岁登基、执政55年，应该是中国古代上位时年纪最大、在位时间最长的君王之一，据说大约从公元前1054年活到公元前949年，105岁。

君王远足，周行天下，首推周穆王，他是中国历史上巡游最早、最广、最远，规模最大的君王。

据《史记·周本纪》载，他的父王周昭王姬瑕南巡荆楚，遭船工暗算，用胶水粘成的船在汉水江面突遭解体，一代君王竟然不幸淹死。这就是史载的"昭王南巡狩不返，卒于江上"。

父王之罹难，并没有阻遏住周穆王的脚步，反而激发了他的远征梦、天下梦。

遥想先祖当年筚路蓝缕开创基业，到立周为朝，经过了多少代人的赓续奋斗，今天如何开疆扩土，再兴伟业，是有作为的一朝之君必须思考的大事，百年大计，不思为患啊。

周人的始祖是后稷，黄帝的后裔。后稷是舜治天下的五臣之一。后稷之名为弃，弃的出生有神迹，马牛不敢践踏，飞鸟悉心翼护。弃成人后好务农耕，擅长种植麻菽，"民皆法则之"。消息传到尧帝耳中，尧帝举荐弃为农业大臣，令他"播时百谷"，于是"天下得其利"。尧帝对后稷的表现大为赞赏，赏赐封地，赠姓姬氏。姬氏一脉绵延下来，在禹、夏时期都曾兴旺发达，只是在夏朝太康时期略有闪失，但后来在公刘时期又重操务农本业，"百姓怀之"，多有投奔。姬人后代多积德行义，受到国人拥戴，古公亶父主政期间达到高峰，周边国家百姓都来归附。古公之子季历继位后，"笃于行义，诸侯顺之"，周国继续处在兴旺期。等到姬昌出生时，已是殷商朝设立450年，周国从一个落后小国发展成为一个先进大国，呈现祥瑞太平景象。姬昌被立为国君，他沿用后稷、公刘、古公、季历的治国理政法则，"笃仁、敬老、慈少""礼下贤者"，天下之士多归之，国运日隆。周国的兴起和姬昌的威望，引起了一些人的嫉妒，更引起商纣王的警惕，他感到了周国的威胁，于是他下令把姬昌囚禁在羑里。周国的大臣们赶紧设计营救，用美女、宝马、珍宝等献给纣王换出了姬昌。商纣还赐给姬昌弓箭刀斧等兵器，让他征伐它国。姬昌借势连克多个诸侯国家，势力逐渐做大，三分天下有其二。与此同时，姬昌在周国悄悄实行仁政善治，国运昌盛，周边国家有了纠纷都来请周国断个公平。与周国的崛起相对比的是殷商的日益衰败，商朝政治上日益腐败，内部矛盾日趋复杂，处在崩溃的边缘。周国已蓄势待发，在等待时机。后来，姬昌驾崩，被谥为周文王，享年97岁。

文王之子姬发，即武王继位，他联合诸侯发起了伐纣的战斗。牧野一战，武王领导诸侯推翻了历时600年的商朝，建立了周朝，经过周成王、周康王、周昭王，再到周穆王姬满，周朝已历五代君王80多年。尽管从父亲姬暇手里接过的周朝非常强大，距周幽王葬送西周还有200年，但姬发不敢懈怠，并且保持一种忧患意识和危机感。

不敢懈怠的原因之一是来自朝廷的颓势。周穆王对近臣伯冏说了这样一番心腹之言："伯冏啊，我没有修好我的品德，却继承了先人的大位，诚惶诚恐啊，我常常因此而夜不能寐，思考怎样免除发生过错。遥想文王、武王当年，高瞻远瞩，耳聪目明，身边所有的大臣都是忠良之人，全力辅佐君王，所有作息进出没有不恭恭敬敬的，所有发布的政令没有不正确的，所有臣民没有不遵从的，所有国家没有不美好的。而现在呢，只有我一个人没有良好的品德修养，依赖你们这些近臣来帮助我、纠正我，只有这样才能完成祖上交付的大业。

"伯冏啊，现在，我请你来帮助我匡正臣子们的行为，提高我的品德，不要任用那些花言巧语、阿谀逢迎之人。身边人都正直，君主才能端正；身边人都善于谄媚，君主也会自以为是。不能亲近奸佞小人啊，他们会引诱君主违背先圣法规的。"

周穆王看到了和平环境里的忧患和来自朝廷内的威胁。他必须走出去，安内同时攘外，以消除外患来释放内忧。

不敢懈怠的原因之二是来自西部的威胁。周地、周国、周朝一向受到西域犬戎的侵扰，自始至终，一直到西周的覆灭，都没有摆脱过这一隐患，可谓与犬戎同生同灭。

周穆王上任伊始，就想除心头之患，但遇到了阻力。《国语·周语》中载，周穆王想西征犬戎，祭公力劝他说"耀德不观兵"，不要穷兵黩武。周穆王不听，执意远征，而且是两征西戎。

尽管春秋时期鲁国的左丘明和汉代的司马迁异口同声地讥讽周穆王，说他的西征劳民伤财，只捞回来了"四匹白狼、四只白鹿"，而且把犬戎等游牧部落后来的不归顺怪罪于周穆王的征伐。

周穆王的举动是英明的。西征的意义，不在于获取多少，而在于实力的展示和势力扩大。即使周穆王不发兵西征，中原王朝也面临犬戎的骚扰，外患必然引发内患。伴随着周王室的强大，披发左衽的"鬼戎"渐渐强大起来，对周不贡、不王、不朝、不服已成事实。周穆王认为，靠先王"修意、修言、修文、修名、修德"，最后才"修刑"的办法，已经解决不了问题，除了"攻伐""征讨"别无选择，以攻为守，攘外安内，未必不是英明的战略。

西周王朝后来200年的历史也证明了这一点。正是逐渐强大的犬戎举兵攻周，夺取周朝国都镐京（今西安长安区），立朝285年的西周灭亡，西周的最后一个君王周幽王被犬戎逼进骊山后杀掉，留下了"烽火戏诸侯"的故事和"千金一笑"的成语。

周穆王的西征是正确的，西征之后的西巡也是正确的。浩浩荡荡的西巡，还留下了一段千古佳话。这段佳话使周穆王雄风猎猎的战旗有了一抹柔光和一丝暖风。

这段佳话，便是周穆王与西王母的"敖包相会"。

据古本《竹书纪年》记载："穆王十七年西征，至昆仑丘，见西王母，乃宴。"战国的《穆天子传》、汉代的《史记·秦本纪》《史记·赵世家》中对此也有记载。

从这些史料看，"穆王西巡"并不是神话传说，民间故事更是十分生动。

两次西征之后的某天，周穆王开始了气势震天的浪漫西行。他以著名驭手造父——秦始皇的先祖为车夫，驾着赤骥、盗骊、白义、逾轮、山子、渠黄、骅骝、绿耳等八匹最健壮的千里马，携大量奇珍异宝，在七队最彪悍勇士的护卫下，从东都成周，即今天的洛阳出发，一路往北，经今天的山西到达今天的内蒙古境内，再西折穿越今天的甘肃、青海，进入今天的新疆境内，辗转抵达昆仑山西王母国，受到神女西王母在瑶池的热情款待，品茗饮酒，歌舞仙曲，缠绵不返。

没过多久，得报徐国叛乱，周穆王才不得不匆匆返回，日行千里前往平叛。

临别，西王母情意绵绵地歌曰："白云在天，山陵自出。道里悠远，山川间之。将子毋死，尚能复来，"意即，山高路远，苍天在上，希望周穆王能再来看望她。"其辞哀焉"，让人柔肠百转，潸然泪下。周穆王情真意切地答曰："予归东土，和治诸夏。万民平均，吾顾见汝。比及三年，将复而野，"意即，"我先回东方，把国家治理好，把万民安顿好，我就回来看你，等我三年，我们再在这里相见啊！"肝肠寸断，不忍泪别。

西王母感动于穆天子的情系人民、心系国家，劝慰曰："徂彼西土，爰居其野。虎豹为群，乌鹊与处。嘉命不迁，我惟帝女。彼何世民，又将去子。吹笙鼓簧，中心翱翔。世民之子，惟天之望，意即，我虽然居住在虎豹乌鹊群居的蛮荒之地，但我是天帝女儿，要固守在西天不能随你而去。可怜的是我的百姓将要与你离别了。你是万民的君主，是天下的希望啊！"

一唱一和，难分难舍，有情有义。中国周朝一首经典的西部情歌，从此世代流传，此后的《康定情歌》《何日君再来》《草原之夜》等情歌都不过是它的翻版和老歌新唱。

唱罢，周穆王挥笔勒石"西王母之山"相赠，二人还共同植树以记。敦煌423号洞窟壁画中，有对这个故事的形象再现。

后来周穆王因公务繁忙食言，西王母却主动登门来探望了。史传西王母入周朝觐见，周穆王以贵宾相待，赐居昭宫。后人亦有猜测，周穆王的长寿与西王母传授道术有关。

浪漫归浪漫，史实归史实。

传说中的西王母之国、瑶池在哪里？专家各有说法。有人认为，按史传一万二千里的行程计算，西王母之国应在西亚或东欧；有人认为准确地点在阿富汗；还有人认为"瑶池"就是今天的哈萨克斯坦、土库曼斯坦、阿塞拜疆、俄罗斯和伊朗环绕的里海，一个世界上最大的咸水湖；或者是今天俄罗斯、格鲁吉亚、乌克兰、土耳其、保加利亚和罗马尼亚环绕的黑海，一个能连通爱琴海、地中海的内海。准确位置虽然争议，但大致方位却是相同的。

后来有专家指出，先秦时期的"里"只有今天的77米长。那么，西王母之国应在今甘肃、青海一带，中心位置可能在敦煌、酒泉附近。考虑到具体行程史记未必准确、真实线路缺考等因素，瑶池应该远不出新疆、近不过蒙古。由此推论，"西王母之国"并非一个西方缥缈的"极乐世界"，而极有可能是一个实实在在的西戎部落，而"西王母"也并非不食人间烟火的仙女，而是一位貌美、聪慧、多情且有正义感、责任心的女酋长，她还喜欢与青鸟为伴，在瑶池沐浴，修炼道术，有腾云驾雾之功。

这里想说的是，当时周穆王"宾于西王母。乃执白圭玄璧，以见西王母。好献锦组百纯，素组三百纯。西王母再拜受之。"周穆王献给西王母的礼物，除了玉石珠宝，还有"锦组""素组"就是丝绸，"纯"应该是丝绸的计量单位。也就是说，周穆王到西域，是带去了大量锦帛丝绸的。

不必质疑周穆王时期是不是有了丝绸。中国发明丝绸起于何时，难以界定，但上古神话传说中黄帝的妻子嫘祖发明"养蚕取丝"，就表明了丝绸的"线头"很遥远。新石器时代，黄河、长江流域出现家养桑蚕并缫丝织绢，距今约7000年至5000年的仰韶文化半坡时代、距今5300年至4200年良渚文化遗址，都发现过蚕丝实物标本。再往近，殷商时期的甲骨文中，与丝相关联的偏旁部首或独立字有

100多个。到了周朝，作为一朝之君的周穆王，当然要给美女送最好的礼物了。

故事虽然浪漫，但若止步于瑶池，那周穆王就不是君王。

西巡，只是周穆王行走天下的线路之一。

周穆王堪称君王中的旅行家典范。据史料记载，他常常出远门，一走就是两年之久、三四万里之遥。传说"穆王西征，还里天下，亿有九万里""穆王东征天下，二亿二千五百里，西征亿有九万里，南征亿有七百三里，北征二亿七里"，当时的路程如何转换成现在的里程，尚没有人能考证准确，但他巡游范围之广、距离之远、规模之大，简直是前无古人、后无来者，光随行官员和将士就达三四万人，相当于朝廷搬家，当然惊天动地、轰轰烈烈。

话说穆天子一举平定徐国之乱后，挥师东进，抵达九江，继而南征。《太平御览》卷七四引《抱朴子》说："周穆王南征，一军尽化。君子为猿为鹤，小人为虫为沙，"可见吾王威武。西周十三王，武王、成王、康王、昭王、穆王各有成就，其他各王尽显荒废，周朝末年虽有宣王的中兴之景，但已回天乏力。

因而有人认为周朝的颓势是从周穆王开始的，《列子》《左传》《史记》中有一些对他的诟病，如"不恤国事，不乐臣妾，肆意远游""欲肆其心，周行天下"，"昔穆王欲肆其心，周行天下，将皆必有车辙之迹。""乐而忘归"等。

这也难怪，天子长期不在朝，必然导致朝政松弛。但他的一些"游玩"，并非真正的游山玩水，而是志在天下，行通八方，是为王朝振兴所计，为天下殷实而谋，是很勤奋、很辛苦的君王。更多的史学家认为，周穆王姬满是一位充满智慧和雄才大略，而又能统御四方威震宇内的君王。是他打开了周朝以降中国的大格局，打通了中原走向外界的道路。

评价周穆王的西巡，有三点是应该把握的：

一是周穆王据中原之地，通过南征北战、东讨西伐，扩大了周王朝基业，巩固了统治地位，畅通了黄河流域、长江流域与西部的往来，促进了中原农耕文明与西北游牧文明，及东夷南蛮之地文明的交流，功莫大焉。

二是周穆王调整了周昭王"重南轻北"、"征南守北"的政策，在保持南方、东南方向扩张压力不减的情况下，加大了对北方、西北方向"荒服之地"的震慑。这对自古受戎、狄欺负，靠着向东拓展起家的周王朝来说，是一次伟大的战略调整。这一调整影响到中国几千年的战略，每一个朝代都不敢轻视中国的西北方向。

三是周穆王与西王母之间的故事，智者见智，俗者见俗，但他的浪漫之旅开凿了最早的西域之路，也为后世寻访丝绸之路留下了念想；为汉代打通丝绸之路披荆斩棘，铺垫了最初的基石，西行路上不再寂寞；为一切关于西部、西域、西天、西方的故事启了一个好头，西行文化成为中国文化的一道经典风景。

从这个角度说，周穆王的丝绸之路比汉武帝的丝绸之路，要早800年。

一个浪漫的约会，牵动了一个民族几千年的脚步。

躬谢周穆王。

尼山的月光——说孔子

上

山不在高，有仙则名。尼山静卧在山东曲阜城外约30公里处，朴素得像真理一样。虽然奇不过三山，险不过五岳，高不过340多米，却是中华文化乃至世界文明景观的制高点。因为尼山，诞生了孔子。

尼山脚下，默默地淌着古老的泗水。波澜不兴，却声震长河，因为孔子的临川一叹"逝者如斯夫，不舍昼夜"，与古希腊先哲赫拉克里特的"人不能两次踏进同一条河流"一样深邃，使潺潺小河泛起了哲学的波光。

仁者乐山，智者乐水，是孔子选择了这片神山圣水。

孔子生活在公元前551年—前479年的春秋时期，是中国古代，也是人类最伟大的思想家、政治家、教育家、军事家、史学家和文学家。有汉以来，历代帝王仕儒向他敬奉了无数桂冠，如"大成至圣""至圣先师""万世师表""天下文官祖，历代帝王师"。堪当此誉的，中国历史上仅此一人。

有一种存在，叫隽永。譬如，尼山冬夜的月光。

穿越2560年风云的华光，如浴如洗，纤尘不染，圣洁、高贵地悬在我的额顶，宁静而温婉。

千江有水千江月，万里无云万里天
孔子如月，辉映中华民族思想的耿耿长河

孔子是为思想而生的。

他建筑了一座思想的宫殿，嵯峨雄伟，金碧辉煌，政治学、经济学、文学、管理学、民族学、教育学、心理学、史学、美学、伦理学、语言学、档案学、艺术学、军事学、医学等多门学问蕴涵其间，思维廊腰缦回，灵感流光溢彩。他以仁、义、礼、智、信为基，忠、德、宽、恕、勇为栋，以孝、廉、恭、俭、敏为梁，和合、中庸、教化、六艺为檩，以《诗》、《书》、《礼》、《乐》、《易》、《春秋》为椽，以畏天命、明天理、敬天道为脊，高耸起中华民族最初的人文精神大厦。一部《论语》，大道至简，要言不烦，是孔子的微博，是天下最好的教科书，中华民族一读两千年，百读不厌，百思不尽，百行不至。

譬如，治政思想。"仁"是孔子思想的第一块基石，儒家文明的第一个圆点。仁者爱人，仁者无敌。孔子对奋斗者说，"仁者先难而后获，可谓仁矣"，先有奋斗才会有收获；对成功者说，"夫仁者，己欲立而立人，己欲达而达人"；对当政者说，"克己复礼，天下归仁焉"；对君子说，"非礼勿视，非礼勿听，非礼勿言，非礼勿动"；对普通人说，要恭敬、宽厚、诚信、积极、恩惠。以仁生义，由仁及德，孔子推崇为政以德，"譬如北辰，居其所而众星共之"，既敦促当政者"身正"，又教化民众向善去恶、尊德守法。孔子的仁政、德政观，构成古代最早的政治观。

譬如，民本思想。孔子"民以君为心，君以民为本"、"君以民存，亦以民亡"的"君民观"，既是对上古民本思潮的继承，也是对奴隶社会以来君本思想的批判，开启了"君轻民贵"思想的先河，代表那个时代先进文化的前进方向。孔子从《尚书》中整理出"民为邦本，本固邦宁"的理念，对今天以人为本的执政思想起到奠基性作用和历史性贡献。

譬如，教育思想。以道育人、以德化人、以术授人，是孔子教育思想的三个层次。他设坛开讲、诲人不倦，试图教化群氓有所皈依，让社会走向有序；他注重对人心性、品格的培育，试图把仁、义、道、德等关键词揉成泥、烧成砖、砌成墙，搭建精神的庄园；他主张"有教无类"，像一位勤奋的泥瓦匠，试图用知识的泥浆抹平人世间的贫富、贵贱、智愚、善恶、孝逆、雅俗的砖缝；他主张"师道尊严"，试图让混沌社会迷茫人性亮起文明的曙色。

孔子是为政治而生的。

从思想者走向实践者、从政治家走向思想家，他是有抱负的文化人、有思想的官员。他创立的儒家思想是为统治阶级服务的，他的国家观、社会观、人民观建立在国富民强、长治久安的目标基础上，无论是处在主流地位还是支流地位、支配位置还是从属位置，属性从未改变。春秋以降的400多位帝王，大多是孔子思想的践行者和注释者，得之者治，不得者乱。

秦始皇打天下、得天下的战略思想是成功的，但守天下、治天下的指导思想是失败的。显然他意识到儒生们借古非今的祸害、统一思想的必要，但"焚书坑儒"至少暴露了仓促之间的他不懂得如何用道德教化而非暴力的方式来处理社会问题，因而埋下了祸根，二世而亡。历史，没有给他足够的时间。

但刘邦不同。这位汉高祖一开始也是有打江山之勇、无坐江山之策，不好读书、怠慢仕儒。但他有两位儒生幕僚，一位是陆贾，一位是叔孙通。陆贾经常借念书给皇帝听的机会，灌输应以秦为鉴，以儒安邦。被洗脑的刘邦终于若有所悟，让陆贾撰写秦始皇之得失的文章读给他听。叔孙通则负责用儒家礼仪规范朝廷百官，如此这般地训练出了一个等级森严、秩序井然的大汉朝廷。公元前195年，刘邦专门到曲阜，成为中国历史上第一个祭祀孔子的皇帝。两个儒生，改变了一个皇帝。

而汉武帝更不同。公元前136年，汉武帝接受大儒董仲舒"罢黜百家，独尊儒术"的建议，用儒学思想统治民心，缓和了阶级矛盾，推进了社会的和谐稳定。汉武帝深知，以一种先进的价值观统领四分五裂的社会何其重要！他是孔子思想的成功践行者，是第一个使儒家学说登上中国古代思想史顶峰的帝王。一个大儒，帮扶了一个朝代。大汉王朝前后历时长达420年之久，与孔子思想垫底不无关系，此所谓"秦行霸道而亡，汉行王道而兴"。

孔子是中国古代社会核心价值体系的缔造者。他的政治主张、国家政策、文化观念、哲学思想、社会理论、道德倡议，从国家、社会、个体三个层面，锤炼出讲仁爱、重民本、守诚信、崇正义、尚和合、求大同的特质，以强大的内聚力、稳固性和认同感，奠定了中华文化最初的基因，引领了中华民族最早的梦想。孔子，是雄踞古代中国思想皇宫的帝王。

千江有水千江月，万里无云万里天。孔子如月，辉映中华民族思想的耿耿长河。

月在月光中走，风在风天里行
孔子如月，是中华民族的精神之光

孔子是一位勤勉而孤独的摆渡人。

——他奔忙于两个社会之间。奴隶社会寿终正寝、封建社会方兴未艾，孔子见证了新旧制度的更替。旧有的被摧毁、新生的还稚嫩，传统的被解构、重构的没认同，生产关系不适应生产力的发展。礼崩乐坏、天下大乱，孔子破船载酒泛中流，试图借回周礼以整饬社会，用儒家思想推动腐朽不堪的统治机器。但他像古希腊神话里那位徒劳而疲惫的西绪福斯，又像西班牙作家塞万提斯笔下那位满脑子理想、持长矛与风车搏斗的堂吉诃德。他的渡船上，没有乘客。

——他尴尬于两个阶级之间。孔子是新兴地主阶级的发言人、封建统治的维护者，又是没落贵族的代言人、平民百姓的接访者。他有"内圣外王"的境界，既想读圣贤之书，又想操统驭之术。他从"重民"、"安民"、"富民"、"教民"、"为民"、"爱民"出发，主张宽政于民、德政于民、仁政于民、藏富于民、施教于民，但统治者责怪他偏袒贱民，老百姓奚落他是丧家之犬，两边都不让他的船靠岸。

——他踌躇于两个角色之间。作为思想家，注定是先行者，也是孤独者；作为政治家，必然在现实的泥淖中挣扎。白天上朝满眼污秽一身脏臭，晚上回家沐浴焚香读书沉思，孔子在理想与现实之间、凡人与圣人之间奔突，窘迫而痛苦。把正确的思想建立在不适宜的年代，把远大的抱负寄望于不值得的君王，是孔子的失误。但无可逃脱、无法选择，他的漏船找不到系缆桩。

尼采说："我的时间尚未来到，有些人要在死后诞生。"孔子何尝不是这样！

纵然如是，孔子仍然是一座人文精神的高山，耸立在中国历史如铁的长风中。

——他是一个理想坚定忠于使命的人。孔子官拜鲁国司空、大司寇，辅佐过多国君主，有机会部分地施展他的理想。他居庙堂则爱其民，处荒野则忧其君，忠君当尽职尽责，爱民则尽心尽力。他忠于政治使命、文化使命，表现出优秀的政治品格、高尚的家国情怀和积极的文化担当。他在奴隶制度和封建制度的旧窠新巢中，顽强地张扬个体的价值，兑现着对国家的诺言、社会的关切，对君王的忠诚、苍生的体恤。孔子一生命运坎坷，幼年亡父、少年丧母，晚年失妻丧子，生活清贫，颠沛流离。既受过座上宾的礼遇，也有过丧家犬的狼狈，吃闭门羹、受冤枉气、遭误抓错打，被撵得到处跑，被骂得满心伤；君王的将信将疑、半用半弃、若即若离让孔子尴尬，同僚的排挤、陷害、嫉妒、诽谤让孔子愤懑。但是人生目标一旦确定，便如日月经天，前行不辍，以"三军可夺帅也，匹夫不可夺志"的坚韧，独守心中的理想与责任。公元前484年，已是68岁老人的孔子结束长达14年的流浪生活回到鲁国，想辅佐君王但忠谏屡不被纳，受尊而不被用。即便这样，孔子以古稀之年转向研磨古籍经典，居则在席、行则在囊，"发愤忘食，乐以忘忧，不知老之将至"，连编系竹简的牛皮绳都断了好多回。这需要怎样的意志！

——他是一个人格高贵道德完美的人。思想的圣洁源自灵魂的高洁，思想的力量基于道德的力量。孔子从《尚书》中提炼出为政"九德"："宽而栗，柔而立，愿而恭，乱而敬，扰而毅，直而温，简而廉，刚而塞，强而义"，选择就是态度，关注就是肯定。他主张做人讲诚信、守规矩、有约束、怀仁爱；他尊重劳动，崇尚勤俭，反对淫逸，主张克勤于邦、克俭于家；他确立自重自律自警自强的君子品格，赞赏舍生取义、杀身成仁的义利观，为天下人标出了道义的制高点和欲望的底线；他宁受劳顿之苦，决不苟且偷生，想借力济世，但不攀龙附凤、摧眉折腰；他意趣高洁，欣赏"一箪食，一瓢饮，在陋巷"而不改其乐的道德境界；他是有七情六欲、喜怒哀乐的普通人，温和、良善、恭敬、检点、谦让使他德馨飘远，四海弥漫。无怪乎司马迁顿笔发出"高山仰止……可谓至圣"的千古一叹。

——他是一个追求真理勇于创新的人。春秋乱世，注定要诞生英雄人物。谁能够发现人类的发展规律谁就能成为伟大的思想家，谁能够把握社会的运动规律谁就能成为伟大的政治家。社会变革纷繁复杂，政治力量此消彼长，现实对理论发出了呼唤。从真经中发现真理，在理论中构建理想，孔子孜孜以求。他捕捉到"重人事、轻鬼神"的思想火花，用以点燃人的主观能动性，这在君权神授的春秋时期是需要勇气的。他本不是守旧之人，他的"川上曰"是运动的观点、发展的思维。他的旧识新解、旧闻新知、旧说新语，他的真知灼见、新知新见，既博大精深、自成体系，又融会贯通、能学管用。他的"温故而知新"倡导知识的更新，更包括对思想与实践的创新。他创立的开放式学术体系，为中华文化的吐故纳新、绵延不绝奠定先天的品质。

——他是一个善于学习勇于实践的人。孔子是天下人的老师，更是天下人的学生。他初学周朝礼仪，遵从鲁国礼乐，苦读上古经典，掌握了礼、乐、射、驭、书、数等六艺，融汇了社会科学和自然知识。孔子学而有道，概括出"好学、擅学、博学、为学、倡学"的方法论；主张"学而时习之"、"教学相长"、"见贤思齐"、"三人行，必有我师焉"、"学而不思则罔，思而不学则殆"、"博学之，审问之，慎思之，明辨之，笃行之"的学习观。他拜圣者为师，向能者学艺，先后向师襄学抚琴，向郯子学为官，向老子学周礼，向苌弘学音乐，在齐国学习古典乐舞《韶》而"三月不知肉味"。他向贤达学习，也向基层学习，周游四方的经历就是深入实际、贴近生活、走进民众的过程；他不是"两耳不闻窗外事、一心只读圣贤书"的"夫子"，"四体不勤、五谷不分"的"呆子"。他剑不离手，射驭之术高超，奔跑速度追得上郊外的野兔。公元前500年鲁齐两国的夹谷会盟，正是因为孔子"有文事者必有武备"的预判，才挫败了齐国的阴谋。孔子重实践、讲习行，重实干、不空谈，走出了中国古代知识分子知行合一的成长之路。

月在月光中走，风在风天里行。孔子如月，是中华民族的精神之光。

下

当今世界，乱云飞渡，危机四伏，人类仿佛在踢一场找不到球门的球赛。怅然回首，那一瀑穿越了两千多年混沌、彷徨与苍凉的月华，从孔子诞生地尼山的上空静静地流淌下来，几分清朗，几分暖意。

人类历史，以老为尊。世界文明，以稀为贵。2560多岁的孔子老得像一尊雕塑、一门学说，拱手静候在思想隧道的最幽深处。他比苏格拉底年长82岁，比苏格拉底的学生柏拉图年长124岁，比柏拉图的学生亚里士多德年长167岁。这意味着，中国的孔子以领先西方思想源头"古希腊三贤"的脚步，接举了人类文明的圣火。

孔子是中国的，也是世界的。

孔子是人类的慧根，是世界的福根

与孔子一同生活在公元前500年前后的伟大思想家，除了古希腊的先哲，还有以色列的犹太教先知、古印度的佛祖、古波斯的先知等。可以想象，在那段岁月，人类思想的天空同时绽放那么绚丽的光华，世界文明的舞台同时回旋那么优美的旋律，该是怎样的文化盛景！

孔子，让世界生辉。

"和"是孔子思想的核心之一，"和谐社会"、"太平盛世"、"大同世界"，是历代儒家的共同理想，是中国梦的滥觞。以"和"为媒，中华文化圈、东亚儒家文明圈、世界儒家文明渐次形成，中华文明与其他文明友好接驳，这一过程只有和风细雨，没有古希腊文明进程中希波战争、伯罗奔尼撒战争的暴风骤雨，没有罗马天主教十字军东征的腥风血雨，也没有欧洲"五月花"号的凄风苦雨；以"和"为旗，儒家主张平等，反对使用武力，中华帝国曾成为调停纷争、震慑强梁，维护世界和平的力量；以"和"为舟，张骞出使西域，鉴真东渡扶桑，郑和七下西洋，海上丝路、唐蕃古道，丝绸之路、茶马古道，海上生明月，儒香传万里；以"和"为灯，中华文明雄峙瀚海，引渡异域文明的夜航，马可·波罗、利玛窦、遣唐使踏浪而来。"协和万邦"是共性的"最大公约数"，"和而不同"是个性的"最小公倍数"，如何求"和"，我们今天仍然要向孔子叩教。

孔子是人类的慧根。他指点了中华文明的共有圆心，也开辟了世界文明的东方原点。孔子师先儒而有独创，集大成而有深造，尊古但不守旧，坚守却能应变，创新与包容的禀赋优势成就了儒学的博大精深。孔子以后，孟子、荀子以及汉代经学、唐代经学、两宋程朱理学、宋明陆王心学、清儒，以及现代新儒的加入，使儒家文明蔚为大观；南北朝、元朝、清朝北方民族策马中原，促进了游牧文化与儒家文化的融合。诸子百家的合理成分被儒家兼收并蓄，儒家的仁爱忠恕与墨家的兼爱非攻、道家的道法自然、佛家的慈悲为怀、宋明理学家的民胞物与，一同构成中华传统文化的博大胸怀和深沉情感；儒家文明一路向东，传播到朝鲜、日本、越南、马来半岛等地；在中国西部地区与佛教文明、伊斯兰文明和谐共处相生相荣，大约400年前，《论语》等儒家经典就以法文、德文、英文、拉丁文出现在欧洲，影响过莱布尼兹、孟德斯鸠、伏尔泰、魁奈、康德、卢梭、马克思等一大批西方思想家；儒家思想与本土道教一道，在与外来佛教、基督宗教的碰撞中借鉴吸收，变而不化，刚而不散，走而不失，以超强的内敛能力、消化能力、同化能力和愈合能力，守住了中华文化的主流主体，为形成和接续世界文明作出了卓越贡献。"有朋自远方来，不亦乐乎"是交友之道，更是对外来文化的态度。儒家文明是中华文明的宝贵结晶，是世界文明的共同产物，是人类文明的共有财富。

器宇轩昂的东方圣人伫立尼山远眺西方，西方人也在翘首东望。近年来，西方一些机构评选"十大思想家"、"100位影响历史的人物"等，中国的孔子每次都名列前茅甚至位居第一。一些国家矗立起孔子雕像，建立了儒学研究机构。作为公平正义的象征，孔子与犹太人先知摩西、古希腊政治家梭伦的雕像并列镶嵌在美国联邦最高法院的东门上方。美国有关方面还曾通过一项纪念中国孔子的提案，赞扬孔子思想对全球的贡献。美国学者赫伯特·芬格莱特说，孔子发现的是"人类兄弟之情以及公共之美"。引用孔子的名言成为不少外国政要的时尚；几十位诺贝尔奖获得者曾聚首巴黎，呼吁"以中国孔子的智慧帮助全人类应对21世纪的挑战"。宗教界人士甚至提出用孔子的"己所不欲，勿施于人"消除种族、国家、宗教之间的隔阂。

面对差异与分歧、冲突与动荡，面对霸权主义和恐怖主义灾难频仍、人道主义危机红灯频闪，孔子的自由、公平、博爱、和谐理念，能否成为人类的普世价值？60年前中国政府基于"以和为贵"提出"和平共处五项基本原则"，富国贫国同样尊重，大国小国同等待遇，远亲近邻互不干涉，这能否成为国际大家庭的游戏规则？

如今440所孔子学院和646个孔子课堂散布在120个国家和地区，蓊郁的儒家文明之树能否让躁动的心灵找到安栖的枝头？

人在囧途，孔子是世界的福根。

公平评价孔子　正确对待儒学

孔子是中华民族的"床前明月"

孔子是世界的，但首先是中国的。

先秦时期的儒家学说只是受到某些统治者的青睐，孔子也只是因为个人才干卓越而受到器重，他的主张并没有成为当时的统治思想。他只是一勾新月，孤独地发着清辉，甚至是一炳烛光，只能照亮近处，温暖周围。

但是，光芒自有光芒的力量，哪怕微弱。历代仕儒们坚韧不拔、锲而不舍，以微风细雨滋心润物的方式点化冥顽、教化苍生，"为天地立心、为生民立命、为往圣继绝学、为万世开太平"，入世有为、经天纬地、厚德载物、自强不息，凝成古代君子品格，塑成中华民族的性格，如长风浩荡，如丰碑凛凛。

千淘万漉，千锤百炼，时光打磨机用两千多年的时间打造出仁、义、礼、孝、德、中、和等诸多儒家元素，写进我们的课本，嵌入我们的名字，镌刻在广袤神州楼阁宅院的门联匾额上，约定在古老国度的家训族规乡风民俗中，一直流进我们的血液，是我们民族道德星空的北斗七星。"己欲立而立人，己欲达而达人"的仁爱观；"见利思义"的义利观；"道之以德，齐之以礼"的礼教观；

"百行孝为先，百善孝为首"的孝行观；"仁义忠信，乐善不倦"的道德观；"执两用中"、不罔不殆、不狂不狷的中庸观；"和实生物，同则不继"的和谐观等，使中华民族的精神家园绿叶葱茏片片向上。

但是，有光必有影，丰碑的背后有影随形，我们当以马克思主义观点来审视儒家思想。

孔子对周礼的尊崇导致了后人对复古循旧的固守，儒家对官本位、权力等级意识的强调禁锢了人的能动性；极端的愚忠愚孝愚贞观念造成对人性的束缚和扼杀；"爱亲"之仁与"利国"之仁往往存在矛盾，以德治国与依法治国常常出现两难；秦朝的焚书坑儒使仁政退幕、闻儒色变，而汉代对儒家经典的过度尊崇，又使经书、经师、经学为举国追捧，导致崇拜和迷信，以及对经学的繁琐注释和离经叛道。孔子编经，秦人灭经，汉人尊经，唐人注经，宋人疑经，从德性伦理到威权思想，从被焚毁、被打倒到被尊奉、被扬弃，儒家学说命运多舛一波三折。许多要素被发扬光大，一些精华被毁灭殆尽，不少糟粕被渲染放大，各种唯心成分如杂草丛生。譬如，僵化教条阻碍了思想解放，繁文缛节降低了社会效率，家族观念产生了裙带关系；譬如，强调整体而忽视个体，强调德治而懈怠法治，强调教化而放松刑罚，强调仁治而忽略制度；譬如，重精神世界而轻物质世界，重清谈理想而轻身体力行，重读书做官而轻奇艺巧技，重文事礼数而轻武备事功，重人文哲学而轻自然科学，重辩证思维而轻推理分析，重知识积累而轻能力提升；譬如，对现实的急功近利导致对穷尽真理的忽视，实证意识、理性主义、科学精神相对薄弱；对现代文明感知迟钝，对侵略文化抗争不力，对西学东渐应对乏策，旧衣蔽体破帽遮颜，任凭雨打风吹去；对纲常关系的绝对遵从滋生怯懦奴性，革命精神和批判意识相对短缺，等等。中国文化的缺陷，都能从儒家学说的流变中找到病灶和根源。经过两千年的长途旅行，接受过辛亥革命和五四运动洗礼的古老儒学，仍然需要"洗洗澡"、"治治病"，一掸陈年的积垢与痼疾。

儒学是人学不是神学，儒教是教化不是宗教。儒家是思想舞台的要角，但不是政治舞台的主角，更不是历史舞台的长角，许多文化责任不能由儒家独担，更不能让孔子全部买单。

孔子思想是儒家思想的核心但不是全部，儒家文明是中华文明的主体但不是全体。只有去伪存真、正本清源，才能还原真实的孔子。譬如，后世儒家将"天理"与"人欲"对立而导致"礼教吃人",把责任归咎于礼教本身,是不客观的;譬如,"君为臣纲、父为子纲、夫为妻纲"这"三纲"固然不能死守,但在孔子主张基础上董仲舒提炼的仁、义、礼、智、信这"五常"哪一个能抛弃?朱熹提炼的孝、悌、忠、信、礼、义、廉、耻这"八德"哪一个能不要?不能因为后世有统治者以儒治国时软弱无能甚至丧权灭国,而忽视孔子对刚毅猛政、整肃纲纪的提倡;在宣示孔子的仁政观时,不要回避孔子对管仲、子产等法家人物思想的肯定,宽猛相济、刚柔结合才是孔子的主张。不能把孔子所倡导的、本属于人类社会发展的共同规律,孔子所揭示的、本属于人类文明进步的共性价值,视为封建糟粕;不能把后世儒家的奇谈怪论、歪理邪说,以及孔子所不齿的"怪力乱神"等文化垃圾扣在孔子头上;不能把对孔子思想的误读与浅读、误解与肢解,甚至出于政治目的而制造的歪曲与中伤,当作孔子思想的本意、本原和本真。孔子的学生,以及孟子、荀子、董仲舒、韩愈、程颐、朱熹、陆守仁、王阳明等,对孔子思想有忠诚的继承,也有自由的发挥,就像英国著名学者肯尼思·麦克利什所指出的:"某些孔子本人可能会斥责的东西现在也被归附于孔子的名下"。对孔子的不公平,是对历史的不负责任。孔子是人不是神，评价孔子既不能丑化、妖魔化，也不必美化、神化，可供之庙堂不可束之高阁，应该让孔子告别神坛高寒处，回到温暖的人间。

中国是孔子的故园、儒家的摇篮，马克思主义中国化的历程，就是与中国文化融合的过程；当代中国所遵循的创新理论之所以生机勃勃，是因为其中国文化底蕴深厚，这就是中国特色。如何在波澜壮阔的科技浪潮中绽放思想的光芒，在此起彼伏的战争狼烟中发出文明的信号，在纷繁复杂的市场竞争中确立道德的标杆，在全球化进程中建立起精神的里程碑与灵魂的红绿灯，这是儒家的新担当。儒学的现代化决不等于全盘西化，更不等于欧化、美化；要弃旧图新，吸收一切文明成果，但决不能更弦易辙失去民族之魂。文过饰非与吹毛求疵，都是历史虚无主义的表现。如果把孔子思想从我们的血管、骨骼中抽空，中华民族就会思想贫血、精神缺钙，中华文明就没有了生命的底色，关关雎鸠何处栖息，苍苍蒹葭毛将蔫附？日暮乡关何处是，烟波江上使人愁！

人类揖别猿类走到今天，并非一切都比过去先进、比前人文明。高精武器的尖啸不绝于耳，使这个地球血色斑斓、腥风突起，何谈文明？中外先哲对天人关系的深沉思考、对和谐世界的蓝图描摹，几人能及？孔子等古代先儒对道德精神的建树与自律，谁能超越？

孔子是唯一能让炎黄子孙天下归心的集结号，是中华儿女血气相通的文化脐带，是中国社会核心价值的"定盘星"，是中华民族的"床前明月"。

青史不泯，经典不老。中国是《诗经》的故乡、《论语》的讲坛，我们应该高声吟诵民族的经典，就像基督徒读《圣经》、穆斯林背《古兰经》。一个心中没有神圣的民族是没有尊严的民族，一个不珍视自己经典的民族是没有力量的民族。如果我们连自己的先贤都不敢礼敬，还能有怎样的文化自信与自豪？一个民族不能退让到连自己情感底线都守不住的地步！

揣一本《论语》在胸口，人在长河中行进，心在长天里漂洗。累了困了，寂寞了失落了，愁眼遥望尼山月，心便打烊回家了。

回头看月，淡云轻拂，那玉盘上分明写着四个字：光而不耀。

（原载于2014年2月13日、2月20日《人民日报》）

千古楚歌——说屈原

每逢端午，遥祭屈原。一个人与一个节日、一种民俗关系如此之紧密，中国历史上唯此一人。

屈原，一位让世代中华儿女年年记起的先祖，一个让历代文人仕子朝诵夜吟的巨擘，是我们这个民族精神篇章中的一个厚重的标题。

拂去历史的云烟，掸落鏖战的尘埃，一尊伟岸的独行者身影从遥远的两千多年前渐行渐近。

屈原，是中华民族的一根铁骨。

历数古今中华先贤，列在前几位的，当有屈原。有人认为，他是中国历史上第一位真正具有纪念价值的爱国精神缔造者，第一个真正具有忠肝义胆、满腹才情，敢于以身殉国、以身殉道、以身殉志的爱国主义战士。

感谢司马迁，从浩浩汤汤的历史长河，从亘古不息的汨罗江中，打捞起这位中国古代伟大的政治家、思想家、外交家、文学家，他在《史记》中用了1200多字让后世记住了那个不屈的脊梁。

屈原是战国后期楚国人，籍贯湖北秭归，生于公元前340年左右，卒于公元前278年。他生活在楚国的国都郢，也就是在他投江500年后被刚愎自用的关羽大意丢失的那个荆州。年轻时的屈原担任过楚怀王的左徒，伴随左右，深得器重，参与和执掌楚国许多重要军政外交事务，起草宪令，修正法度，展示了高超非凡的治国理政才干。这一意气风发、豪情满怀的时期，确立了他事业的高度。

屈原人生的另一个高度是他的文学成就。他创作的《离骚》《天问》《九歌》《九章》《招魂》，耸立起中国文学风光雄奇的巅峰。《离骚》被公认为中国古代文学史上篇幅最长、最具有浪漫主义色彩的政治抒情诗；《天问》以奇特的诘问形式、异常神奇丰富的想象力，一连向上苍提出170多个问题，涉及天文、地理、文学、哲学等许多领域，既敬天尊神法道，又借天问道、借古喻今，叩问现实，质疑巫术的盛行，充满科学求索精神；在祭歌基础上提炼而成的《九歌》，结构精巧，斑斓绚丽，唯美惟妙，塑造了或优美妖娆或庄重典雅的云中君、湘君、湘夫人诸神形象，成为传世经典之作。《离骚》之后没有

《离骚》，《天问》之后《天问》不再，《九歌》之后难寻《九歌》，屈原之后的中国文化人都聚集在这座高山之下，挖掘文学奇想的泉眼和思想的深井。

无论从哪个角度看，溯寻中国文化的源头，都不能不端视汨罗江畔那一尊行吟者的身影，去仰视中华民族的精神高度与文化高度，触摸那钢筋铁骨一般的"屈原精神"。

我以为，屈原的精神高度至少表现在以下方面：

一是国家至上。屈原志存高远，心系国家，襄理朝政，竭力勤勉。他主张对内变法图强、对外联齐抗秦，一度使楚国富足强盛，实力雄厚，威震诸侯。他"明于治乱，娴于辞令""接遇宾客，应对诸侯"，对内对外都是一把好手。但他并非总是春风得意，他遭遇到了一个强劲的来自外部却深潜楚宫的政治对手——秦相张仪。此人是中国历史上著名的谋略家和纵横家，诡计多端、老谋深算、胆略过人。张仪的一生有两件最得意的政绩，一是几度破坏楚齐联盟，为秦国成就霸业扫清了前障；二是成功地离间了楚怀王与屈原的关系，使楚国驱逐忠良，丧失清醒，丢掉了雄起的基础和机遇，最终为秦所灭。这两件事合而为一，那就是张仪打败了屈原，抽掉了楚国的一根铁骨，但创造了一个英雄屈原。张仪十分清楚屈原是楚国唯一使他感到威胁的对手，他收买靳尚，设诡郑袖，蒙骗楚王，谗害屈原，可谓用心良苦，心机算尽。屈原也清醒地认识到楚国真正的敌手是强秦，"横则秦帝，纵则楚王"，不是楚吃秦，就是为秦所吃。但屈原心在国家，忽视了身边小人的力量，或者说是看重的是道德层面，看轻了政治的残酷。这是战略败于战术、谋略败于谋术、谋事败于谋人的经典案例。两人较量的结果是，正不敌邪，屈原惨败。从一定意义上说，楚秦之战实质上是屈、张对决，屈死而楚灭，张狂而秦胜。尽管如此，屈原至死也没有放弃对国家的责任和对使命的担当。历史的篇章总是飞扬着流畅与滞涩的墨迹，正邪不分、忠奸难辨的故事时常发生，让人嗟叹，但车轮总能曲曲折折歪歪扭扭地往前走。其实，中国"大一统"的思想并非始于秦始皇，春秋争霸，战国争雄，诸侯之间的征战都是统一战争，是诸多帝国梦的灰飞烟灭与推倒重来。屈原的政治见识使他看到了战争的性质，知道战争的赢输决定着国家的存亡，而不仅仅是一城一池的得失，因此他的忧虑远比一般人要深沉、痛彻得多，忧楚、兴楚、强楚之心日月可鉴。国之将亡，已无暇计较个人恩怨了，为了维护国家利益，他不

惜牺牲个人前途直至自己的生命。一次次忍辱负重、拼力
斡旋，使楚国得以联齐而苟延残喘，但又贪又怕、又狡又
拗的楚怀王最终背信弃义，中秦计而绝齐，以致受袭无援
时，为秦所灭。一切幻灭之后，屈原拼将生命全部能量的
最后一跃，是以身许国、以明心志，像一颗炸弹，试图让
一声轰响毁灭楚王的痴梦，算作一个提醒。这种为国尽忠
的信念，构成屈原精神的主体，渐渐凝成中华民族传统爱
国精神的发祥与核心。

二是忠君忧民。屈原身居庙堂而心忧天下，身居荒野
却顾盼庙堂。他对楚怀王曾有深厚感情，一度几乎寄予
了他所有的政治理想和事业追求；但又怒其不争、怨其不
察、恨其不用、哀其不幸，悲叹昏聩之君误国、蛊惑之
佞亡国，可谓爱恨交织。即使屡遭离间、屡受陷害而被疏
远、流放，他仍然一步三回头，期盼君王的幡然醒悟和召
回。在"楚才晋用"的时代，屈原有足够的理由选择离
开，像春秋时期的孔子一样周游列国，一边寻找明君，开
垦自己的政治试验田，一边传道解惑，宣扬自己的政治和
道德主张。"荃不察余之中情兮，反信谗而齌怒"，对楚
怀王爱恨交加、有怨有诉。但屈原宁死也不愿意离开楚国
一步，对国家、对君王的忠心耿耿。即使对昏聩的新主顷

襄王，屈原也同样抱有过幻想，浪迹荒野之时仍以诗赋寄情，提醒朝廷，但终成一厢情愿、枉自多情，心血东流去。屈原之所以受后世追认，一个重要原因是爱民。他忠君情结和爱民情怀并存，对民生有更多的体恤，他"长太息以掩涕兮，哀民生之多艰"，在忠君与爱民的矛盾中备受煎熬。以民为本，敬天法祖体恤苍生，为民请命，对百姓充满深深的同情和哀怜。屈原身为宗室重臣，却站在劳苦大众一边，反对世卿世禄、限制贵族特权，明知这样必定会触犯贵族垄断集团的利益，但他"岂余身之惮殃兮，恐皇舆之败绩"，对民众、对王权的忠诚昭然若揭。两千多年来，屈原这种忧国忧君忧民的情怀一直深深地影响着中国传统知识分子。

三是坚持真理。真理贵在发现，难在坚持。坚持真理是需要智慧的，屈原负责过许多国计民生大事，对政治、社会、文化、外交等领域有着自己的想法，他的倡导法制、鼎新革故、推进民主、选贤用能等改革思想，对于建立一个强大的楚国无疑是很有价值的。譬如他提出"举贤而授能兮，循绳墨而不颇"，以奴隶傅说、屠夫吕望、商贩宁戚成才的故事为例，说明不拘一格选用人才的重要性，这一人才兴国的思想在那个时代是具有先进性和开拓性的。坚持真理也需要勇气，屈原对"世溷浊而不分兮，好蔽美而嫉妒"、"世溷浊而嫉贤兮，好蔽美而称恶"的世俗污秽深恶痛绝，敢于剑挑楚国政治的失误、吏治的腐败、贵族阶层的贪婪，甚至胆敢指责楚怀王、抨击顷襄王，威风凛凛，寒光闪闪，锐气逼人。《天问》即问天，是向专制权威的挑战，表现出大无畏的质疑精神和勇气。坚持真理更需要百折不挠的毅力，屈原的远大抱负和政治理念一旦确定，便坚贞不改、矢志不渝，"虽九死而犹未悔"。即使在遭贬放逐的路上，仍以"路漫漫其修远兮，吾将上下而求索"来自励，像一个战士，义无反顾。屈原的耿耿正气，感染着一代又一代为真理而斗争的勇士。

四是情怀高洁。屈原志向高远、志趣高雅，有着对美好事物的追求和高贵节操的坚守。"制芰荷以为衣兮，集芙蓉以为裳""朝饮木兰之坠露兮，夕餐秋菊之落英"，这些葳蕤芬芳、烁金泛银的精美文字，像镜子一样照映着他那纯净的灵魂与高洁的思想境界；"后皇嘉树，橘徕服兮；受命不迁，生南国兮。深固难徙，更壹志兮……精色内白，类任道兮……嗟尔幼志，有以异兮；独立不迁，岂不可喜兮！"他以橘言志，表达了自己表里如一、坚贞不屈的品格；"民生各有所乐兮，余独好修以为常"，"举世皆浊我独清，众人皆醉我独醒"，表达了他洁身自好与清醒自重的秉持；"伏清白以死直兮，固前圣之所厚"，表达了他爱憎分明、刚正不阿的浩然正气；"宁溘死以流亡兮，余不忍为此态也"，"宁赴湘流，葬于江鱼之腹中，安能以皓皓之白，而蒙世俗之尘埃乎！"表达了他对"贤圣逆曳兮，方正倒植"的昏暗时代的猛烈抨击和对黑恶势力决不妥协，纵然招致灾祸也决不苟且偷安的坚定决心。

忠烈屈子，千年一叹！

一声赞叹，一声悲叹。屈原纵身一跃，将自己定格成中国历史上最早的悲剧英雄。

楚国社会千疮百孔时弊丛生，政权昏暗腐朽摇摇欲坠，政治生态险恶，官场上毫无清明正气可言，使屈原有生不逢时之感。他的真知灼见被君王视如草芥弃如敝屣，他的才干遭到无能之辈的嫉妒，"上官大夫与之同列，争宠而心害其能"。楚怀王授权屈原负责起草国家宪令，屈原草稿未定，而"上官大夫见而欲夺之，屈平不与"，上官大夫便向楚怀王进谗诬告屈原，使之"信而见疑，忠而被谤"。用现在的流行语来说，是魑魅魍魉们的"羡慕嫉妒恨"祸害了一代忠臣贤良。

更可悲的是，屈原遇上了两代昏君。

强秦兵临城下，弱楚危在旦夕，楚怀王却屡中张仪之计，违背盟约与齐断交，既恼羞成怒又不讲信义，既贪婪自私且鼠目寸光，终于孤立无援，求救无门。被晾在一边的屈原看到了楚齐断交的严重后果，力阻无效，反而被逐出朝廷，流落到汉水之北。后来楚怀王终于被秦国诱捕，客死他乡。被流放的屈原"眷顾楚国，系心怀王"，为故主的罹难而悲愤，更为不思进取、无所作为的新主而悲哀，为新主听任满朝奸佞庸臣祸国殃民而愤怒。顷襄王更是心胸狭窄之人，他一怒之下将屈原驱赶到更偏远、更艰苦的江之南。面色憔悴、形容枯槁的屈原披发行吟，顽强地写下一篇篇政治性的辞赋诗作，执着地诉说他的爱国忧民之情、救国济世之策，坚定地表达他的楚国复兴之梦。无奈顷襄王在媚秦自戕的道路上越陷越深，楚国也就气数已尽，行将就木了。公元前279年，秦国悍将白起攻打楚国，引水灌城，一下子淹死楚国军民几十万人，还攻占了屈原的出生地、楚国的国都郢。第二年的五月初五，屈原投江殉志，留下千古奇恨、千古沉冤、千古悲歌。

臣事明君，将遇良才，这是中国历代仕子所追求的昌明环境。国与国的较量实质上是王与王的对弈和对决，一国之强弱取决于一君之明晦。屈原经历三代君王、事奉两代国君，但他们一个比一个昏聩，一个比一个素质差。楚怀王胸怀狭隘、目光短浅，朝秦暮齐、言而无信，低劣的政治品格、低下的政治智慧，使楚国的式微成为必然；顷襄王更无理政智慧可言，耳聋目塞，纵容小人弄权，使楚国驶入了加速灭亡的快车道。两朝昏君，一般器量，是楚国的不幸，更是屈原的大不幸。作为一位政治家，屈原从明亮转为黯淡，直至陨落，是他个人的悲哀，更是一国之殇。

屈原的悲剧，也在于他自身的不悟。

他或许没有意识到，他的壮志难酬除了有小人的嫉妒和陷害外，深层次的原因是国内阶级矛盾尖锐对立，而又缺乏一个强有力政治集团的统治。屈原所代表的士大夫阶层与君王之间的矛盾，是改革与守旧、民权与君权、维权与专制、分权与集权之间矛盾冲突的集中表现，是他的改革思想与君王权力意志之间、国家利益与统治集团利益之间矛盾冲突的深刻反映。而且这些矛盾在内外交困中迅速发酵激化、不断升级，使社会的分崩离析一触即发。外有强梁虎豹环伺，内有蚁蠹贪噬豪取，风雨飘摇的楚国大厦安有不倾覆的道理？屈原满腔热情地想挽狂澜于既倒，无疑要成为矛盾的一方——这是势单力薄的一个人与一个腐朽势力、利益集团的对峙，文弱书生想螳臂挡车，这是他的幼稚、天真与单纯。面对外腐内朽、苟延残喘的统治系统，屈原没有跳出专制权力的樊篱，没有号召民众摧毁专制统治的意识和力量。他不如70年后的农民陈胜、吴广那么勇敢无畏，不如楚国贵族后裔项羽那么气魄盖世，不如流氓无产者刘邦那么无所顾忌。这三拨人都是楚人后代，是他们前赴后继、共同奋斗，三年而灭秦，应验了屈原同时代先知的预言"楚虽三户，亡秦必楚"。脱离政治系统使他失去了权力，脱离广大民众使他失去了根基，屈原的抗争无异于自己抓起头发往上拔，即使拔光头发也无济于事。这是一种不彻底的反抗，但是，反抗总比不敢反抗好。

屈原的悲剧，还在于他文人式的愚忠。

怒也好、怨也罢，骂也好、哭也罢，屈原的忠君思想是不曾动摇的，他的死也证明了这一点。这源自他所受的封建传统的教化和传统文化的熏染，源自他的政治理想对专制统治的倚重和依附、对君王权力的效忠与臣服，源自他的政治品德和人格操守。有人言其为才所困、为情所惑，那实在是看低了屈原。屈原的远见与胸怀是他的同僚们无可企及的，只是他有着书生的意气与弱点，崇文而不尚武，有宏韬而少谋略，没有革命的勇气与能力，没有振臂一呼而应者云集的号召力，没有敢说敢为、揭竿于阡陌之中的魄力。他把全部理想寄托在一个君王身上，一叶障目，看不到时代的趋势、朝代的更替、社会的规律、民众的力量，他的忠君思想显然具有浓厚的愚忠色彩，是一种文人式的抗争，是那个时代无可铣削的胎记。

屈原以身自洁、以死明志的精神可赞可叹，但一己之净并不能换得天下之洁。他的投江，无疑是投向黑暗、腐朽、窒息、昏聩君主专制和污秽官场的一枚人体炸弹，有惊世骇俗的一声轰鸣，但也只是一响而已，终究无益于国内政治矛盾的缓和与消弭，无济于民生的改善和楚国命运的起死回生，更无力撬动古代封建专制统治的沉重铁板。他以自戕的方式，给一个国家的式微画上了一个富有预兆式的句号，所荡起的涟漪波及中华民族两千多年。

屈原从政治顶峰坠入人生的窘境，从政治家回归到落魄文人，从理想的贲张走到了惨淡的现实，这种落差使他的思维从博大走向了单一、从宏观走向了微观、从灵变走向固执。他看到了楚国的末日，不愿意接受秦国即将一统天下的趋势，在奋起与隐遁之间，作出了痛苦和尴尬的选择。其实这是中国第一次实现大一统前夕的无谓挣扎，在摧枯拉朽的历史车轮面前，一切都会被碾得粉碎。屈原稀里糊涂地充当了一个有气节的螳臂，既可敬，又可怜。为一个不值得的政治系统而殉情，这是屈原的局限，也是屈原的悲剧。

屈原，是中国文人的一滴眼泪。

从这个角度讲，屈原应该向比他年长210岁的"至圣先师"孔子学习。当年孔子周游列国不为重用，或者被供而不用，也曾郁闷过，但他看清了现实的无奈，并不过多怨天尤人，只轻轻地一声叹息后，便一头扎进典籍诗书中，梳理上古时期的经典思想，集成和开创了博大精深的儒学思想。孔子的思想如一轮明月，映照人类文明的长河2500多年。人类文明史上影响时间之长远、影响力之深刻、影响范围之广的思想家，唯孔子为最，他在奠定历史文化高度的同时，成就了自身的精神高度，后世无以企及。苍天有眼，巨擘如风，总是在重重关上一扇门的时候，为你轻轻推开一叶窗。只是屈原没听到风吹窗启的吱呀声儿罢了。其实，人生原本就是多元、多彩的。

屈原的刚和孔子的柔，都是民族的骨骼，都是民族的性格，共同构成中国传统文化的精神巨雕和英雄史诗。

之所以感谢司马迁，是因为他敢于真实客观地评价屈原。像屈原这样一位不得志的贬官，在当朝的史官笔下是很难有真相可言的，如同对中国历史上许许多多被始用终弃的文臣武将的评价一样，历史是胜利者的历史。但是司马迁不同，他在屈原愤然投江150年后伫立汨罗江边凭吊先贤，那时的他只有20来岁，一样的满腹经纶，一样的家国情怀，"余适长沙，观屈原所自沉渊，未尝不垂泪"。他高声诵读屈原的诗辞歌赋，志趣相投，英雄相惜，涕泪长流，所以他笔下的屈原才那么真实、那么有神采。司马迁的垂泪，是屈原溅起的水珠，是接续古今情感的一脉清流，因为25年后的公元前99年，司马迁因"李陵事件"而触怒汉武帝，出于同样的悲剧、同样的悲情，他发出了"人固有一死，或重于泰山，或轻于鸿毛"的慷慨悲歌。我想，司马迁把屈原的死应该看得很重，而把自己看得很轻，因为他要著书立说，留住历史，记录包括屈原在内的悲剧英雄。从这个意义上说，屈原还应该向比他小210岁的司马迁学习。孔子、屈原、司马迁，各有志向，都是中国精神的骨骼。

悲剧英雄也是英雄，纤弱战士也是战士。挡车螳臂是一种战斗，以死抗争也是一种战斗。水柱擎天，英气断流，屈原用生命在中国的历史长河上，矗立起一尊令后人仰望千年万年的丰碑。

仰望是需要载体的。文化的盛宴无须山珍海味，一枚粽子足够，加上驱邪的雄黄酒、奋进的龙舟队，更好。棱角分明，粽叶幽香，年年端午，款款深情，咀嚼和回味的是一种精神。有意思的是，中国人选择了在孔子的诞辰纪念日祭孔，亦选择了以屈原的忌日为节日，从此，中华民族的文脉里，弥漫了一种淡淡的忧思，以及绵绵的诗意。

制定天下——说秦始皇

功过是非，任由后人评说。这几乎成为历来政治家们和史学家们的一句口头语。

但如何评说，却不是一句话能说清楚的。

离开人类社会发展的规律和当时的历史条件来评价一个人，或者说从某个政治家的目的、政治学说的需要出发，给某个历史人物一个定论，不符合唯物史观。

人民群众是推动历史前进的巨大力量，这是马克思主义群众观的基本点。历史人物是人民群众的杰出代表，他们具有对时代的重要引领作用和对社会的巨大影响力，这是马克思主义的唯物史观。否定他们的功绩和贡献，是历史虚无主义的表现。

很长一段时间，我们对一些历史人物的评价不客观、不公正，或功过颠倒，或以偏概全，如对孔子、曹操、隋炀帝、朱元璋等。误读和曲解，甚至刻意否定我们历史上的人物，对继承民族珍遗没有好处。廓清历史，还原人物的本来面目，往往要花更多的精力、更长的时间。

西方一些国家对创造本民族历史的人是充满敬意的，相比之下，我们一些人对历史的尊重意识比较淡，对帝王的评价更苛刻一些。比方说，对秦始皇似乎没有什么好印象，"暴君"、"酷秦"几乎成为他和他那个帝国的代名词。

这是不准确，也是不公正的。

秦始皇是怎么炼成的

秦始皇是我们的先人，一个创造了国家、推动了社会进程的伟人。

他把一堆杂乱纷繁的韩砖魏瓦赵石楚梁燕柱齐栋推倒重来，收拾停当，搭建起一座结构宏伟的帝国大厦，并且给这座大厦里里外外抹上了文化的腻子，同迅速崛起与扩张的罗马帝国一道，成为公元前二世纪两道绚丽的风景，使正在衰败的古希腊、古埃及文明黯然失色。

尽管大秦帝国在农民起义引发的硝烟中土崩瓦解，但大厦一些钢筋铁骨还很结实，2200多年过去了还坚硬如初。譬如，我们对国家的一些管理方法，还在沿用并修订秦始皇当年创造的制度；譬如，每当我们仰望长城，不能不遥念建造了这尊历史巨构、人间奇迹的祖先。

所以说，秦始皇和他所创造的帝国，是一部藏满历史教科书的博物馆。走进去，随意打开一部书，能追根溯源或者顺流而下找到古今通用的文化船票。秦始皇所创立的封建制度具有强大的结构力量，使中国社会保持稳固的状态而不发生离散，这是中国文化传承至今而不曾走失的深层次原因。秦国发展的历史，是一部从弱到强的历史，值得今天的发展中国家借鉴。秦国的兴起让人感叹，秦朝的覆灭让人悲叹。春秋末期鲁国史官左丘明用"其兴也悖焉，其亡也忽焉"来总结禹、汤、桀、纣的经验教训，用这句既精辟又深刻的话来形容大秦帝国，同样准确而生动，一个经历了几百年艰苦卓绝打拼出来的庞大帝国，十年峙立，三年而亡，教训惨痛。

哪一个国家的强大都不是与生俱来的，秦国也不例外。

秦始皇的祖上勤耕善牧、能征善战，靠实力获得了周王室的封王。周朝是中国远古社会的鼎盛时期，但周幽王是这个朝代的终结者。公元前771年，为博得王妃褒姒"千金一笑"，周幽王举烽火戏诸侯，终被申侯和犬戎斩杀。

公元前770年，周平王被迫从西安东迁洛阳，周王室开始衰弱，诸侯混战，号令无人尊听。中国历史在这种"天下共主、等于无主"的尴尬状况下，走进春秋时期。

历史总是给英雄提供舞台。

孱弱的东周政权很快被逐渐强大的诸侯国所控制，"诸侯恣行，政由强国"，大国强国左右着天下格局，于是，齐桓公、宋襄公、晋文公、楚庄王、秦穆公相继出现在历史舞台，并称"春秋五霸"。一个偌大的王朝，权不在王室而在属国，令不在君王而在诸侯，这是一种奇特的现象。各大版块相互冲撞，大危机、大动荡酝酿着新的版图。公元前475年，韩、魏、赵、楚、燕、齐、秦等"战国七雄"出现，新版块继续冲撞，众枭雄各霸一方，连年征战，相互攻伐，一直打到嬴政时代。

综观世界各国历史，从原始社会到奴隶社会再进入封建社会，甚至进入资本主义社会，战争往往是解决问题的主要手段。中国从奴隶社会逐步向封建社会转型，也主要是靠战争来实现的。春秋战国550年，几百个方国逐渐兼并整合成七个大国及其卫星国，这是自上古以来最大规模、最深刻的政治力量、军事力量和经济力量的大比拼、大整合。胜者为王，败者成寇，是历史的进步。战争，是当时社会的基本状态。不能因为有战争、有杀戮就否定人类社会发展的规律。

但这种进步也是只是暂时的、相对的。七分天下，是难以为继的。

秦国，是笑到最后的一个。

由于在周王室东迁过程中，秦襄公护王、助王有功，秦国凭借政治资源迅速崛起。在与各强国的争霸战中，秦国高举"尊王攘夷"的旗号，挟天子以令诸侯，确定了大国地位，最后回手一刀，彻底灭掉了周王朝。在混战较量中，七雄各国一方面对外开疆扩土、攻城略地，一方面对内致力改革、以变求强。秦国"任贤使能，争霸中原，东服强晋，饮马黄河，又挥师西向，开拓疆土，称霸戎狄，建立了赫赫战功"，成为少数几个有可能统一天下的国家之一。

大秦帝国不是一日建成的，它经历了七代君王的艰苦奋斗。秦穆公之霸业、秦孝公之王业、秦始皇之帝业是秦氏家族发迹的三个高峰。值得一说的是秦孝公，是他在秦穆公奠定霸业的基础上，把秦国推向了强国之路。之所以推崇秦孝公，是因为他启用了一个被后世列为"中国古代六大政治改革家"之一的商鞅。商鞅提出强化中央集权的方案，全面革新政治统治体系、土地制度和社会经济关系，废除世卿世禄制度，奖励耕战，改革家庭家族制度，统一制度、统一法令、统一思想等，形成了新的政治体制、经济体制等社会关系和结构，以国家法令形式统一全国的度量衡。商鞅变法，使秦国一跃而成为七雄之首。而且，他的改革思想对后来的秦始皇产生了深刻影响。

从公元前356年变法开始，到公元前338年秦孝公殁，商鞅执政十九年，两次变法，是中国历史上第一次最深刻、最彻底的一次改革。司马迁在《史记》中这样称赞商鞅变法的效果："行之十年，秦民大悦，道不拾遗，山无盗贼，家给人足。民勇于公战，怯于私斗，乡邑大治。"但历史仿佛总是这样，由于触及顽固派和势力集团的利益，改革者总是没有好下场。秦孝公尸骨未寒，继位的秦惠王即处商鞅以车裂的酷刑。尽管商鞅已死，但是他的思想被后面几代君王沿用，秦国物质财富继续快速积累，军事实力大大增强，与赵、楚、齐并称"四强"。到此时，历经了几百年的艰苦奋斗的秦氏家族和秦氏集团，已经具备睥睨诸雄、笑看天下的资本了，而且这种实力持续了一个多世纪。

秦王政是继承秦孝公精神遗产最多的人。他不光是笑在后，也笑得最开怀、最灿烂。

秦制天下

公元前221年，39岁的他扫平六国统一天下，成为中国历史上第一个皇帝，他给自己起了一个创意非凡、霸气十足的称谓——秦始皇。

秦始皇当然不会忘记秦始祖。秦氏家族从最早受封秦地起，就加入了长达600多年残酷的接力赛，弱肉强食，你兴我衰，血雨风霜，刀光剑影，一路走来别无退路，秦始皇是最后一棒，也是最强有力的一棒。《史记》是这样叙述这位"冠军"的："及至始皇，奋六世之余烈，振长策而御宇内，吞二周而亡诸侯，履至尊而制六合，执敲扑而鞭笞天下，威震四海。南取百越之地，以为桂林、象郡。百越之君，俯首系颈，委命下吏。乃使蒙恬北筑长城而守藩篱，却匈奴七百余里。胡人不敢南下而牧马，士不敢弯弓而报怨。于是废先王之道，焚百家之言，以愚黔首；堕名城，杀豪杰，收天下之兵，聚之咸阳，销锋镝，铸以为金人十二，以弱天下之民。然后践华为城，因河为池，据亿丈之城，临不测之渊，以为固。良将劲弩守要害之处；信臣精卒陈利兵而谁何。天下已定，始皇之心，自以为关中之固，金城千里，子孙帝王万世之业也。"如此有气势的笔力描摹如此有气势的功业，名篇的光彩映衬了秦始皇的辉煌。如果不是"自以为"这三个字埋下伏线千里，我们对秦始皇的上述大手笔是无法置疑的。尽管司马迁在引用贾谊《过秦论》时，把"吞二周"的帐也错记在秦始皇头上，但瑕不掩瑜，将错就错，也是一段历史，一种历史的表述方式。

哪一个国家的强盛都不是一劳永逸的，秦国更不例外。

秦始皇看似不可动摇的统治、军事地位，只维持了十年左右。楚南公曾言："楚虽三户，亡秦必楚"，这是预言？诅咒？志向？信念？似乎都是。公元前210年7月，秦始皇在第五次巡游途中驾崩，次子胡亥继位。不久，当年六国残余势力之一的楚人后代陈胜、吴广等起义，天下纷纷响应。继而楚国流氓无产者出身的刘邦、楚国贵族的后代项羽，先后攻入咸阳，没有多长时间，不敢再称皇帝而改称秦王的三世子婴被杀，大秦帝国在西北的萧杀秋风中訇然倒塌。

秦始皇也不是笑到最后的那个人。

硝烟远去，惊尘落定，回望那个巍然伟岸的帝影，有如像一尊丰碑，孤独地矗立在历史长河的岸边。我们似乎应该以秦始皇称王26年、称帝10年的若干重大事件为横坐标，以春秋战国以来2200多年的时间跨度为纵坐标，构建一个科学的坐标体系，审视他和他的庞大帝国。这对考察中国文化是有积极意义的。

譬如，"统一天下"是秦始皇思想的核心，为中国逐渐形成统一稳固国家奠定了最初的基础和框架。原始氏族、原始部落大战和奴隶社会诸侯君主之间的混战，使中国远古社会在剧烈的动荡和四分五裂的局面中蹒跚前行。夏朝时有诸侯国数以万计，号称万国；商朝时有方国三千多个，周朝有方国八百多个，到春秋时期还剩一百多个。无论是春秋争霸还是战国称雄，在秦始皇拉开统一天下的序幕之前，春秋战国时期各国之间的战争主要是分裂割据之战，自各为阵，争当老大。天下所有的战争，不是以土地为目的的统一战争，就是以统一为目的的土地战争。只有秦王才有唯一的目标——天下。秦国在这样一个大的时代背景、社会趋势和战争形态下，步步为营，由小到大，占据了翻覆天下风云的制高点。秦王嬴政卓越的政治才干、军事谋略、决策才能，形成了他的统一思想，所以他的眼光、他的胸怀、他的谋略要高于各王一筹。公元前237

年，嬴政在罢黜吕不韦并亲自执政后，制定了消灭六国、统一天下的战略。他的目标是夺取象征国家意义的九鼎，他的计划是逐个吞并六国，他的策略是近攻远交、由近及远、各个击破。他准确判断形势，确定主攻方向，决定先搞定北方，再沿黄河流域、逼长江流域，向东扩展，最后回师北方。从公元前230年灭韩国开始，秦王用了10年时间先后灭掉赵、燕、魏、楚、齐等国，到公元前221年完成统一大业。在整个过程中，战略无懈可击，决策随机应变，稳扎稳打，步步为营，大仗胜仗不断，几乎无一败绩。战争必然是越打越艰难的，因为秦王嬴政面对的是生存、发展了几百年，各自治国理念不断完善、经济社会不断进步、军事实力不断增强的成熟国家，但各诸侯之间进行的是侵略之战、圈地之战，而嬴政发起的是灭国之战、统一之战、夺取天下之战，是以消灭对手国政权为目的的降人占地收心之战，是经济战争、文化战争和思想战争的综合立体展开，决不在乎一城一池的得失——这是他潇洒驰骋的主要原因。不仅有刀刃的交锋，更有思想的较量，他的统治思想包括对几百年来各诸侯国历史经验的扬弃，对广地域、多民族国家经济要素的激发和文化元素的整合，对建立统一的稳定的国家而采取的各项举措。"天下一统"

是中国国家形成的核心思想和社会基础，秦始皇则是创造这个"中国模式"的第一人。

譬如，"以战促和"是秦始皇平定天下的手段，使建立和平、稳定、安宁的和谐世界，成为中国传统社会的共同理想。春秋无义战，各奴隶主之间的战争是争地争霸争当老大，掠夺城池、人口和财富的竞赛。《孟子·离娄》曰："争地以战，杀人盈野；争城以战，杀人盈城。"春秋战国500多年的历史中，有近五分之四的年份发生过较大规模战事，战争密度大，持续时间长，参战兵力多，涉及范围广，在有国无朝、有朝无主的奴隶社会向封建社会转型期，天下大乱是必然的。国无定土、邦无定交、人无定主，国无宁日、岁无宁日、民无宁日，生产力受影响和制约，文化遭破坏。随着秦国统一战争步伐的加快，仗越打越大，春秋时期交战双方兵力不过几万人，而到了战国时期动辄几十万人，到了战国末期如秦赵之间的长平之战，双方投入兵力达到100万之众，势在倾其所有决一死战。大面积的战乱纷争，使中国社会长期处在动荡不安状态，纲纪不振，礼仪废坏，民不聊生，因此人心思和、人心思稳、人心思统，成为历史的发展趋势。秦始皇是最早意识到这一点的君王，他摒弃以暴易暴的做法，萌生了以

战促和、以小战取代大战、以武力减少暴力、以战争抑制
战争乃至消灭战争的思想。和平是相对的、短暂的，战争
是绝对的、永恒的，这是人性的弱点。不战不和，敢战方
能言和，这是历史的法则，秦始皇无可逃避地选择了战
争，但他尽量避免因战争而造成更大的灾难。春秋时期各
国混战，"弑君三十六，亡国五十二，"但秦始皇在灭六
国的战争打响后，屠城现象无一发生，这与十多年后项羽
攻入新安坑杀二十万秦兵、攻入咸阳火烧阿房宫三个月不
止的行径是完全不同的；六国的国王他一个都没杀，而是
举家迁往咸阳，他甚至还为每一位国王盖一座宫殿，迁来
天下富豪十二万户之多，好吃好喝好住地供起来。所以后
世指责秦始皇劳民伤财大兴土木，恐怕与此有关。平定天
下后，秦始皇"收天下兵，聚之咸阳，销以为钟鐻，金人
十二，重各千石，置廷宫中"，这种铸剑为犁的做法实质
上就是一种典型的和平宣言，可谓用心良苦。从客观效果
上看，秦始皇的统一战争加快了中国社会封建制对奴隶制
的颠覆，地主阶级对奴隶主贵族集团的替代，是一种社会
的进步。对战争的深刻理解和总体把握，使秦始皇站在了
驾驭战争又不囿于战争的高处。但是秦始皇没有能够完全
实现向和平、和谐、和睦平稳过渡的初衷，面对不安宁的

宫廷政治斗争和不消停的社会矛盾，面对六国残余贵族势力的死灰复燃蠢蠢欲动和农民起义的此起彼伏风起云涌，他也时时举起屠刀以血祭天，以保其皇位与政权的稳定。但无论如何，"以和为贵"的思想已进入他的执政理念。面对"战争与和平"这道人类自始至今仍然无法破解的千年难题，秦始皇是试图正确开题的第一人。

譬如，"中央集权"思想是秦始皇的首创，开辟了中国封建社会制度的新局面，形成了中国2200多年以来的政治格局和统治方式。秦始皇灭六国，废除了分封制度，沉重地打击了奴隶主的利益，他创立的基本政治制度——皇帝制度，是中国历史上的一个伟大壮举。这个制度以皇权为核心，以郡县制度、等级制度、官僚制度、法律制度、文化制度、经济制度、社会制度、军事制度为基本骨干，严谨、规范、系统、庞大，涵盖到政治建设、经济建设、社会建设、文化建设、国防建设的方方面面，支撑起整个大秦帝国的政治构架。在这个制度下，秦始皇推动统一度量衡、统一文字、统一货币、统一道德和法律规范，形成全国趋同的思想文化；采取大规模移民等手段，充实边防，巩固和加强对边疆地区的管理和控制，削弱贵族豪强势力，扩展汉文化与边疆地区文化的交流；他既推崇法家思想，在全社会强化皇帝至上的观念，强调家无二主、士无二王，"六合之内，皇帝之土"，"人迹所至，无不臣者"，天下尺土、天下臣民莫非王有，建立起皇帝"王权至上"的绝对权威；同时又采纳儒家思想中以君为父，君君、臣臣、父父、子子的观念，以此驯化教化天下臣民。这种法、儒相揉相济又相辅相成的思想内化、固化、泛化为维系秦朝统治的意识形态。不过，在秦始皇的统治思想中，法家思想更为明显，他首倡以法治国，立法度、行法治，任狱吏，严刑罚，被后世称为"繁法严刑而天下振，""禁暴诛乱而天下服"。在法儒相济、法大于儒的思想体系框架下，秦始皇设立的政治制度具有鲜明的集权制、世袭制、强制性特点。分封制不复存在，皇权至高无上，地方绝对服从中央、臣民绝对服从君王，这就是中央集权制度的主要内容。这种制度既采用了春秋战国各国之长，获得比较优势，又形成规范、长效的定制，具有一定的稳固性和连续性，产生强大的内趋力和凝聚力。秦朝以降，历代皇帝君主都沿袭秦制，尤其是"汉承秦制"，秦朝的道路系统、官僚体系等都被汉朝继承，有历史学家甚至认为秦、两汉是一个连续体，不必当作三个朝代来看。推行中央集权制度和统治理念，形成了统治中国两千多年的封建专制。这种专制正是中华文明得以绵延不绝，并有别于其他失落文明的内在力量。所以说，我们不要把秦始皇仅仅看作是中国历史上专制统治的恶魔，他对中华文明的聚而不散、刚而不裂、合而不分作出了伟大贡献，是中国古代政治制度的总设计师。

譬如，"以改革促发展"是秦始皇推动经济社会进步的基本思想，解放与发展生产力成为中国历代王朝的首要任务。实力决定成败，春秋战国时期争霸称雄的各国都重视变法图强，提高社会生产力，积敛物质财富，秦国当然是一路领先。秦始皇灭六国后并没有摧毁和废除六国的经济，而是最大程度地保护和发展各国原有的生产。统一战争期间，正是青铜器淡出、铁器和牛耕技术被广泛运用之际，抓住生产工具革命这个关键，使秦始皇获得了一个推动发展的机会，随后他把改革生产关系作为发展经济的着力点，扬长补短，革故鼎新，出台了一些具有标志意义的动作。至少有这样三件大事值得一说，第一件大事是"废分封，设郡县，"他把全国分为36郡，后增加到40郡，每郡又设若干县，这些郡县的长官由中央直接任命，随时调换，彻底废除了分土封侯的旧制，既形成中央集权制度的骨架，又有利于对全国经济社会的控制；第二件大事是统一经济制度。因为当时国家虽然一统了，但旧时七个国家的经济制度仍然存在，田畴异亩、车途异轨、律令异法、衣冠异制、言语异声、文字异形的现象很明显，各拿各的号，各吹各的调，磨合起来十分困难。秦始皇下令将这一切统一起来，形成国家标准，普天下莫不遵从。光这一举措，就需要何等气魄与胆识！第三件大事是推行"黔首自实田"，在全国开展土地登记工作，一改西周时期所实行的土地国有制——井田制，实行土地私有制，在此基础上确定赋税征收额度。"黔首"即百姓，秦始皇此举是中国古代最早的分田到户、私人承包制，这种以农民为本的土地改革思想标志着我国古代土地私有制的确立。这是多么了不起的创举！除此之外，秦始皇还以秦国旧制为主要依据，统一货币、统一标准、统一市场，提高生产水平，促进民间贸易，增加国家税收，修建四通八达的驿道，等等。这些改革举措，形成了大秦帝国的有机整体，促进了秦朝经济的发展，而这一切都发生在短短的十年间，不能不说秦始皇是一位卓越的改革家。

譬如，"文化革命"是秦始皇建立统一国家的思想基础，他为中国传统社会的主流意识开凿了最初的河床。一个社会、一个时代、一个国家的主流意识形态就是统治阶级的思想，在一定程度上就是领导者的思想。武力征服，文随武备，征服天下靠武力，统一天下靠文化。基于这一思想，秦始皇建立起大一统的意识形态系统，以皇帝制度、皇权意志为核心构成帝王文化；他确立的以法家为主、综合百家的思想和实践，形成了主导学术界和思想界的社会思潮；他推行的制度原则、政策规定成为全社会的共同遵循，以至于秦以降都沿袭秦制，产生了"汉承秦制"、"百代行秦制"的效果；他倡导的忠君思想、普适价值观、宗教信仰等构成社会的核心价值体系，影响深远；他试图推行"行同伦"政策，在全国建立统一的道德规范和是非标准体系，并以法律的形式确立了"三纲五常"的伦理道德内核；他大力实施"书同文"政策，把在全国推广原秦国通用的小篆体作为官方规范文字，后来又推行隶书，提高了书写效率，形成了简便、易行、流畅的文字，这些文字的统一规范在很大程度上消弭着旧国之间、地域之间、民族之间、阶级之间的语言文字障碍，为形成主流中华文化奠定了传播与交流基础；他强力推进"车同轨"政策，下令在全国范围内修建大规模的通衢驿道，既强化了对政治、经济、军事的控制，又极大地促进了文化的交流与融合，产生了新的文化因子；他连接秦、赵、燕三国旧长城、修筑更坚固更高大的新长城，有效抵御了北方匈奴的南侵，使这项浩大的工程成为了中华民族的巨大文化地标；他兴建的大量宫殿楼阁虽然遭到后人的批评，但毕竟为中国文化留下了丰富的文化符号。这些思想、制度、文化深刻地影响着中国的历史，可以说，秦始皇是中国历史上首位真正意义上的"文化革命"的发起人、首创者，中华文化的缔造者之一。

譬如，"民族团结"是秦始皇在扩张版图、稳定边境的宏大举措中比较注重的问题，使交锋与交融成为各民族依存关系的主要形态。秦始皇一方面大刀阔斧地开疆扩土、固守边防要塞，一方面致力于占领区的维稳治乱、固本强基。春秋时代，居住在周边的蛮、夷、戎、狄不断袭扰中原地区，中原霸主们也屡举"攘夷"之兵相争。攻下六国之后，秦始皇腾出手来一鼓作气，挥兵扎稳边疆、巩固地盘。东南方向，他平定江淮以南的百越地区，浙江南部的东越地区、福建一带的闽越地区、岭南一带的南越地区，以及今天的广西、越南北部一带；西南方向，他加固巴蜀地区的边防，将势力范围扩大到今云南、贵州、四川的边境；北部方向，他把重点对准了威震欧亚大陆、长期困扰中国历代皇帝的匈奴帝国，修筑长城以稳定边防，积极备战以战求稳。公元前215年，秦始皇果断决定出兵匈奴，派蒙恬将军领军三十万直捣河套地区，击溃匈奴几百里，一举解除了北部这个强悍的游牧民族的威胁。不打不安宁，交锋中有交融，边境地区的基本稳定，促进了民族的团结与融合，民族大迁徙、大交流使华夏族与其他少数民族杂居共处，交往频繁，密切了关系，增进了团结。赵武灵王借鉴"胡服骑射"实现了富国强兵的目的，秦始皇也发挥了北方游牧民族的这一优势，既提升了秦朝军队的战斗力，又减弱了华夏民族对胡人的鄙视心理，增强了胡人对华夏民族的归依感和亲近感，为民族大融合和国家大统一奠定了心理基础。

还譬如，秦始皇许多高超的制胜谋略，成为中国古代的战争理念和军事思想；他的合纵连横、远交近攻、重点打击、各个击破等策略成为许多国家处理国际关系和驾驭国际形势的谋略；他的统一之战打得非常漂亮，几乎无一败绩，许多战事成为中国历史上的经典战例。

历史像一枚青橄榄

秦始皇的功绩无疑是辉煌的，一味否定他就是否定中华民族的历史。但是，秦始皇的弊政也不容粉饰，腻子是遮盖不住窟窿的。

如果像刘邦临阵搦战历数项羽罪状一样，给秦始皇列出几十条上百宗罪完全没有问题。如同中国古代王朝的更替一样，君王的宝座总是血渍斑斑，秦始皇也不例外。从战争效果上看，武力意味着杀戮、战争必然有摧毁，要求秦始皇两手白净地制服天下，是一种天真的想法，但是他"强侵弱，众暴寡，兵革不休，士民罢敝"，不是仁义之举。从管理理念上看，秦始皇采用严刑酷责来鞭笞臣民，强使天下归附，他横征暴敛，搜刮民脂民膏，官风腐败，阶级矛盾加大，一些暴政、恶政、苛政、弊政激起的民怨如干柴，见火就着，遇油愈烈，直接导致了陈胜、吴广的农民起义和项羽、刘邦的响应。从文化统治上看，秦始皇推行的天道一统、天下一统、王道一统、文化一统，在一定程度上是一种愚民政策，仁义教化的"德政"背后是"暴政"的实质。他的焚书坑儒，一次坑杀儒生460人，还制造了许多冤假错案、"文字狱"，对文化的专横残暴，使天下人噤若寒蝉，敢怒而不敢言。从宫廷斗争来看，为了掌稳江山，他剿灭异己，剪除异党，而且任意扩大打击面，大开杀戒，滥施淫威；他狐疑多端，个性残暴，刻薄寡恩，睚眦必报，暴虐成性，使得政治生态阴暗凶险、危机四伏。另外，秦始皇对骄奢淫逸、纵欲无度生活的追求，对长生不老仙药的迷恋和奇异天相神灵鬼怪的迷信，对封禅颂德等活动奢华排场的痴醉，对大规模修建宫殿、陵墓的不节制，加重了社会负担，导致官逼民反。没有昌明的政治就不会有兴盛的社会，正是因为如此，天下仇秦之人甚多，既涌现荆轲持首级献图刺秦、高渐离举琴刺秦等暗杀活动，演绎了令后世嘘唏不已的慷慨悲歌，更引爆了狂飙突进席卷全国的农民起义，大秦王朝终于在多种力量的合围中訇然坍塌。

历史是需要反复咀嚼的，像一枚青橄榄，越嚼越有味道。大秦帝国除了秦始皇个人的诸多原因，还有许多历史的必然。从发动战争到和平建国，秦始皇和他的集团有打天下的能力但没有坐天下的经验，没有做好政治纲领、政治路线和政治力量的准备；从统治一个国家到统治天下，他主要是把秦国的管理经验推广和放大到过去的七国，没有因地制宜实事求是，更没有与时俱进；几百年的战乱使他从秦氏家族继承的最大政治财富之一是争斗，斗争性思维还没能够过渡到建设性思维，唯我独尊刚愎自用，怀疑一切，不相信任何人；随之而来的问题是没有建立自己的政治集团和高层指挥决策机构，把国当家，以家治国，家长作风，个人意志，追随者寡，敢于净谏者鲜。执政班底没有形成，身边除了李斯，好像再没有既忠贞不贰又富有才干的佐臣谋士，奸臣当权，欺诈者挡道；他过分相信权力，过度控制和滥用权力，过分依赖以法治国，苛责臣民，失去了宽容；他善于安抚贵族集团，也想恢复民生，但他只知道"水能载舟"的常识而不懂得"水亦覆舟"的哲理，没有真正做到为了人民、保护人民、尊重人民，他实行的经济政策过于严厉，苛捐杂税争利于民，不利于民生的开掘与保护，使好不容易摆脱战乱梦魇的人民得不到休养生息，因而他得不到民心。尽管他希望以己为始，"二世三世至于万世，传之无穷"，为了达到这个目的，他相信方士们的神仙学说，向往虚无缥缈的海市蜃楼，甚至不惜一切代价寻找长生不老之药。秦始皇既不想把皇位传给有能力、有声望但钟情儒学，与自己政见不同的长子扶苏，也不放心让自己溺爱有加但没有治政本领的幼子胡亥接班，以至于明知自己已病入膏肓却无法指定继承人，结果让奸臣赵高钻了空子，立假诏让胡亥继位、赐扶苏自缢，致使一代王朝走向悬崖的终点。威震海内横扫六国的雷霆帝王，终在无奈中离世。

人亡而政息，历史就是这么残酷。

假如秦始皇再多活10年，他的施政纲领得以全面落实，历史将会是怎样？历史当然是不能假设的。秦始皇把自己和亲手建造的庞大帝国的解构作为教训遗赠给了后世，留给后人评说，这未必不是一笔财富。

但评说并不那么公正。

历史是英雄创造的，也是史家书写的，此所谓史笔如刀，你把历史雕刻成咋样并不重要，重要的是史家把你雕刻成咋样。

无论是贾谊的《过秦论》、杜牧的《阿房宫赋》还是司马迁的《史记》，批评都有过当之处。司马迁对秦始皇的感情很复杂，他因李陵事件受牵连，为了完成撰写宏著《史记》而宁遭腐刑，但他会不会把对汉武帝的怨恨转移到秦始皇？我的结论是肯定的。不光对秦始皇，对《史记》中并不多见的皇帝，诸如刘邦、吕后等，司马迁的笔墨都不那么干净，暗损的笔法较多。包括司马迁在内的史学家，对秦始皇渲染、丑化、妖魔化的成分居多，对他暴戾的一面夸张渲染要多过对他功绩的肯定，对他迷信思想的抨击言过其实、言不符实，消极成分大于积极意义，有的甚至把不属于他的符号强贴其身、恶意解读。同情弱者是我们这个民族的良心，在诸多文艺作品中，作为秦国对手国的故事往往更加惨烈、凄婉，更让人同情，因而也更让人憎恨秦始皇。被戏剧化、脸谱化的秦始皇让后人总有一种同仇敌忾的意思。文学不能代替历史，更不能篡改历史。

这也难怪，历史是文人记录下来的，得罪了文人就不会有好名声。在历代文人和史记面前，秦始皇是遭千夫所指而无力还击辩白的弱势者。我们民族历史上一个领导了进步战争的历史伟人被审判得一无是处万劫不复，这是世界观和认识论上的盲区。

不能因为古代某个文人或某位政治家的几篇文章和观点，甚至像"天下苦秦久矣"之类的几句话，就毁掉一个形象，把民族历史上一位功勋卓著的人物打入牢底，这是文化暴力，是文字狱。

秦始皇站在中国统一前后的交汇点上，他面临的任务是打碎一个旧世界、建立一个新的国家，他有许多做法在当时看来不得不如此、事后看来完全不必如此；他的探索有成功，也有失败；有彪炳史册的业绩，也有被后世谴责、唾弃的龌龊，有过用龌龊的手段对付龌龊的人——恰在这一点上被后世放大。

但是，秦始皇是历史的替罪羊，不是秦政也会有李政、马政什么的充当这个角色，中国的历史绕不过这道坎，但我们应该对这段历史、这个人肃然起敬。

秦始皇作为中国历史上第一位皇帝，无论从哪个角度看，他都堪称一位英雄，一位政治英雄、军事英雄、民族英雄，但似乎这样称呼和评价一位皇帝有失恭敬。作为一个个体，纵使地位、功业、名望再显赫，他也是一个人，有着自己的内心世界和精神追求。他创造了中国古代英雄史诗，是一个极其丰富的个体形象。长期以来，我们对他作为一代帝王、一个人所具有的精神内涵和文化价值似乎开掘不多，这不能不说是一种遗憾。不管从哪个角度上说，秦始皇都具有超越常人的、足以影响中华民族的精神力量。

我以为，至少应该包括以下方面：

一是天下归一、舍我其谁的英雄气概。英雄自有英雄的情怀，秦始皇持先祖之家承、怀统一之大业，有着一种强烈历史使命感和责任感。他虽然强行要求天下臣民效忠皇帝，狭隘地想把家业和帝位传之万代，但他视天下为家业，胸怀大国大家大一统的政治追求的彻底性、坚决性和开创性，是当时诸王乃至后世诸皇所无可企及的标杆。秦始皇的这种精神气概和英雄情怀，一直深刻地影响着历代帝王和政治家们。这不能不说是秦始皇的历史贡献。但是，后人往往用如狼似虎、野心之类的词污损他，这是不公，也是不恭的。

二是横扫环宇、不可阻挡的大无畏精神。他执政后施展其政治才能，尤其是在军事领域表现得相当充分，率金戈铁马南征北战、气吞万里如虎，挥如椽巨笔改写了国家的版图，势不可挡。在灭韩、灭赵、灭魏、灭楚、灭燕、灭齐，平百越、拒匈奴等诸多战争中，采取连续作战、连横破纵、远交近攻、挑拨离间、制造内乱、瓦解对手、安抚招降、各个击破等战略战术，军事指挥几乎无可挑剔，屡战屡胜，这种大无畏的精神气概成就了一代帝王的非凡气质。一些躲在历史的阴晦角落沾着唾沫翻点史册的历史学家们，是难以度量他的帝王气质和宏大气象的。

三是治国理政、励精图治的敬业精神。秦始皇是一位勤政皇帝，他"既平天下，不懈于治。夙兴夜寐，建设长利，专隆教诲"，"忧恤黔首，朝夕不懈"。《汉书》记载其"躬操文墨，昼断狱，夜理书，自程决事，日悬石之一"。据说他每天批阅的文书竹简木牍达到120斤。在位十年间，秦始皇出巡五次，足迹遍布大半个中国，受尽舟车之劳顿，最后死在途中，不可谓不敬业、不勤奋，也因此成为后代帝王们效仿的楷模。但是，他的这些勤勉在一些历史教科书里，成了霸权的代名词，这不能不说是历史的遗憾。

四是气势恢弘、高瞻远瞩的文化胸怀。秦始皇不光在横扫六国统一天下的战争中表现出雄才大略，还北筑长城、南修灵渠、开辟驰道，建造阿房宫、俑坑，这些秦朝文物遗迹在今人看来，仍然是气势磅礴、空前绝后的大手笔。没有远大的眼光，没有浩大的气势，没有君临天下、傲然人世间的气魄，是不可能有如此之文化巨构的，这是何等的眼光与胸怀！但是他的宏阔格局却被后世文人以文、以词、以诗叹之诘之毁之，这是不能不说是文化的悲哀和文化人的悲哀。

五是体道行德、尊奉圣德的道德追求。秦始皇在全社会标榜自己是"体道行德"的圣人、圣王，是与三皇五帝齐名的道德至善至美，是道德权威和道德楷模，与道同体、与王合一，是天道的代名词和化身。似乎遭人耻笑，但细想，天下归我，我欲何求？他无非是想以此来教化黎民百姓。秦国如果没有他的德法兼治，就不可能在诸国惨烈的竞争中逐渐强大并最终胜出。他对依法治国和以德治国理念的并重，对道德理想世界和统一道德规范的建立，成为中华民族思想道德建设上的一道文化风景。

山中无直树，世上无完人。拂却2200多年的烟云尘埃，一个渐渐清晰的秦始皇仿佛捧着沉重的《史记》在问：你们读懂我了么？

一个酷毙了的转身——说项羽

自古英雄辈出，每一个时代都有自己的代表。两千多年来，有两个人物一直为人们念念不忘唏嘘不已，永远有说不完的故事、道不尽的评点。

他们生活在同一个时代，先是为着同一个目标而携手奋斗，后来又为了同一个位置而厮杀争斗，联袂主演了一场推翻王朝伟大斗争的生动活剧，一幕争夺帝位惨烈战斗的经典戏码，大开大阖地改写了中国历史，其波澜壮阔的气势和惊心动魄的程度，史无前例，亦无后例。

他们的结局都很精彩：一个登上皇帝宝座，成为中国历史上第一个由农民身份上位的开国皇帝，开创了一个前后长达400多年的王朝；一个虽然壮志未酬、饮恨自刎，但英名流芳千古，成为古来杀身成仁的烈士们所敬重的悲情英雄，也成为历代红颜知己们所倾慕的真心英雄。

他们的志向趋同却性情迥异，人生篇章各有异彩。他们曾齐心协力又彼此征伐，既惺惺相惜又恩怨交加。他们相互映衬、彼此成就，成为中国历史天空上一对明亮的双子星。

是的，一个是刘邦，一个是项羽。

公元前223年，秦灭楚国时，楚国曾有阴阳先生预言："楚虽三户，亡秦必楚！"无论是复仇誓言还是一语成谶，"奋六世之余烈，振长策而御宇内"的大秦王朝果真覆灭于楚人之手。率先发动农民起义的陈胜、吴广是楚国子民，起义军打出的国号就叫"张楚"，意在张大、复兴楚国；最终联手摧毁秦朝政权的刘邦、项羽也是楚国后裔。复兴故国是他们共同的梦想。

西汉司马迁的《史记》，北宋司马光的《资治通鉴》，以及大量的典籍诗文、考古遗存、逸事稗史等，复活着两位英雄的形象。

先说项羽。

公元前232年，项羽出身于楚将世家，楚国虽然已被秦灭近十年，八百年楚国雄风不再，但是楚脉不断，项羽正是楚国最后一个战将项燕的孙子，楚将项梁、项伯的侄子。项羽年少时不好学文，虽爱好剑术却是"略知其意，又不肯竟学"，不过从他沉迷于兵法战术来看，还是少有所思的。他说"剑一人敌，不足学，学万人敌"，长辈闻之大喜，觉得孺子可教，便举全家族之力专教他用兵之道。公元前210年，秦始皇巡游过会稽（今苏州），20岁出头的项羽夹在人群中观望。秦始皇的气派让项羽惊羡不已，他的脑海浮现出祖父项燕被秦将王翦所杀的场面，感觉到血管里的反秦基因忽然躁动起来，骨子里有一颗帝王梦想的种子在发芽，他对叔父项梁脱口而出："彼可取而代之也"，吓得项梁赶紧掩其口。此时，陈胜、吴广斩木揭竿而起抗秦，起义军如燎原之火点燃了被强秦所灭六国的复兴之梦。当起义的浪潮狂飙突进，前锋抵达会稽时，会稽太守想约项梁、项羽一同起兵反秦，没想到一下子触发了叔侄俩久伏的野心，项羽一刀先杀了太守，二人降了太守的全部人马，直接举起了反秦大旗。项羽此举，显示出他作为贵族之后不甘人下的心气和过人胆识，展示出他做事果敢、心狠手辣的风格。

　　项羽骁勇善战，是打仗的一把好手，有一股子不服输不怕死的拼劲，常令敌军闻风丧胆。《史记》记载了项羽两次瞪眼却敌的故事，一次是与汉军对垒，项羽披甲持戟单骑挑战，汉军著名神箭手楼烦拍马迎战，"项王瞋目叱之"，竟吓得楼烦"目不敢视，手不敢发"，躲进障壁不敢再出来了；还有一次是在项羽生命的最后时刻，在逃往乌江的穷途末路上，数千汉兵围战项羽，汉将赤泉侯追上了项羽，"项王瞋目而叱之，赤泉侯人马俱惊，辟易数里"。英雄就是英雄，目光如电，慑人心魂。公元前208年，项羽与秦国大将章邯鏖战于巨鹿，为达到置之死地而后生的效果，项羽率部渡漳河后干脆一不做二不休，"皆沉船，破釜甑，烧庐舍，持三日粮，以示士卒必死，无一还心"，结果是"楚战士无不以一当十"。正是凭借这种"破釜沉舟"的绝地反击，项羽所部九战皆胜，彻底击败秦军、迫降章邯，致使秦军主力尽失，从此一蹶不振。要知道，这个章邯正是曾杀陈胜、斩项梁、刀劈楚军诸多名将，使楚军七战皆败，令各诸侯国肝儿发颤的秦军猛将。"巨鹿之战"是项羽在历史画幅上留下的辉煌一笔，也成为秦亡而楚兴的历史转折点，是中国战争史上以少胜多的经典战例。而此时的项羽年仅25岁，少年得志，意气风发。秦末之际项羽的"破釜沉舟"与春秋时期越王勾践的"卧薪尝胆"并列为励志故事，一同进入了中国历史的教科书。后世有对联曰："有志者，事竟成，破釜沉舟，百二秦关终属楚；苦心人，天不负，卧薪尝胆，三千越甲可吞吴。"

项羽"力能扛鼎，才气过人"，是那个时代的男神。战马与利器，是那个时代男神的标配。他的宝马乌骓"日行千里"，飞快好比闪电，破阵势如劈竹；他的画戟重若千钧、锋利无比，无数遍地被敌人的鲜血擦洗，冷霜锃亮、寒光闪闪。一个人、一匹马、一柄画戟，搅得周天寒彻，年轻的项羽无疑是中国历史上最著名的战神之一。但他像古希腊神话里的英雄阿喀琉斯一样有自身的致命伤，"阿喀琉斯之踵"最终夺去了那位希腊军中最勇猛战士的性命，而诸多的"软肋"使项羽最终完败。

"软肋"之一是心软。秦朝被项羽、刘邦合力推翻后，天下只剩了这两位楚汉骁雄。此刻刘邦屯兵灞上，项羽率四倍之兵峙立关中，本来这是围歼刘邦的极好时机，七旬军师、亚父范增数次力谏项羽不能手软，但项羽妇仁慈心，执意不听。他甚至没有想到他的帐下也演起了《潜伏》的谍战片。那天深夜，刘邦让谋士张良约了项羽的叔叔项伯来密见。一见面，刘邦便信誓旦旦地对项伯说，我刘某人本来就是一个农民，一个无所事事、连父母都瞧不起的混混儿，能有今天这个样子就心满意足了，不像您家项王，本是贵族之后代，在反秦斗争中又立下显赫战功，天下非他莫属，您让项王放心，我没有那个野心。项伯呀，您要是看得上我寒门刘家，我愿意与您结成儿女亲家。项伯听了刘邦的表白，信以为真，回来跟项羽鼓噪一番，项羽果然更加放松了警惕。不但如此，项羽还在距离刘邦屯兵仅几十里处的鸿门请刘邦喝酒。刘邦当时的境遇相当于300年前齐鲁两国"夹谷会盟"时的鲁国国君，明知不是对手却不得不从，但脚跟发虚、心里有数的刘邦貌似大摇大摆地赴宴来了。二人虚情假意推杯换盏称兄道弟，酒酣耳热之际，范增几次示意项羽杀掉刘邦，还请项羽的堂兄弟项庄以舞剑助兴之名想趁机"一失手"行刺刘邦，共同创演了成语"项庄舞剑，意在沛公"的现场版，但项羽佯装不知。范增之意却被"内贼"项伯识破，项伯拔剑起舞来保护他未来的亲家刘邦，使得项庄难以近刘邦之身。这一切端倪当然都逃不出刘邦谋臣张良的眼睛，他不动声色地呼来大力士樊哙。这个威猛的卫士一手操剑一手执盾，冲破刀丛林立的卫队，旁若无人地进入宴会厅保护刘邦。项羽一见樊哙"头发上指，目眦尽裂"的气势，吓了一跳。刘邦赶紧借口说要上厕所，屁滚尿流地逃出鸿门，惊出一身冷汗。正是这一次，项羽心一软，放走了最终葬送自己性命的对手。回看项羽一生，他似乎没有不敢杀的人，为什么独对刘邦"心软"？想必一是英雄观使然，当面鼓、对面锣，英雄决战在战场，不搞暗事、不使阴招，不背负这个骂名。二是轻敌心作怪，项羽天时地利占绝对优势，灭秦的功劳最大，天下舍我其谁？刘邦不过是瓮中老鳖，能往哪儿逃！三是世界观不同，楚汉相争，刘邦一直想干掉项羽，但项羽似乎没有杀刘邦的念头，项羽自认为不能下没有对手的棋，驱赶着刘邦这个老帅围着九宫田字团团转，这才是项羽的乐事。除掉刘邦，天下无棋，项羽有独霸一方之心，无一统天下之力。四是时机不成熟，秦朝大势已去，但秦王犹在，秦兵未尽，项羽需要刘邦共同制敌，且与楚怀王有约在先，待尘埃落定后各分天下。总之，这场惊心动魄危机四伏的"鸿门宴"，让仓皇中的刘邦摸到了项羽的"软肋"。

"软肋"之二是虚荣。灭秦后，项羽气势磅礴地杀入咸阳，有谋臣说关中地带山势险峻、川流阻隔，易守难攻，而且这里地广物美，整个儿就是您霸王的立都之地啊。但项羽不屑一顾地说，我富贵发达了不衣锦还乡显摆一下，就像穿着绫罗绸缎走夜路，哪个能看得见我！胜利的荣耀贲张了项羽的贵族血脉，烧烤着一颗霸王之心。当那个谋臣犯颜进谏说，霸王您这样做不是真正的英雄，不过是沐猴而冠罢了，我蔑视你。项羽勃然大怒，果真把这人给煮了。而当刘邦派张良通过项伯给项羽送来"霸王您放心，我不会跟您争天下"的"迷魂汤"时，这个傻大个儿竟感觉良好地一饮而尽了。骄横虚荣之心，使他不知道自己贵姓，更不知道今后的天下贵姓。垓下之战，风声鹤唳，四面楚歌，是项羽领兵八年以来的第一次败仗，也是他人生的最后一战。蓄势已久的刘邦积七十万大军压境，而项羽只有区区十万之兵抵抗，最后只带了二十八骑杀出重围，而刘邦的五千精锐还以"宜将剩勇追穷寇"的劲头紧追不舍。项羽逃到乌江边上，气数几尽。想当初，八千江东子弟跟随我项羽打江山，此刻却只剩下这群创痕累累的残兵败将，何颜见江东父老啊！英雄气短，来日无长，唯有一刎谢万罪。一腔热血衷肠，满腹爱恨情仇，凝成乌江风寒霜晨月。历史没有如果，但假设一下也无妨。走到乌江绝路的项羽当时不过31岁，而刘邦时已55岁，乌江对面不远，是项羽的家乡，"江东虽小，地方千里，众数十万人，亦足王也"，留得青山在不怕没柴烧啊。放下面子，项羽未必没有东山再起的机会。倘真如此这般，楚汉相争的连续剧可能还要上演许多集，司马迁的《史记》也会是另一番表述，项羽留给后世的形象也许要逊色一些。但项羽就是项羽，一刀给自己的青春戏杀了青。

　　"软肋"之三是残暴。仁义者无敌，残暴者无友。项羽一生大约打了七十多场仗，除了最后一仗，几乎战无不胜。勇猛是凶残的代名词，项羽杀气腾腾、威风凛凛，令敌军、友军心惊胆战。残暴行径丝毫不亚于被他推翻的暴秦。作为楚军次将，项羽竟然敢一刀杀了自认为说了他坏话的上将军宋义，还追杀了宋义的儿子。襄城屠城，项羽坑杀全城平民；城阳之战，项羽对居民实行"三光"政策；巨鹿之战，项羽杀得兴起，连诸侯国的盟军都"无不人人惴恐"，吓得作"壁上观"，"无不膝行而前，莫敢仰视"；新安之战，项羽一夜之间把秦军20多万降兵全部活埋；攻入咸阳，项羽一刀杀掉早已投降的秦王子婴，继而滥杀平民百姓，像当年秦人一样"伏尸百万，流血漂橹"；秦宫一炬，大火连烧三月，只剩一把焦土。虎狼之师所向披靡，但仁义之师更能天下无敌，项羽没有悟出"牧民之道在于安民"的道理。对弱者、降者和无辜者杀伐成性，使他失去了道义，失去了民心，也就失去了执政的基础。自古没有暴君安天下的先例，历史不会给残暴者一统天下的机会。

　　"软肋"之四是多疑。猜疑与多心的人必定没有朋友。刘邦身边，文有张良、萧何、陈平，武有韩信、樊唅、彭越，谋臣猛将的辅佐使刘邦如虎添翼；项羽全凭单打独斗，身边仅有谋士范增和那个吃里扒外的项伯，还有那个空有一身武艺却始终无法击中要害的傻堂兄弟项庄。刘邦采纳了陈平的离间计，成功地挑拨项羽与范增的关系，项羽果然以暗通汉军之名，逼走了这位忠心耿耿的老将，使范增"行未至彭城，疽发背而死"。分析项羽的多疑，部分地源自他的贵族血统，对既得利益的患得患失，终日的惶恐不安，必然导致狭隘阴暗、狐疑多端、睚眦必报的心理，不相信任何人。垓下一战，项羽被刘邦亲率韩信、彭越、英布等四路大军围追堵截死捶烂打，孤立无援，无人可求，最后只能仓皇东逃，走上不归之路。

"软肋"之五是自大。少有宏志固然好，但少不读书就可能狂妄自大，缺乏判断能力与人文精神，更别说战略思维了。当范增提醒项羽说："刘邦在山东时，贪财好色，但是一进了函谷关却不抢财不劫色，必有大计，你还是赶紧灭了他吧！"但项羽不以为然，终留致命遗患。刘邦是政治家，有着必须的深谋远虑和谨小慎微，而项羽只能算作军事家，鼠目寸光，高傲而自负。一个志在天下，一个满足一役，孰高孰低，在楚河汉界两旁一目了然。项羽的屡战屡胜在为他赢得巨大声誉的同时，也带来严重的负面效果，他的刚愎自用、独断专行常常发挥到极致。张狂地排斥他人，无端地猜忌下属，结果是众叛亲离。自古骄兵必败，项羽每仗皆胜却丢了天下。胜利，一旦吞噬了胜利者的理智，失败便在乌江边张开了血盆大口。

性格决定命运，短板决定容量。项羽的这五根"软肋"被刘邦捏在手里，动哪一根都致命。如此看来，项羽是一个"残疾"英雄，还真不是刘邦的对手。

这说明了一个道理：真正的敌人是自己。

尽管如此，我们还应该给项羽一个客观公正的评价。无论从哪个角度讲，项羽都是一个精神价值极其富有的人。他既有独霸天下的远大抱负，也身体力行、奋勇当先。没有项羽的楚，就没有刘邦的汉，更不可能颠覆强大的秦；没有项羽的霸业，就没有刘邦的王业；没有项羽的致命伤，就没有刘邦的帝王梦。他既叱咤风云又儿女情长，被重重围困在垓下，仍然字字滴血、行行淌泪地慷慨悲歌："力拔山兮气盖世，时不利兮骓不逝。骓不逝兮可奈何！虞兮虞兮奈若何！"一首《垓下歌》，何其高贵，几多惆怅！悲痛欲绝的美人虞姬泣泪唱和："汉兵已略地，四方楚歌声。大王意气尽，贱妾何聊生！"遂拔剑自刎，忠烈殉情，以断项羽后顾之忧。刀光剑影血雨腥风中，堂堂伟岸男儿对爱人既爱且痛的深沉，美艳专情而又刚烈坚毅的女子对夫君以生命相许的贞义，因虞姬的壮烈一刎而成就了爱的崇高与纯洁，令古往今来多少海誓山盟中的爱恋男女们泪奔！坦荡直率不矫情，赴汤蹈火不惜命，爱就爱得深沉，别就别得悲壮，活就活得任性，死就死得壮烈，这就是项羽的性格！饮恨乌江边，引颈向长天，身负十多处创伤的项羽筋疲力尽心灰意冷了。楚地不再，江山易主，美姬不再，情无所依，江东兄弟百战死，东山再起恐无多。男儿柔情，烈士多义，进入生命倒计时读秒阶段的一代骁雄，无不爱怜地把随他出生入死满身血渍的五岁战马乌骓，赐给了欲渡他过江的好心人。然后，项羽凭借一个潇洒的90度转体自刎，把一身戎装满怀雄风凝固成一尊英雄的雕像，铮铮铁骨，铁骨铮铮。乌江一刎，把项羽的高贵定格在最高值。项羽以降，历代英雄豪杰都在他酷毙了的一转身寻找自己的影子。

项羽是楚的，是虞姬的，更是历史的。项羽是一位伟大的革命者，与农民出身的刘邦不同，他是站在六国贵族阶级立场上来反对秦朝贵族阶级的。如果不反，项羽作为贵族后代的利益是可以有保证的，要舍弃既得，需要牺牲精神和无畏勇气，这与同样出身贵族，为了维护统治阶级利益的屈原、孔子有着本质的不同。贵族所有的先天弱项在项羽身上都有遗传，最终这些天生"软肋"的集体溃烂和痼疾的集中发作，成了他事业的"短板"和人生的"天花板"。

有缺点的战士终究是战士，再完美的苍蝇也是苍蝇。铁血冷戟霸王心，柔肠侠义儿女情，这就是项羽，一个长处与短处都十分鲜明、血肉丰满、可爱可恨的钢铁战士。躬谢司马迁，握如橼之神笔，蘸浓墨与重彩，为我们刻画了一个神采奕然的英雄形象和文化符号。

最厉害的皇帝——说刘邦

说项羽，必说刘邦。

与项羽相比，刘邦出身微贱。他与项羽一样，也是胸怀大志之人。

刘邦也曾见过秦始皇巡游，发出过"大丈夫当如此也"的感叹，这种气魄比项羽的"可取而代之也"略逊三分，但似乎胸怀更宽广、视野更宏阔、城府更高深。他颜值很高，"隆准而龙颜，美须髯，左股有七十二黑子"，既仪表堂堂又奇人异相。他生性仁爱，乐善好施，豁达大度，不是那种专嗜杀伐的草莽英雄。他不拘小节，与民同乐，亲和力强，具备领袖人物的先天条件和群众基础。当亭长时，刘邦奉命往骊山押解囚徒，因逃跑的人太多而完不成任务，干脆一不做二不休把人都给放了，自己逃亡于芒砀山中。当陈胜率兵逼近，沛县县令想对抗但又害怕，县衙主吏萧何、典狱曹参建议与刘邦联手，县令开始同意又出尔反尔，还要杀萧何、曹参。两人翻墙逃至城外刘邦营中，刘邦向城里射箭携书鼓动百姓造反。民众起来杀掉了县令，开门迎接刘邦，从此沛县成为刘邦的早期革命根据地。这一年，刘邦已48岁。

随后，刘邦与项羽奋力攻秦，率先攻入关中，生擒秦王子婴，为推翻秦王朝立下首功。51岁时被楚王封为汉王，率汉军与西楚霸王项羽相持日久、"中分天下"，最后决战垓下，全歼楚军，逼得项羽殒命乌江边。56岁那年，刘邦登上帝位君临天下。

与项羽相比，刘邦有何德何能可以称帝？这是古今之人常常议论的话题。

刘邦与项羽一样，年少时都是不读不耕之流、不安分守己之徒。与项羽相比，刘邦没有一个好的出身，40多岁才谋了个亭长的闲差，大约相当于现在的股级干部，起步并不算早。

但是，时势造英雄，乱世出豪杰。燕、赵、齐、楚、韩、魏等六国虽已不在，但六地民众仇秦久矣。陈胜、吴广领导的农民起义引发了天下同心并力攻秦的愿望，应者云集。神州板荡、天下大乱，为刘邦、项羽提供了舞台。英雄相聚，风云际会，中国历史因此而好戏连台。

《史记》对刘邦、项羽的记载，斗争多于合作，这可能是历史的真实。楚汉相争，既是双方政治、经济、军事实力的大比拼，更是两人谋略智慧和人格魅力的大较量。但命运往往更垂青那些有特质的人，刘邦就有不少过人之术。

一是用人术。这是刘邦的第一大本事。得天下后，刘邦在洛阳南宫设宴与群臣弹冠相庆，酒酣兴至，问左右"吾所以有天下者何？项氏之所以失天下者何？"左右纷说，似都有理，但没有人搔着刘邦的痒处。他终于憋不住了："夫运筹帷幄之中，决胜于千里之外，吾不如子房（张良）。镇国家，抚百姓，给馈饷，不绝粮道，吾不如萧何。连百万之军，战必胜，攻必取，吾不如韩信。此三者，皆人杰也，吾能用之，此吾所以取天下也。项羽有一范增而不能用，此其所以为我擒也。"这一段深刻、精辟和经典的自白，给历代政治家们以深刻启示。谋士陈平、武将韩信过去都是项羽的手下，因不受重用、颇受轻慢，才投奔了刘邦，韩信最终还要了项羽的小命。将这些人中骄子拢在自己麾下，刘邦的驭人之术不可谓不高明。

二是怀仁术。当初刘邦决定违抗官命放走囚徒时，一些人深受感动，不走反留，百十号人成了刘邦的家底，刘邦可谓起于"仁"。当秦兵以强势逐北，楚怀王熊心想派兵入关，并颁令谁先定关，就封谁为关中王。项羽势在必得，但是多位老将军进谏楚王说，"项羽僄悍，今不可遣。独沛公素宽大长者，可遣"。刘邦的"仁"使他赢得了机会，可谓成于"仁"。刘邦每略一地，一定打开牢狱大赦罪犯，安抚当地父老。这些动作，为他赚得了仁义之名。公元前206年10月，刘邦率先攻下灞上，"秦王子婴素车白马，系颈以组，封皇帝玺符节，降轵道旁"，多位将领建议杀掉子婴，但刘邦说不，人家都降服我了，还杀他作甚？此举可谓王于"仁"。而后来，子婴却被项羽毫不留情地杀了。项羽的残暴，反衬了刘邦的仁心。刘邦虽然没读什么书，还讨厌儒生，曾把儒生的帽子揪下来往里面撒尿，但他登基后听从儒生陆贾"马上得天下，岂能马上治天下"的劝告，开始敬重和尊崇儒学，成为中国历史上第一位亲赴山东曲阜孔府祭孔的皇帝。刘邦颁布休养生息、轻徭薄赋、释放奴婢、招贤纳谏、孝治天下等政策，可谓仁政。当然，这是后话。也有人说刘邦的"仁"是虚情假意，但如果一个人能假装仁义一辈子，你能说他不是真仁义么？如果一介平民能心怀仁心，当了皇帝还能永葆仁德，你能说他是假仁义么？

　　三是取义术。先有仁而后有义，仁守内而义主外。刘邦怀仁取义，把自己的军队打造成正义之师。在楚汉两军对垒之际，刘邦亲赴阵前搦战，当面历数项羽十大罪状："始与项羽俱受命怀王，曰先入定关中者王之，项羽负约，王我于蜀汉，罪一。项羽矫杀卿子冠军而自尊，罪二。项羽已救赵，当还报，而擅劫诸侯兵入关，罪三。怀王约入秦无暴掠，项羽烧秦宫室，掘始皇帝冢，私收其财物，罪四。又强杀秦降王子婴，罪五。诈坑秦子弟新安二十万，王其将，罪六。项羽皆王诸将善地，而徙逐故主，令臣下争叛逆，罪七。项羽出逐义帝彭城，自都之，夺韩王地，并王梁、楚，多自予，罪八。项羽使人阴弑义帝江南，罪九。夫为人臣而弑其主，杀已降，为政不平，主约不信，天下所不容，大逆无道，罪十也。"这篇战斗檄文从义出发，为义而战，可谓字字如匕、句句如枪，戳到了项羽的痛处，也激怒了项羽，刘邦藉此宣告自己是天下正义的化身。刘邦的举义旗、兴义师、为义战，为他赢得了高分。

　　四是严法术。刘邦重视制订法律军规，以法治军、以法治民。每略一地，他警告军队不得侵害当地百姓，不得恣抢财物。占领灞上后，他召集各县官员说："吾与父老约法三章耳：杀人者死，伤人及盗抵罪。"严明的号令整肃了军纪，安顿了民心，树立了刘邦的威信，于是出现"秦人大喜，争持牛羊酒食献飨军士"，而刘邦还不让收受秦人礼物的感人场面，以至于秦人生怕沛公走掉不当秦王了。当上皇帝后，刘邦汉承秦制，颁布了诸多法令，推行依法治国，法制建设保证了大汉王朝的长治久安。

五是隐忍术。刘邦能成帝王之业，与他的能隐善忍有极大关系。刘邦的"忍经"是敢于示弱、决不逞强，表面看似无争，背里磨刀霍霍。最经典的一场戏当是鸿门宴。明知凶多吉少、险象环生，但毅然屈尊前往，能隐能忍的背后是大智大勇。当忍得忍，忍而不发，小不忍则乱大谋。他学越王勾践"卧薪尝胆"，学部下韩信不惮"胯下之辱"。当然刘邦也不是一味地忍声吞气、隐忍无度，"隐"是为了"现"，"先忍"是为了"后发"，该出手时就出手。刘邦韬光养晦、蓄势待发，是在等待时机，阵前宣战、垓下决战，都是大爆发、总动员。

六是造神术。刘邦为自己编写了一部关于"龙的传人"的神话。《史记》里记载，"父曰太公，母曰刘媪。其先刘媪尝息大泽之陂，梦与神遇。是时雷电晦暝，太公往视，则见蛟龙于其上。已而有身，遂产高祖。"刘邦好酒及色，常从王媪、武负那里赊酒喝，醉卧不起，却被人看见有龙附体；刘邦夜行泽地，听说前面有巨蟒挡道，便拔剑斩杀之，被夜哭老妪暗示为赤帝即炎帝之子下凡。刘邦聚义之初，没有什么资本，常常藏匿于芒砀山中。夫人吕雉给他送饭，凭着头顶上方的祥云紫气，一找一个准儿。此闻一传十、十传百，"沛中子弟或闻之，多欲附者矣"。相信刘邦的父母也好，邻居王媪、武负，路上的老妪、老婆吕氏也罢，都不过是刘邦的"托儿"。古代帝王惯用这些小把戏，表明自己命系天赐、君权神授，让天下人臣服。

七是施巧术。奸诈巧取是刘邦的一大才能。早在当亭长时，吕雉的父亲吕公寄宿在沛县县令家中，达官显贵们上门道贺，管事按送礼轻重排席位。没有地位的刘邦一分钱也没带，却诈称"贺钱万"，骗得吕公亲自到门口迎接，这一招果然奏效，喜欢相面的吕公一眼就发现刘邦器宇不凡，不但引为座上宾，还把女儿嫁给了他。可谓施诈成功。俗话说"兵不厌诈"，在与秦兵、与项羽的争战中，刘邦的施诈术、离间术、心理战、情报战运用得十分娴熟、相当频繁。不光施诈，刘邦还擅长巧取。灭秦战进入最后阶段，项羽指挥千军万马展开巨鹿之战，杀得昏天黑地血流成河，却不料刘邦精兵快骑，直取秦王，夺得秦之传国玉玺，算是先入关者。此举必然导致了项羽的不服气。刘邦善于取巧，其实是一种高超的智慧与胆识表现。

八是谋略术。从《史记》里看，刘邦用计远远多于项羽，每到关键必设计，每次用计必灵验。二人都是杰出的军事家，但项羽是以征服对手为目的，刘邦是以征服天下为己任。项羽攻城略地、杀人如麻，几无败绩，每一仗打得都很漂亮，强悍的秦兵主要是被项羽打下来的。所以有人赞曰："羽之神勇，千古无二"；而刘邦仅有打下咸阳、受降秦王之功，但他擅长从长计议，从战争一开场就筹划好了过程与结局。项羽重谋一役，在乎战斗之胜负，刘邦重谋全局，讲究战略之得失。项羽虽意气风发斗志昂扬，却常常布局失策、经纬失序。刘邦虽屡遇狼狈与尴尬，动不动就"复入壁，深堑而自守"，却屡屡失而复得、有惊无险。与项羽斗智斗勇，刘邦总是借项羽之勇克自己之难，以自己之长制项羽之短，虽然不道德，却符合兵法，是军事家、战略家的谋略。年龄决定阅历，资历决定资本，一个年轻气盛，一个老谋深算，项羽自然搞不过长他24岁的刘邦。老将剋新锐，应验了那句俗话"姜还是老的辣"。项羽是豪情万丈的伟丈夫，刘邦是心怀天下的大丈夫；项羽谋事，刘邦谋势，在对与错、赢与输、得与失、胜与负、成与败这五个层面上，项羽看重前面三个，刘邦则看重后面三个，城府不同，境界不同，结局当然不一样。历史舍项羽而选刘邦，无疑是正确的。在好人中选能人，在能人中选正人，这是兴国立朝之要。

自古帝王多英雄。毛泽东说，刘邦是"封建皇帝里边最厉害的一个。"这是史家的功劳。

史笔如刀，刀下有情，故事里藏掖着臧否褒贬，史家的价值观决定着民族的历史观。司马迁笔下，项羽虽然没有刘邦的高瞻远瞩、深谋远虑，却活得潇洒与率性、尽情与坦荡，比刘邦高贵。《史记》记载说，刘邦被项羽追击到灵璧东睢水上，楚军骑兵追上来，刘邦为了逃命，情急之下竟把儿女们推下车。历史真相是不是这样，无从考证，但司马迁的爱憎却是跃然于笔端的。司马迁还收录了刘邦为报复嫂子当年对他不好而迟迟不封其侄，不善待功臣，好色无赖、拥戚姬而骑周昌的脖子等故事，想说明刘邦既有仁义表象，也有"两面人"表现的复杂形象。再譬如，《史记》里还说，公元前206年，刘邦与项羽对峙于广武，派彭越数次堵截项羽的援粮，项王急了，抬来高脚桌，扛来大砧板，把刘邦的老父亲绑在上面，派人告汉王说："你还不赶紧臣服，我就煮了你爹！"刘邦却说："我与你项羽都面北受命于楚怀王熊心，拜结过兄弟，我爸就是你爸。你如果一定要煮了你爸，就请分我一杯羹。"从中可以看出，项羽以仁义之心度刘邦之腹，而刘邦不但不急，反以流氓嘴脸应对，两个人的心理素质和品质泾渭分明。如果说二人都有流氓习性的话，项羽充其量是一个小流氓，而刘邦则是一个大流氓。《史记》中的项羽形象似乎更加丰满而正面，他既刚烈勇武，又柔情似水、情意缠绵。宁可壮烈牺牲，决不苟且偷生，羞愧感代表了高贵心、纯洁度。直到生命终结，项羽还不忘将自己的头颅馈赠故人。刘邦和项羽都曾以诗言志。刘邦得胜还军路过家乡沛县，宴请父老乡亲时作《大风歌》曰："大风起兮云飞扬，威加海内兮归故乡，安得猛士兮守四方！"项羽被困垓下，夜闻楚歌，心境凄凉，作《垓下歌》。两首诗赋都有气势，但刘诗是起势、开势，心气高涨；而项诗是收势、颓势，其势有衰，其鸣也哀，多少有些匹夫之勇和儿女之情，能赚足女人的眼泪，但时运不济、气数已尽。因此，在司马迁笔下，项羽是一个有精神、有魅力的汉子，各个侧面都很酷，但整体形象是悲剧；刘邦各个场景都不怎么光彩，但最终光彩夺目。

　　从这个角度上说，历史是司马迁写成的。他有没有把因李陵事件受腐刑而对汉武帝的怨恨，转嫁到汉高祖刘邦的身上，从而削低了刘邦的高度？我认为很难说没有。不但刘邦受损，秦始皇、吕太后等都受到影响。但是，不可否认，司马迁有一双洞察人类社会发展规律的眼睛，让我们看到了以项羽为代表的贵族阶级的没落与以刘邦为代表的农民阶级的崛起。同样是推翻暴秦，项氏集团领导的是一场六国贵族阶级的复国之战、复兴之战，而刘邦是为农民阶级利益而战，是革命的战争。不同的群众基础早就决定了战争的性质、民力的多寡和最终的结局。尽管后来刘邦也形成了新的地主集团，但这不是战争的出发点。项羽的本性，暴露了他作为贵族阶级的软弱性和不彻底性，刘邦的战略眼光反映了无产者的无畏和对社会本质的认知，看到了历史的走向。一定程度上说，刘邦是那个时代先进生产力的代表，推动了历史的发展，也留下了一部厚重的教科书。一个不知道来路的民族，是没有出路的民族，后来的革命者、统治者都试图从刘邦身上找教训、找经验。这叫作"以史为鉴"。

　　刘邦是真正统一天下的第一个皇帝。秦始皇不算，充其量是预演。秦灭六国，六国虽不存但人心并不归秦，复兴之梦想从未断绝，族秦之浪潮此起彼伏。秦始皇在位仅11年暴卒，二世胡亥被奸臣赵高所诛，三世秦王子婴只在位46天，"孤立无亲，危弱无辅"，被刘邦约降，后被项羽刀斩，整个秦朝生存不过15年。秦朝的覆灭，内因在于朝纲不振、国力式微，君暴臣奸民反，苛政严刑峻法。刘邦一举平定天下，遂六国之遗愿，延楚国之福祚，施善政良法，济苍生百姓，开创了两汉400多年的基业，为大汉王朝同罗马帝国一起跻身世界强国，准备了足够的政治制度、物质基础和文化条件。此所谓族秦者秦也、兴汉者汉也。

两个人的战争浪激云涌、惊尘蔽天，终结了一个统一王朝，开启了另一个统一王朝。刘邦和项羽，是中华民族史上推动历史、改写历史、创造历史的双雄，不可或缺，缺一不可。

铁血丹心——一说岳飞

中华民族自古以来就是一个英雄辈出的民族。每逢风云际会，必有骁雄当空；每遇腥风血雨，必有豪杰挺立。英雄是民族的骨骼、国家的脊梁、社会的中坚，是人类历史的传承者和历史走向的引领者。中华民族的历史就是一部英雄潮立、英雄谱写的历史。

衡量一个人物是不是英雄，至少要有几个标准，一是看他是否出现在重要时刻，如重大历史事件、重大转折关头、重要时代变迁；二是看他是否有伟大壮举，如攻坚克难、改造世界的行动，顽强奋斗、敢于牺牲的行为；三是看他是否有重大贡献，如参与历史大势、改变历史进程、走向和格局的思想文化，影响社会进步、人类发展的财富和成果，创造了彪炳史册的精神遗产和物质遗存。

毫无疑问，宋代的岳飞（公元1103—1142年）就是符合这些标准的伟大英雄人物，一位改写了历史进程、书写了英雄史诗、创造了伟大精神的政治家、军事家、文学家。

解读岳飞，从他那惊心动魄的短暂人生中，能管窥中国宋朝那一段惊涛骇浪；从民族历史那一段壮阔波澜中感悟他的壮怀激烈。

第一次辉煌

辉煌往往与苦难相连。

先说说宋朝的苦难。

公元907年唐朝灭亡之后，中国历史进入五代十国，这是中国的第一个大分裂时期。公元960年，后周的禁军统帅赵匡胤在陈桥发动兵变，黄袍加身，建立了宋朝。公元1127年，金兵攻陷京城开封，俘获宋徽宗、宋钦宗二帝，北宋灭亡，历经九任皇帝167年；开封沦陷后，因封官在外的宋徽宗九子康王赵构，于公元1127年在南京（今河南商丘）自立为皇帝，建立起南宋朝廷。公元1138年，南宋正式以临安（今杭州）为都。公元1232年，收复中原、北归心切的南宋朝廷接受了蒙古联合灭金的要求，与蒙古大军一同于公元1234年灭亡了金国，但南宋政权也从此失去了金国这道防御大元帝国铁骑的屏障。公元1276年，蒙古大军攻陷临安，年仅5岁的南宋皇帝宋恭宗赵㬎被俘获。恭宗之兄、年仅8岁的赵昰在文天祥、陆秀夫、张世杰等宋臣保护下南逃至福建后登基，即宋端宗，却不幸于两年后落水染病而死；随后，赵昰之弟、年仅8岁的宋卫王赵昺登基，再立南宋小朝廷，被蒙古大军一路穷追猛打。公元1279年3月，在崖山（今广东新会）一战中，上十万南宋军民战死，南宋忠臣陆秀夫背负幼主赵昺携800人在崖山集体投海，以身殉国。崖山战败，标志着经历了九任皇帝、历时153年的南宋政权终于收将余晖、彻底落幕。

一个民族的苦难往往成就一位英雄的辉煌。

公元1103年3月，岳飞出生在今河南汤阴一个普通农家，名飞，字鹏举。岳飞出生时宋朝的皇帝是宋徽宗（公元1082年—1135年）赵佶，中国古代杰出的画家、书法"瘦金体"的创始人，一位优秀的书法家，却是一位窝囊的君主、北宋倒数第二任皇帝。岳飞出生23年后，北宋灭亡。

岳飞年少时喜读《左氏春秋》《孙吴兵法》等书。曾拜周同为师，骑射高超，能左右开弓。后拜陈广为师，刀枪之法精湛，神力巨大，武艺无敌。

岳飞曾四次从军。

第一次投军是在公元1122年，岳飞时年20岁，在两次抗击辽兵的战斗中表现突出，当得知一股"拥众数千"的兵匪进犯相州，岳飞主动请缨，率二百人迎敌，经过一番血战，击退数千金兵，大获全胜。第一次出战，岳飞就表现出非凡的战斗力和军事指挥才能，并得到提拔。后因父亲病故而离开军队回家守孝。

岳飞22岁那年，即公元1125年，金朝灭掉辽朝，转而大举攻宋。宋徽宗禅让皇位于长子赵桓即宋钦宗。金兵渡过黄河后包围了开封，宋钦宗抵挡不住，选择了求和、奉金、割地。公元1126年，宋钦宗反悔割地于金，遭到金兵二度围攻，宋廷招募兵士准备应战。目睹金兵暴行的岳飞在母亲姚氏的鼓励下，前往设在相州（今河南安阳）的河北兵马大元帅府报名，投身抗金战场。这是他的第二次从军。因作战勇猛，屡建战功，被擢为修武郎。岳飞转战曹州，以双铜直贯敌阵，击退金兵，被提拔为武翼郎。

24岁那年，岳飞第三次从军。公元1127年4月，金兵攻下开封后俘虏徽、钦二帝，北宋灭亡，史称"靖康之耻"。惊慌失措的宋高宗赵构打算南迁，岳飞不顾人微言轻，写下"数千言"的《南京上皇帝书》表示反对，指责宋高宗赵构"有苟安之渐，无远大之略"，因此被指"小臣越职"，遭"夺官归田里"逐出军营。

返乡途中，目睹被金兵踏碎的河山，岳飞心忧如焚。公元1127年8月，当看到招募抗金健儿的榜文，岳飞毅然报名，因为关于河北、河东、燕云十六州战略重要性的宏论与抗金名将张所"适偶契合"而被招至麾下，被破格任命为统制。这是他的第四次从军。从此，岳飞一直奋战在抗金第一线，直至生命的最终。

公元1128年1月，金兵南侵，镇守汴京的开封府尹宗泽命岳飞率领五百骑兵前往孟州汜水关侦察，岳飞以仅500人之兵力一举击败金兵，被宗泽任命为统领。同年8月，金兵再次南侵，岳飞奉命赴竹芦渡迎敌，用疑兵之计打败金兵，被授武功郎。公元1129年，岳飞因多次战功而被转任武略、武德大夫，授英州刺史。

公元1129年6月，宋高宗赵构南迁，担任开封府留守的杜充借"勤王"之名撤往建康，岳飞反对朝廷的南迁避战的举动，苦谏曰"中原之地，一尺一寸都不能舍弃"，但无果，只好从命南撤，开封随即陷落。

公元1129年秋，金兵向南进犯，完颜挞懒进攻淮南，完颜兀术进攻江南，直捣临安，企图一举灭掉南宋。11月初，金兵沿长江北岸东进，离建康不到百里，岳飞闯进负责长江防务的主帅杜充寝阁，泪求出战，终于获得批准，受命配合统制陈淬、王燮等苦战马家渡，陈淬战死，王燮脱逃，诸将皆溃，唯有岳飞孤军死战，而杜充再次撤逃，最终叛国投敌，导致建康失守。

金兀术占领建康府后，亲率主力追击躲在临安的宋高宗赵构，高宗急忙由越州逃向明州，随后乘船逃到温州海面避难。金兵以水师在海上追击宋高宗赵构三百里未获。但宋军已溃不成军，唯有岳飞率领追袭金兵以救其主，岳飞连克多城，收复溧阳、广德、宜兴等地，六战六捷。

公元1130年2月，岳飞奉命从宜兴赴常州阻击金兵，四战皆胜，后受命配合抗战主将韩世忠收复建康，在黄天荡与金兵鏖战，岳飞率兵在清水亭、牛头山围袭金兀术，找准战机攻城，经过半个月的血战，终于收复建康，岳家军战绩显赫。

公元1130年5月，岳飞亲自押解战俘到越州，第一次见到宋高宗赵构，并上奏守卫建康的重要战略意义，宋高宗赵构采纳了岳飞的建议，并赏赐岳飞金带、马鞍等物。

公元1131至1133年，岳飞先后平定游寇李成、张用、曹成等，升为神武后军统制，宋高宗赵构赐御书"精忠岳飞"，将牛皋、董先、李道等所部划归岳家军。

英雄生乱世，乱世出英雄。

至此，岳飞达到人生中第一次的辉煌。

四次北伐

公元1134年春天，岳飞上奏《乞复襄阳札子》，提出收复被金人和伪齐政权占领的襄阳六郡，"恢复中原，此为基本。"得到朝廷许可，但宋高宗赵构画地为牢、欲纵却收，命岳飞不得提"北伐"或"收复汴京"等关键词，只能以收复六郡为限。

公元1134年4月，岳飞率军从江州出发前往鄂州屯兵，鄂州成为岳飞北伐的大本营。

5月，岳飞发起第一次北伐。

他亲率岳家军从鄂州武昌城乘船出发，连克郢州、随州，攻下襄阳。伪齐政权刘豫、李成等在金兵支援下集三十万大军反扑，岳飞率部一一击破，并攻克邓州、唐州、信阳。到同年7月23日，岳飞胜利收复襄阳六郡，为南宋朝廷赢得了继收复建康之后第二次战略主动，这一消息令南宋朝廷震动惊喜，宋高宗赵构连称"素闻岳家军纪律严明，没想到这么能破敌！"岳飞也因战功卓著布被任命为清远军节度使，湖北路荆、襄、潭州制置使，与韩世忠、张俊、刘光世、吴玠并列为五大帅，成为有宋一代最年轻、最有战功的战将。

公元1136年秋天，岳飞发起第二次北伐，这也是宋、金开战12年来最大一次攻击战。也是靖康之耻10周年的日子，迫于国内军民抗击金人、收复失地呼声的压力，宋高宗赵构不得不宣布备战第二次北伐，并做了打大仗的战役筹谋和兵力部署，抗金主将韩世忠、刘光世、张俊、岳飞等分几路进发，岳飞从鄂州出发，一马当先，直面金兵、伪齐兵，连克汝州、虢州、商州以及洛阳周边重镇，逼近西京洛阳，但因钱粮短缺，不得不回军鄂州。

公元1136年冬天，岳飞发起第三次北伐。秋季攻势虽然没有达到预期目的，但岳飞战果显赫，名声再起。冬天的北伐是在被动下展开的。秋季北伐之后，金兵与伪齐联军兵分五路，大举进攻岳家军防区的商州、虢州、邓州、唐州及襄阳、信阳五大目标。岳飞从鄂州起兵，同时禀报朝廷：虽然自己"目疾虽昏痛愈甚"，但"深惟国事之重，义当忘身"，于是"躬亲渡江，星夜前去"。岳家军的主力秦祐、王贵、牛皋协同岳飞作战，先后粉碎了金、伪齐联军的五路进攻，取得反攻的胜利。这一次北伐虽然规模不大，但进一步巩固了宋军的地盘，为第四次北伐做好了准备。

公元1140年，岳飞开始了拼尽全力的第四次北伐。这是一次特殊背景下，产生了特殊结果的大规模战役。之所以说特殊背景，是因为公元1138年，宋、金两朝订立和约，堂堂大宋朝廷甘愿对金朝俯首称臣。但是"盟墨未干""口血犹在"的一纸和约，被旋风般的女真族铁骑踏了个稀烂，毫不设防的黄河之南一片血泊。被逼无奈的大宋朝廷只能一拼了。但是，大宋朝廷的拼命本钱已经不多了。面对金朝统帅完颜兀术的二十万铁骑狂飙，宋朝只有岳飞、刘锜、张俊三军能正面迎敌，岳家军成为抗金主力，独扛大旗。与前三次北伐主要与伪齐作战不同，这次岳家军面对的是金兵主力部队。岳飞精心布阵，亲上战场，杀开血路，连克敌军前卫，据点重镇，掌握了战略主动。但正在两军对垒、鏖战犹酣之际，宋廷却派员前来制止岳家军继续北上，岳飞坚持挥师向北，但发现刘锜所部被命令按兵不动、侧援不力，张俊所部班师南撤、无援可依。此时的金兀术也发现了宋军的破绽，重点突袭岳飞军营郾城、岳飞副手王贵的临颍。岳飞没有退路，亲自披挂出城，"鏖战数十合"，王贵同样打得十分惨烈，"人为血人，马为血马"，终于大败金兀术的反扑。岳家军乘势推进，中原在望，但没有想到宋高宗赵构连下金字牌御诏，命岳飞班师。功亏一篑的岳飞不得不饮恨而归，结束了第四次北伐。

收复中原心愿未遂，但岳飞的四次北伐沉重地打击了金兵的气焰，极大地牵制了金兵主力，减轻了江南宋廷的军事压力，也让宋廷内外、金朝上下看到了岳飞的赳赳决心和岳家军的勇猛威武，从此"撼山易，撼岳家军难"之誉震响朝野，以至于岳飞被害20年后金完颜亮攻宋时还心有余悸："岳飞不死，大金灭矣"。

四次北伐，战绩卓著，声名显赫，成就了岳飞的第二次辉煌。

眼光与胆识

岳飞的视力并不好，时常深陷眼疾之苦。行军打仗时更是痛苦不堪，大大影响到他的战斗力，但他仍然坚毅勇敢，所向披靡。山东枣庄青檀寺附近有一座"岳飞养眼楼"，传说岳飞曾住过这里，请寺里高僧来帮忙治疗眼病。

岳飞视力不好，但目力深远，不仅能征善战，还能谋善断，表现出战略家的眼光与胆识。

——譬如，他看到皇帝继承问题存在的隐患，是第一个敢于建言大宋皇帝应该早立继承人的武将。宋高宗赵构生有五女一子，但女儿们都被金兵所害，或虏或死或失踪，一个儿子在战乱中夭亡，在南逃过程中惊慌失措丧失了生育能力。一代承担着北宋、南宋转接继承重任的赵构，面临断子绝孙之患，他一直心存希望，但无奈力不从心。后继无人，对于一个皇室、王朝来说，不只是家族问题，更是一个政治问题。皇帝隐痛，宫禁秘闻，国家关切，但朝野噤若寒蝉，没人敢言。后来赵构听人之言，从宋太祖而不是宋太宗这一系的后裔中挑选了两个孩子入宫按皇子培养，分别改名为赵瑗、赵璩，但宋高宗赵构又迟迟不宣布立皇储，引发朝野议论纷纷，文官多赞成皇帝立储，但武将中只有岳飞一人主张，他在专供皇子们读书的资善堂与后来成为大宋第十一任、南宋第二任皇帝的宋孝宗赵瑗有过一面之交，彼此留下很好的印象，这为他后来力举立皇储增添了信心，也为后来宋孝宗下诏为岳飞平反打下了基础。绍兴七年，即公元1133年，岳飞在上朝觐见宋高宗赵构时当面提出立储的建议，遭到皇帝斥责，但岳飞的进谏是"为朝廷计"的大事，一是当时岳飞根据谍报得知，金人有可能立掳去的宋钦宗之子赵谌取代伪齐皇帝，一旦这个傀儡政府成立，南宋朝廷的合法性会大打折扣；二是皇储不立，朝廷不稳，政治格局充满变数，不利于天下安定；三是如果皇子不尽早参与政事，得不到历练，就很难积累政治经验和智慧。在重文轻武、扬文抑武，猜忌武将、贬低武将的宋朝，岳飞的武将议政是有风险的，没有一位武将敢言，也没有一人敢附言岳飞。因此，岳飞此举被宋高宗赵构不待见，遭当面呵斥，认为岳飞是别有用心，同僚甚至也认为"鹏为大将，而越职及此，其取死宜哉！"岳飞建储一事，也成为后来宋高宗赵构、秦桧谋害岳飞的导火索之一。立储之事，虽经宋高宗赵构再三犹豫、秦桧再三阻挠，但终于办成，对稳定南宋社会起到"定心丸"作用。岳飞的眼光和胆识非凡夫俗子们所及。

——譬如，他第一个看到燕云十六州对大宋王朝、对中原的战略重要性。燕云十六州是指幽州（今北京）、顺州（今北京顺义）、儒州（今北京延庆）、檀州（今北京密云）、蓟州（今天津蓟县）、涿州（今河北涿州）、瀛洲（今河北河间）、莫州（今河北任丘北）、新州（今河北涿鹿）、妫州（今河北怀来）、武州（今河北宣化）、蔚州（今河北蔚县）、应州（今山西应县）、寰州（今山西朔州东）、朔州（今山西朔州）、云州（今山西大同）。公元936年，后唐节度使石敬瑭举兵叛变，在契丹族辽国的扶持下建立后晋，并被契丹人册封为大晋皇帝。按照事先的约定，石敬瑭把燕云十六州拱手送给了契丹辽国。从《晋献契丹全燕之图》看，这十六州是横亘北方的险要高地，地势高崎，易守难攻，是中原大地的天然屏障，失去这道防线，北京、天津、山西及河北北部直抵长城一线都处在契丹人的战刀之下，山海关、喜峰口、古北口、雁门关等长城要塞岌岌可危。

公元960年，后周禁军统领赵匡胤在出兵北伐途中，策划陈桥驿兵变，黄袍加身，建立宋朝，登基当了宋朝皇帝，随后发动了统一战争，先后消灭兼并了多个割据国，但只有燕云十六州坚如磐石难以攻取。宋朝后来的皇帝接着打，40年未果，燕云十六州宛如悬在头顶的巨石，始终威胁着大宋的安全。公元1004年秋，辽朝萧太后同辽圣宗亲率辽军大举南下攻宋，宋真宗在宰相寇准的力劝下上阵督战，终克辽军，但得胜的宋朝为了宋、辽和平，与败者辽朝于公元1005年1月签订了和约，确定宋、辽两国为兄弟关系，勘定边界，建立贸易市场，并约定大宋朝廷每年给辽朝进贡银10万两、绢20万匹，史称"澶渊之盟"。宋、辽两国友好相处百余年，边声宁静，经贸繁荣，为两朝两国创造了发展机遇和边境稳定。公元1115年，崛起于白山黑水之间的辽朝臣属女真族首领完颜阿骨打起兵反辽，建立起大金王朝，10年后与宋联手灭辽，再过两年灭北宋。在长达近两百年的宋、辽、金先后对峙中，燕云十六州一直是被争夺对象，它们不仅是大宋的心患，也是大汉民族的牵挂——直到公元1368年明朝开国皇帝朱元璋从蒙古人手里夺回，这片丢失了长达430多年的土地才重回大汉。这一地带的战与和、争与让、攻与守、汉化与胡化、拉拢与排斥，或暗流涌动，或惊心动魄，历代宋、辽、金的皇帝们精心运筹的政治算盘噼里啪啦打个不停。战争状态影响政治生态，政治生态影响社会生态，这一地区的"燕云汉人"上从官吏下到黎民百姓的政治立场和文化立场也一直在宋、辽、金之间摇摆，都不忠心，也不依附，更不独立。这一社会特征牵动三朝三国的爱恨情仇，主导着三朝三国的关系，左右着中国北方乃至天下的政治格局。

对北宋王朝来说，北方游牧民族的得得铁蹄声，如滚雷疾响，贯穿于九位皇帝、167年的梦魇，他们能想到的唯一招数，就是在汴京城附近拼命地种树，以期阻断可能在一夜之间疾驰而至饮马黄河的辽金铁骑。但是，那脆若蝉翼一捅即破的防护林只是一道好看的风景而已，林带挡不住风沙，岂能拦得住疾风般的铁骑。心患不除，威胁未已，建宋162年之后，仍然怵于"燕云十六州"之患的北宋政权，悄悄地派人到山东蓬莱一带与金人订立"海上之盟"，约金灭辽，甚至还畅想了新的行政机构。金人佯装支持，与宋联手灭辽，将部分洗劫殆尽的空城交给宋，燕云之地像一个永远无法赎回的抵押物，令宋朝怒不敢言。金朝在盟约和灭辽过程中看清了宋朝的军事实力和政府腐朽无能、胆小怕事的本质，于公元1126年初向这位盟友发起全面进攻，兵分两路进入山西、河北，不但重新占领了燕云十六州，还最终长驱直入灭掉北宋政权，劫走徽、钦二帝，易都北京（汴京）。宋高宗赵构不但无力反抗，反而派人到金朝乞和，将黄河以北拱手奉金，导致中原沦陷，自己还南逃江浙。这意味着大宋朝廷要放弃北方这一防线，即使派兵驻防，也不过是隔山放枪的稻草人，吓唬不到人。

北方防线失守，江南底线脆弱，岳飞看到了问题的严重性，主张收复中原、力图燕云。公元1127年6月，24岁的岳飞上书指陈皇帝"有苟安之渐，无远大之略"，呼吁皇帝要"亲率六军，迤逦北渡，则天威所临，将帅一心，士卒作气，中原之地指期可复"，还把矛头直指黄潜善、汪伯彦等朝廷权臣的投降行径。岳飞的上书行为被指是"大忤用事""越职""非所宜言"行为，导致了被"夺官归田里"。听说监察御史张所主张抗金，便前往北京投奔张所。张所早就知道岳飞的武功，十分赏识岳飞对军事形势的判断，尤其是对河北、河东、燕云十六州重要性的分析，认定岳飞"殆非行伍中人也"，遂把岳飞留在"帐前使唤"，使得岳飞有了一展报国之志的机会。张所的欣赏使岳飞增添了自信，只可惜后来张所为朝廷投降派弹劾，被劫杀于流放岭南的途中。岳飞对燕云十六州战略形势的认识与判断，促成了他后来的四次北伐。北伐之战，打出了宋朝的威风，令金人寒怵。

——譬如，他看到金朝图谋大宋的本质，是抗金意志最坚定、战斗时间最长、抗金决心从一而终的南宋大臣。当年金兵在岳飞家乡制造的灾难令他铭刻在心，使他萌生了从军抗金，为抗金而生、为抗金而死的决心。金朝统治者在与宋联合灭辽的过程中，看到了宋朝的政治上的腐败、统治者的怯懦和军事上的软弱，而岳飞在与金兵的多次较量中，认识到金人的强悍凶狠，认清了金朝势欲吞灭宋朝的本质，因而始终保持高度警惕和坚定意志。

　　细数南宋初年的抗金名将还是有不少的，除岳飞之外，还有李纲、宗泽、韩世忠、刘光世、张俊、张浚、刘锜、吴玠等人。从战功和军事才能来看，无论是前面几位重臣老将，还是后面几位新锐猛将，都各有功勋和建树，但结局、下场、晚景均不好。

　　老将宗泽年纪最长，早年受到赏识，但后来坐了35年冷板凳。公元1126年8月，金兵大举攻宋之际，宗泽以68岁之龄临危受命，在众多河北官员纷纷借故推托不敢赴任的情况下，慨然出任已被金兵包围的河北磁州知州，组织了有效防御。宗泽最早识破当时的康王、后来的皇帝宋高宗赵构的畏敌避战心理和退避求和政策，但面对金兵强敌、宋军的不堪一击，但宗泽仍然孤军奋战。在金人劫走徽、钦二帝，另立张邦昌伪楚政权，奸臣黄潜善、汪伯彦弄权的情形下，宗泽上书向康王赵构提出五条建议，一曰近刚正而远柔邪，二曰纳谏诤而拒谀佞，三曰尚恭俭而抑骄侈，四曰体忧勤而忘逸乐，五曰进公实而退私伪。这一番"血诚痛切"之言表达了宗泽的忠诚和对康王的规劝，是需要勇气的，非忠臣不敢为。赵构登基后，宗泽入朝觐见时，"气哽不能语，涕泗交颐"；与同为抗金忠臣李纲会面时，"忠义慷慨，愤发至流涕"。他尖锐地抨击黄潜善、汪伯彦的奸贼卖国行为，批评宋高宗赵构的软弱无能和虚情假意，对国运军势忧虞深沉。在金人兵临城下，连皇帝都不敢回京都的情况下，经过时任宰相李纲的力荐，宗泽受命担任了开封知府，而后任开封尹、东京留守等职务，一位从未领兵打仗的文臣，担任起抗金最前沿的军事统领，建立起一支抗金铁军。但是不久李纲遭贬，宗泽失去朝廷内援，上有黄、汪奸佞国贼百般打压，外有强敌难挡，但年逾古稀的老将宗泽依然坚贞不屈，致使金兵始终难以进逼开封城，以风烛残年之躯战斗到生命最后一息。宗泽在生命的最后一年，连续上报二十四份奏表，请求宋高宗赵构还都，主持北伐大计。公元1128年5月，心力交瘁、心灰意冷的一代抗金名将、老将宗泽上了平生最后一份请求圣驾回銮奏后，"积忧成疾，疽发于背"，一病不起，临终前长吟"出师未捷身先死，长使英雄泪满襟"，最后连呼"过河！过河！过河！"宗泽之死，使宋朝小朝廷失去了支撑危局之独木，李纲撰挽诗曰："梁摧大厦倾，谁与扶穹窿"。之后，宋军节节败退，金兵大面积攻占了两河的一片州县，"失天下者大半"。

早期抗金名将中，官阶最大的当数李纲，当了75天宰相。国难当头之时，李纲担任亲征行营使，负责开封的防御，率领开封军民积极防御，亲自登城督战，击退金兵。宋钦宗赵桓登基后，命李纲担任右相之职。宋金对抗中，金帅完颜宗望见开封强攻不下，遂施行诱降之计，李纲力主抗金，竭力支持宗泽的抗金主张和在前线的战事，"绥集旧邦，非泽不可"，坚决反对向金割地求和，因而被宋钦宗免官。由于开封军民愤怒示威，迫使宋钦宗收回成命，李纲这才又被起用。在李纲领导下，开封守卫战获得胜利，但是，金兵一撤，李纲即遭到朝廷投降派的诋毁，被一贬再贬。公元1126年底，金兵再犯开封，宋钦宗想用李纲，但为时已晚。公元1127年5月，刚即位的宋高宗赵构启用李纲，命李纲为右相。李纲赴任途中，即着手考虑重整朝纲，向皇帝上十议，研究对金政策，组织力量抗金，他坚决反对投降，提出"一切罢和议"，"能守而后可战，能战而后可和"；主张严惩张邦昌等为金兵效劳的宋朝变节官员，以整风气；提出矫治时弊、加强战备的举措；力荐老将宗泽出任东京留守、张所担任河北西路招抚使，重整抗金队伍；颁布了新军制二十一条，着手整顿军政，并建议在沿江、沿淮、沿河建置帅府，实行纵深防御。但是李纲的一系利国之举与意欲同金和议的宋高宗赵构想法相左，黄潜善、汪伯彦趁机阻挠和破坏，他们怂恿宋高宗赵构排斥异己、打击忠良，多方牵制李纲，破坏李纲的抗金部署，逼迫李纲辞职。万般无奈，一代忠良李纲只好"再章求去"，宋高宗赵构自召礼部侍郎起草了罢相制词，编织罪名将李纲流放到海南岛。不仅如此，敢于上书提议挽留李纲、罢免黄潜善和汪伯彦的爱国志士陈东等人遭诛杀。公元1139年，宋、金议和，宋向金称臣纳贡，李纲积忧成疾，宋高宗赵构欲再次起用李纲，李纲坚辞不受，翌年病逝于福州仓前山。

张俊、刘光世、韩世忠与岳飞一同列为南宋抗金"中兴四将"，但他们最后"同途殊归"。韩世忠曾任建康、镇江、淮东宣抚使，官至枢密使。他力主抗金，反对乞和，曾救过宋高宗赵构的命，指挥了两场最著名的战斗，第一场是公元1130年的黄天荡之战，韩世忠在建康之北，创造了以八千之宋兵围堵十万之金兵48天的战绩，虽然最后金兵在汉奸的帮助下凿江而逃，但韩世忠成功地阻击并将金兵赶出江南，使之不敢轻易渡江，为全面战场赢得了战略主动。如今江苏的丹徒、江阴、常熟、宜兴、张家港等沿长江的古河道、古井中，时有陶罐"韩瓶"出土，据说"韩瓶"就是当年韩世忠部队的军用水壶，当地以"韩瓶"之称来纪念抗金名将；第二场是公元1134年的大仪镇之战，韩世忠在扬州、镇江一带，以十几万人之兵战金兵统帅兀术和金将聂儿孛堇及伪齐刘豫的五十万之敌，成功地伏击了金兵的骑兵部队，俘金将士200多人。韩世忠也因此被誉为"中兴武功第一"，但是后来的几次北伐，他没有取得重要战果，得而复失、进而又退，被宋高宗赵构罢兵权的最后一役是淮西濠州城之战，还吃了败仗，最后罢官赋闲，闭门谢客，绝不再谈兵事政事。

作为"中兴四将"之一的刘光世和张俊，起初的抗金态度是明确而坚定的，但随着宋高宗赵构怕战求和、压战保和态度的日益明显，金兵军事上的凶猛、政治上的高压，两人脚跟生软、心底生变，或屯兵不出，或倒向变节。刘光世参与平定苗、刘兵变有功，但一贯畏惧金兵、贪生怕死，奉诏不前、骄惰不战，还多次虚报军额、多占军费，"沉酣酒色，不恤国事"。官至枢密使的张俊因为支持宋高宗赵构的降金求和政策而深得宠信。在岳飞冤案中，张俊先后陷害韩世忠、岳飞，成为宋高宗赵构、秦桧冤杀忠良的帮凶；官至宰相的张浚主战心高，曾令金兵统帅粘罕、兀术，金主完颜亮闻风丧胆，在陕州富平保卫战中领兵血战，但他志大才疏、刚愎自用，听不进军事幕僚们的建议，最终失去陕西战区，使整个南宋面临危局。张浚后来还指挥过淮西之战、符离之战，均以失败而告终。在朝廷内主和派的挤兑下渐渐失势，北伐失败后被罢相，病死途中；抗金名将刘锜指挥顺昌之战，以不足万人之兵牵制金兀术的几十万人马，威震全国，但后来在完颜亮等金将的凌厉攻势下节节败退，最后缩守江南；吴玠是一位战功卓著的猛将，他在富平之战后，成功指挥了和尚原之战和仙人关之战，用劲弓强弩与健骑重甲的金兵血战，死守陕川咽喉，连续取得大捷，以宋金之间当时唯一的战场而撑起南宋朝廷的半壁江山。起初吴玠的威名是盛于岳飞的，但他攻不如守，尤其是在组织大规模的战略反攻方面，他不如岳飞，有人认为吴玠是南宋军事成就仅次于岳飞的军事家。所以当世有人列"韩世忠、刘光世、张俊、吴玠、岳飞"为南宋绍兴时期"五大帅"，誉"韩世忠、张俊、岳飞、刘光世"为南宋"四大中兴名将"，还有人将韩、岳并称，陆游诗曰"堂堂韩岳两骁将，驾驭可使复中原。"这说明在南宋历史中，军事成就唯岳飞首屈一指。

——譬如，他看到襄阳六郡对大宋朝廷安全的重要性，是南宋立朝八年来第一个收复大片失地的功臣。公元1133年冬，金兵向宋守军发起进攻，侵占了襄阳府、邓州

（今河南邓州）、随州（今湖北随州）、郢州（今湖北钟祥）、唐州（今河南唐河）、信阳军（今河南信阳）等六个州郡。这片土地连接关中平原、江汉平原、豫东平原、长江中下游流域，是接通东西南北陆路水路的咽喉之地，是守护湖湘之地、收复中原的前沿据点。但是，这一地区也是情势最复杂的地带，金兵占领、伪齐抢据，且相互争斗，宋军残余演变成的武装势力、土匪占山为王，各种势力较量争斗、暗通勾结。兵荒马乱之下，这一带民生凋敝，"或被驱虏，或遭杀戮""残破为甚""城郭隳废，邑屋荡尽"，"长涂莽莽，杳无居民""百里绝人，荆榛塞路""墟落尤萧条""虎狼肆暴"。由于襄阳六郡被金兵占领，大宋王朝的长江防线在中游被撕开一个巨大缺口，如果金兵从这里沿江东下，攻入江西、安徽、江苏、浙江腹地，失去江南屏障的南宋朝廷就如瓮中之鳖。公元1134年，岳飞奉命收复襄阳六郡，但宋高宗赵构命令"不须远追"，更不得"提兵北伐，或言收复汴京之类"，意味着这是一场欲纵还收、很难拿捏的军事行动，分寸稍有不当就容易成为政治问题。事实上从岳飞的结局看，北伐成了金人和宋高宗赵构、秦桧共诛除之的隐因。岳飞从江州（今江西九江）起兵，以三万之兵迎战十万之敌，先后收复郢州、攻占襄阳、拿下随州、抢占邓州、占领唐州、收回信阳军，苦战两个多月，襄阳六郡终于全部收复归宋，这是南宋八年第一次全面大捷，当时令宋高宗赵构喜出望外，说："朕素闻岳飞行军极有纪律，未知能破敌如此"。收复襄阳六郡之战，也是岳飞发起的第一次北伐战争，它的胜利结束了南宋被拦腰截断、首尾难顾的被动局面。收复襄阳六郡之后，岳飞致力恢复民生、发展经济，很快使这里成为南宋立足江南的北部屏障和立国的基本地盘，是北御金兵、势逼中原的前沿阵地。守住襄阳中线，意味着南宋朝廷掌握了战略主动权，东可守护江南朝廷，西可扼制西北金兵，南可震慑湖广游寇，北可随时进兵中原，这一战略位置堪称南宋之命门。守住襄阳六郡就守住了长江，三年前金兵的铁蹄尖刀正是从长江撕开一道口子，扫荡北宋汴京，逼得宋廷南逃，又沿长江一路追击，建康屠城，扬州血洗，把宋廷赶到了临安。岳飞收复襄阳六郡139年之后，蒙元帝国大汗忽必烈亲率元军铁骑，在襄阳苦战六年打开缺口，刀指长江中下游和长三角，进逼南宋行在临安，导致大宋王朝的最终覆灭。

生为抗金，死为抗金，保家卫国血战到底，遍数朝廷唯有岳飞。只有岳飞，才是抗金斗争最重要、最具有代表性的继承人。

岳飞以敏锐的目光洞察到宋、金之间的民族矛盾不可调和，以深远的眼光看到了南宋的前途在于以战促强、以武保大，以大无畏的英雄气概敢打敢拼，为南宋王朝赢得了战略先机。但是，岳飞目力有余而心力不足，在朝廷昏聩与奸诈、愚昧与短视、胆怯与心狠相交织的统治下，只能是"怒发冲冠""空悲切"。

战神岳飞

岳飞在军史上的地位，是毋庸置疑的。

纵观岳飞的战斗生涯，他是一位为战争而生、在战斗中成长的战神。岳飞公元1122年第一次被招募为"敢战士"，先是投身抗辽，但从公元1124年起就转向了抗金战斗。参加河东抗金，跟随康王大元帅后招降"群贼吉倩"等、率铁骑前往李固渡抵挡金兵，跟随宗泽救援开封，跟随刘浩战于曹州，追随张所、王彦新乡抗金，再次归属宗泽投入开封保卫战，表现出非凡的军事才能和战斗实力。克复建康，夺回常州、镇江，镇守淮东，平定王善、张用等乱军，降服戚方，征讨李成，击破曹成，镇压吉州、虔州之乱，剿灭杨么，以及四次声势浩大战绩辉煌的北伐，岳飞渐渐成长为大宋王朝最优秀的军事家、战略家。

岳飞既是征战冠军又是常胜将军。他是中外历史上打仗次数最多、打胜仗最多的将领。岳飞之前，战国时期在鲁、魏、楚三国任过职的政治家、军事家吴起是打仗次数最多的，他事魏26年光仗就打了70多场，但总数加起来不会超过100场；三国时的曹操打仗50多场；成吉思汗从18岁进攻蔑儿乞人开始，一生打了60多次仗；拿破仑一生打过60多次仗。而岳飞打了多少次仗？28岁那年，岳飞率兵苦战收复了建康，他兴致勃勃地拜访江苏宜兴张渚镇读书人张完，兴之所至，在张家墙壁上题写了一文，言"总发从军，大小二百余战，"这还只是从军头8年，就打了200多场仗，不包括未来岳飞人生最关键的10年，四次北伐战斗更加密集。38岁那年，岳飞领军北伐，收复大片失地，几抵金兵大本营、昔日北宋首府汴京，但被宋高宗赵构、秦桧从凤凰山皇宫出发，以日行四百里、"过如飞电"的速度，连发十二道金牌强令岳飞班师。这一阶段战斗不计其数。当然，我们不能用简单的加减乘除来还原历史，许多战役的规模、时长无法类比。从史料来看，岳飞每战必捷，出奇制胜，场场精彩，"捷奏"甚多，无一败绩。他第一次参战就表现出非凡战功，著名抗金战将、河北招抚使张所第一次见到他时就说"闻汝勇冠三军",说明岳飞当时的名气已很大。抗金主将宗泽称赞岳飞的"勇智才艺虽古良将不能过"。他无疑是古今中外世所罕见的百战将军、常胜将军。

岳飞既是军事战斗员又是军事理论家、军事战略家。他打仗的最大特点是身先士卒、一马当先,英勇善战、从不怕死。他敢打硬仗、苦战、恶仗,每次朝廷遇到最严重威胁、遭遇金兵最猛烈攻击、战场形势最紧急时刻,岳飞总是被宋高宗赵构首先使用的精锐兵力。每次作战斗动员,岳飞都是慷慨激昂、富于感染力;每次出战,岳飞都是斗志威武高昂,寨营壁垒森严、战旗猎猎、战马啸啸。公元1130年2月开始,岳飞奉命阻击疯狂追杀宋高宗赵构的金兵,常州鏖战四战四捷,为南宋皇帝赢得了逃跑的时间,也使南宋王朝渡过了最大的危机;4月,岳飞为配合与金兵在水路上对峙已48天的抗金战将韩世忠,与金兵在距建康城仅三十里的清水亭展开激战,杀得金兵陈尸十五里,为"直捣建康"杀开一条血路。而几乎在同一天,韩世忠的水师在建康府附近水面遭到金兵火攻而大败,岳飞孤军迎敌,率岳家军乘胜追击金兀术,夺回备受金人蹂躏的建康;收复襄阳六郡、鏖战郾城,四次北伐,岳飞都是披坚执锐冲锋在前，令金兵闻风丧胆；扫荡李成等游寇土匪，岳飞屡出奇兵，引得各方士绅纷纷上书朝廷赞赏岳飞之功。这些战斗打得惨烈，也打得漂亮，堪称世界战争史上的经典战例。岳飞也凭借自己无可非议的武功不断升迁，创造了以一介平民因战功而屡屡擢升至相当于国防部副部长高位的奇迹。岳飞深具战略眼光，深刻地认识到燕云十六州对中原的重要性，认识到放弃汴梁对朝廷的不利，认识到襄阳六郡对长江防务和川陕通道防守的致命作用，认识到在长江中下游地区阻击金兵对南宋朝廷的保命作用。他最早提出北伐守住北方阵线的战略构想，虽然不为朝廷采纳，但迫使金兵没有实现吞并中原、统治长江流域的企图；他最早提出"联结河朔"的战略方针，得到黄河两岸军民的热烈欢迎和拥戴，不少忠义民兵、流寇纷纷相约以"岳"字旗为号，响应岳家军，形成了一支庞大的官民共同抗金力量，体现出人民战争的军事思想和人民观。

岳飞自幼熟读《孙吴兵法》，排兵布阵深谋远虑，战略战术运筹精当。在独立担任统帅之前，他先后跟随过刘浩、张俊、张所、王彦、宗泽、闾勍、杜充等七个上级，与韩世忠、刘光世等抗金名将配合过，博采众长，在战争中学习兵法，在实战中积累经验。他的"兵家之要，在于出奇，不可测识，始能取胜""阵而后战，兵法之常，运用之妙，存乎一心"，成为经典的军事理论。岳飞深谙兵法战法，善用战略战术，灵活采取阻击战、伏击战、袭击战、合围战、突围战、间谍战、歼灭战、消耗战等方式，使用围点打援、中间穿插、分割包围、声东击西等策略，或明修栈道、暗度陈仓，或顺手牵羊、瞒天过海，或诱敌深入、围而不打，既隐蔽出击、虚张声势，又集中兵力、各个击破，稳扎稳打，步步为营，出奇制胜。岳飞改革传统的兵车战法，用手持重铠盾牌的防御性士兵保护步兵主战兵种；两军对阵时，先安排弓弩手在300米距离试射，如果弓力能及则万箭齐发；对付骑兵，采用超长勾枪勾挡马足，使敌方马阵崩溃，等等，熟练地掌握了这些战法的宋军打得金兵溃不成军。

岳飞既用兵如神又爱兵如子。他战时用兵、平时练兵，部队休整时亲率将士们练兵习武，穿着盔甲手持兵器进行实战演练；他把自己"能左右射，随发辄中"的高超的骑射武功传授给士卒，使得岳家军全员都能左右开弓，战斗力极强；岳家军纪律严明，军令如山，令行禁止，执法严肃，"众不敢犯"，使原本多是"四方亡命、乐纵、嗜杀之徒"的队伍"皆奉令承教，无敢违戾"。岳飞一向论功行赏、赏罚分明，"有功者重赏，无功者重罚，行令严者是也。"岳飞要求一切行动听指挥，"纪律严明，秋毫不犯"，在军事行动中不得侵犯百姓利益，"兵不犯令，民不厌兵""冻死不拆屋，饿死不掳掠""取人一钱者，必斩"。有的部队军粮用尽，将士忍饥挨饿，却不去扰民。一个兵士擅自用老百姓家的一束麻来捆绑柴草，被发现后按军法处斩；一个士兵趁救火之机偷了民家的芦筏，也被立斩无赦。在平定吉州、虔州叛乱过程中，岳家军始终保持严肃的军纪，士兵们寄宿民宅，黎明出发之前先为房东打扫门庭、洗刷盆釜。这在兵荒马乱、兵匪横行的日子里是很罕见的，连宋高宗赵构也不得不称赞岳飞"纪律严明，秋毫不犯，卿之所能也""卿忠义之心，通于神明，兵不犯民，民不厌兵"。岳家军驻扎过的江苏地区、湖北地区至今还有岳王庙等纪念遗址。部将张宪的亲兵郭进在镆铘关立下头功，岳飞立即赏赐金腰带和银器，并将他从普通小兵提拔为从八品武官。打虎亲兄弟，上阵父子兵，长子岳云在父亲的教育下敢打善拼不怕死，成长为战场虎将，多次立下重大战功，但岳飞从不向朝廷报功，张俊发现这个问题后要求上报，但岳飞坚持压下，改报其他将士；因战功受到朝廷犒赏，岳飞总是全数分发给将士，自己分文不留。岳飞爱兵如子，与士兵同吃同住、同甘共苦、同生共死，经常亲自为生病的战士调药，还让妻子慰问出征的将士家属。每当有将士阵亡，岳飞都抚养遗属、养育遗孤。

岳家军并非先天的战斗队、具有先天的战斗力。同其他部队一样，岳家军也是部将来源多元、兵员来源多元，有朝廷派遣的，有慕名而来的，有游寇匪贼中被招安的，有从农民起义军或者忠义民兵中投奔过来的，还有从金兵中招降的。在强大的人格魅力感召下，岳飞的麾下聚集了一大批能谋善断、能征惯战的骁将，如功勋卓著的副帅王贵、张宪，声名显赫的"五虎上将"王贵、张宪、徐庆、牛皋、董先，还有姚政、徐庆、杨再兴、王刚、王经、李道、胡清、庞荣、梁兴、董荣、赵秉渊、李山、岳云等一批干将。据史料统计，岳家军拥有统制官22人、将官252人，其中正将、副将和准备将各84人，而同为"中兴四将"的张俊只有统制官10名、韩世忠只有统制官11名。岳家军阵营可谓猛将如云、强手如林。

常胜小将岳云12岁随父从军、16岁随父出征，苦练杀敌本领，武艺高强、胆气高昂，每当战争最残酷、最凶险、最危急的关头，岳飞总是让儿子岳云一马当先："不胜，先斩汝！"公元1134年，岳飞组织第一次北伐，16岁的岳云跟随父亲出征，在攻打随州、邓州的战斗中，岳云双手持铁锥枪拍马冲锋在前，锐不可当，第一个攻上随州城，后又收复邓州。岳飞针对金兵强大的骑兵队伍，决定利用缴获来的15000匹战马，组建宋军的骑兵部队。岳家军兵力鼎盛时期约有十万人，分为前军、后军、左军、右军、中军、游奕军、踏白军、选锋军、胜捷军、破敌军、水军和背嵬军等十二军。其中岳云任统制的"背嵬军"是岳飞的亲兵卫队，拥有骑兵8000人。"背嵬军"力量精锐，作战勇猛，战术多变，配合紧密。公元1140年，金兀术率精锐部队在郾城与岳家军大战，岳云身先士卒，率"背嵬军"敢死队骑兵冲进敌阵，大破金兵精锐"拐子马"，大败金兀术的精骑一万五千及步军十万。随后，金兀术又集结三万骑兵、十万步兵再攻颍昌，岳云率"背嵬军"800骑兵决战，因为金兵人马巨多，主将王贵想撤退，但被岳云坚拒。经过激烈鏖战，再次大破金兀术的精骑，杀得"人为血人、马为血马"，岳云先后十多次杀入敌阵，身披一百多处创伤。战斗中，金兀术的女婿夏金乌被杀，金兵78名首领被生擒。岳家军有一位猛将杨再兴，原本是盗匪曹成的手下，还曾杀死了岳飞的胞兄岳翻，但岳飞不计前嫌将其收在帐下。得到岳飞宽容的杨再兴从此忠心耿耿，不计生死。在攻打临颍的战斗中，杨再兴率三百骑兵与数万的金兵主力激战，在金兵枪林箭雨刀丛中冲杀，斩杀金兵万夫长以下二千余人。他每中一箭，都折断箭杆继续战斗，最后被金兵射成"刺猬"，但杨再兴和他的战马依然挺立河中不倒。战斗结束后人们找到了杨再兴的遗体，火化之后从中捡出的铁箭头足有两升之多。

有如此之主帅，有如此之战将，想不造就一支战无不胜、攻无不克的铁军都难。岳家军打出了威风和志气，让侵略者害怕，金兵几十万大军每遇岳家军都避而远之、奈何不得，金兀术不得不发出"撼山易，撼岳家军难"的感慨；让百姓"举手加额，感慕至泣"地爱戴，箪食壶浆以迎，勒石刻碑以记，建起"生祠"、挂起画像，侍以香火，以示敬仰和拥戴。

岳家军是怎样炼成的？一靠教育，二靠纪律，三靠感情。岳飞以爱国、忠诚为主旨，以江山社稷和百姓福祉为根本，以"仁、智、信、勇、严"为理念，用保家卫国的理想来教育将士，用严明的纪律来约束将士，用苦练杀敌本领来提高战斗力，用关心体恤来增强凝聚力。无论是草莽英雄还是落魄流寇、散兵游勇，经过岳家军熔炉，锻造成了猛卒悍将钢铁勇士。

理念建军、武功强军、纪律治军、感情兴军，岳飞把一群农民培养和训练成一支方向明确、信念坚定，忠于朝廷、热爱国家，中兴图强、决不妥协，具有先进理念的国家军队。岳家军是中国古代封建社会一支勤王之师、护民之师、卫国之师，一支正义之师、威武之师、仁义之师，一支战无不胜、攻无不克的钢铁之师、胜利之师，成为"南宋第一强兵"。

岳飞虽逝，军魂不倒。岳飞和他的岳家军，创造了古今中外战争史和建军史上的奇迹；岳飞的治军思想是对中国古代军事思想的总结，为南宋以后建设武装力量确立了新的理论体系、质量标准、治军经验。岳飞和他的岳家军不但为南宋朝廷的江山社稷立下汗马功劳，也为中国古代军事思想和后世军队建设作出了历史性贡献，彪炳史册，功著千秋。

江淮做证

岳飞的显赫战绩，主要表现在两个战场，一个是中线防区，即今天的鄂豫赣一带，以鄂州武昌为大本营；另一个则是东线防区，即今天的苏皖浙等江淮地区展开。从公元1129年被迫奉命撤离开封、驻守长江防线起，岳飞先后转战建康、溧阳、广德、常州、宜兴、镇江、通州、泰州、承州、扬州、楚州、湖州等地，多次以中级军官的身份孤军苦战，如取得广德六捷、常州四捷，清水亭之战、收复建康之战的胜利，还先后两次驰援淮西，以及其他临时性、突击性、配合性任务。如果说前者是保卫战、防御战、收复战、阵地战居多，那么后者是攻击战、阻击战、打援战、游击战居多，前者意在逐虏，后者意在护君，两者都志在中兴。

在中国历史上，宋高宗赵构是一个可怜的皇帝，"匹马渡江""扁舟航海"，大半辈子过着居无定所到处逃命的日子。公元1129年，宋高宗赵构被金人一路追赶，从汴京（今开封）到南京（今商丘），到扬州、镇江，再到建业、金陵，后到临安（今杭州），听说金兵在训练水军图谋江浙一带，宋高宗赵构吓得从临安躲到绍兴、逃到明州（今宁波），不久又登船逃往舟山，经温州，逃往福州，直到岳飞阻击金兵成功，金人放弃南下的企图，宋高宗赵构才最后落脚临安。这一路上他还不断地派人持求和书到金营告饶。

　　南宋皇帝如此的卑躬屈膝反而被金人嗤之以鼻，金兵干脆以排山倒海之势一路狂卷，"搜山检海"穷追三百多里，吓得南宋皇帝赵构屁滚尿流斯文扫地、尊严全无。宋军各路兵马闻金色变，要么不战而逃、溃不成军，要么寡不敌众、孤军战死，战斗极其惨烈。连接替宗泽担任东京留守、后担任建康留守，最受皇帝信任的杜充都向金兵投降了。金兵打过长江时，全部宋军只剩下岳飞一军死守南京紫金山。在皇帝怯懦、将帅叛逃、军心摇动、民众惶恐之际，岳飞召集士卒慷慨演讲："我辈当以忠义报国，立功名，书竹帛，死且不朽！"士兵无不被岳飞的爱国精神和敢于牺牲的勇气所感动，纷纷涕泪相誓，要与金人决一死战。岳飞用尽兵法，引兵死守、死战、死追，取得一系列重大胜利，频传的捷报给了焦虑惶惑的南宋朝廷巨大的、也是唯一的希望。公元1130年春，在宜兴金沙寺，岳飞慨然题词："拥铁骑千余，长驱而往。立奇功，殄丑虏，……使宋朝再振，中国安强。"不仅显示出岳飞的军事才能，更表现了他的政治担当。与岳飞和他的岳家军形成鲜明对比的，是宋朝一些官员的丑陋表现。在逃命的过程中，一些贪官奸佞还不忘发国难财。金兵攻陷扬州城前夕，一名叫王渊的渡江总指挥不是紧急转移国家重要物资和逃难民众，而是先调集上百条船转移自己的家财和眷属，导致十万军民蜂拥到长江北岸无船可上，坠江、踩踏而死者无数。更令人气愤的是，王渊在扬州到杭州的水路上还召集一帮宦官"以射鸭为乐"，到了杭州先跑去钱塘江观潮。而这样的昏官，却被宋高宗赵构提拔成签书枢密院事，相当于国防部副部长一职。

岳飞冒死驰援楚州一事，足以说明岳飞的勇敢精神和大局意识。公元1130年，金兵横扫江南，把掳掠到的金银财宝通过运河源源不断地运往金中都北京，运河边宋军控守承州（今高邮）、楚州（今淮安）是必争之地。是年8月，金兀术与挞懒合兵疯狂围攻楚州，宋军守将赵立奋起死拼，但势单力薄难以久持。承州守将薛庆急驰扬州，力邀守将郭仲威一同救楚州，但郭仲威置大宋江山于不顾，拥兵自重拒绝出兵。欲返回承州的薛庆半道上被金兵追击，退到扬州城下时，郭仲威竟闭门不开，致命薛庆被金兵乱箭射死于城门之下，只剩坐骑从血泊中冲出一路嘶鸣回家报信。在此紧急情况下，朝廷急命辖区大帅、御前右军都统制张俊救援楚州，没想到张俊竟以金兵"其锋不可当"而违命不敢出兵；朝廷又急命守防镇江的刘光世急援楚州，这位拥兵五万之众的抗金战将竟然也"畏金人之锋"而不敢出战；万般无奈之下，朝廷只好急诏远在宜兴的岳飞驰援楚州。尽管当时经历了收复建康大战之后的岳家军精疲力竭，老弱病残加起来不过一万兵力，且短衣缺食粮草不济，但岳飞二话不说，提旅挥兵救援，冒死从泰州、承州抵近楚州与金兵展开战斗，以一万之兵抵二十万之金兵，尽管打了多场胜仗，但最终寡不敌众、力不从心，楚州失守，岳飞身上还中了两枪。岳飞在众多宋将畏缩不前、隔岸观火的情况下，万死不辞，忠心耿耿，其忠其勇感古动今，宋高宗赵构以"节义忠勇，无愧古人"褒奖岳飞。

公元1130年，为阻击金兵追杀向舟山方向逃亡的宋高宗赵构，岳飞从宜兴提兵，奔常州迎袭金兵，四战四捷，金兵从此放弃了从海上追击宋高宗赵构的企图，再也不敢南侵加害百姓。岳飞抗金护民、收复建康，拔掉了插在朝廷心头的利剑，为江南地区经济社会发展、民众安居乐业创造了安定的环境，这是南宋抗金胜利的标志性事件，当地官员上书朝廷曰："飞能奋不顾身，勇往克复建康及境内县镇，为国家夺取形胜咽喉之地，使逆虏扫地而去，无一骑留者。江浙平定其谁之力也？"岳飞不但在江、浙、皖一带抗金有功，还剿匪有成。外患当头之时，内忧并起，一些隐迹江湖山寨、打家劫舍的旧官军占山为王，当上了土贼游寇，或盘踞一方，或流窜江淮，偶尔也与金兵一战，但大多以抢夺财宝为目的，甚至专门与官军作对，成为南宋政权的心腹之患。岳飞经常奉命剿匪，起到护国佑民、平定一方的作用，不少江浙军民踊跃投入岳家军。老百姓说"父母生我也，易；公之保我也，难"以表达对岳飞的崇敬。

两次兵援淮西，是岳飞政治生涯和军事履历中的大事。一次发生在公元1134年秋，金兵与伪齐联军大举进犯淮南地区。当时宋军主力部队有五：吴玠军据守川陕，岳飞军据守襄汉，刘光世军、韩世忠军和张俊军据守长江下游、紧邻淮西，而后三人兵力远超前两人，但面对金兵进逼淮西，这三员宋朝大将怯敌不前，"刘光世退军建康府，韩世忠退军镇江府，张俊退军常州"，隔江对峙、隔岸观火，尤其是身为淮西、江东宣抚使的刘光世临阵退避，更使人心恐慌。无奈之下，宋高宗赵构只好置中线防务于不顾，命岳飞"全军东下"，岳飞不敢放松襄汉防务，带领一半部队奉诏东下，出兵池州、攻克庐州，伪齐部队一见"岳"字、"精忠"旗，不战而溃。在岳飞指挥下，部将牛皋、徐庆一马当先，一一击破金兵与伪齐的联军。到12月，金兵大举撤退。第二次支援淮西，发生在公元1141年。上年底，被岳家军打怕了的金兵又一次在开封集结，组织九万兵力，准备第二年渡过淮河攻宋。当时宋廷部署在淮西的部队有淮西宣抚使张俊军八万、淮西宣抚副使杨沂中所部三万、淮北宣抚判官刘锜二万，总兵力超过十三万人，足以对付金兵，但宋高宗赵构心里还是没底。公元1141年正月，宋高宗赵构连发诏书给驻守鄂州的岳飞，命令他"星夜前来江州"，意在让岳飞从背后袭敌，随后又接连快递手诏催促岳飞。尽管刚刚遭受北伐"十年之功，废于一旦"的痛苦，但岳飞还是以皇命为重、以国事为先，毅然亲率八千"背嵬军"前往指定地点。在岳家军赶到之前，张俊的部将杨沂中等已与金兵战于柘皋镇获胜。战败的金兵转向进攻濠州，张俊、杨沂中等人却接连应战失误，不得不撤往江南。岳家军在途中即接到张俊的无须前往的"逐客令"，后又接朝廷之令赶赴舒州、定远、濠州，但濠州韩世忠已败。至此，岳飞第二次援淮西，没能与金兵正面接战。淮西守军先胜后败，完全是因为张俊的瞎指挥，但后来张俊反咬一口，伙同杨沂中等诬蔑岳飞"逗留不进，以乏饷为辞""不赴援"，陷害岳飞。

长江作证，淮河有心，岳飞用自己的铁血丹心书写了对国家、对民众、对民族的忠诚。

剿匪英雄

动荡变乱的南宋，兵荒马乱的社会，老百姓一方面深受金兵之袭扰，民不聊生，一方面遭遇土匪武装到处横行、流寇惯盗打家劫舍。岳飞既置身民族战争的主战场，又不得不奉命剿匪平寇。

岳飞剿匪的战场，主要在河南、江西、浙江、江苏、安徽、湖北、湖南、广东、广西等地，幅员宽广，地形迥异，情形复杂。他清剿的业绩主要表现在河南破解王善、张用的武装，平息内讧，后来又招降落草为寇的张用夫妇；在安徽池州、江西江州、浙江湖州、湖北蕲州、一带追击李成；在浙江湖州安吉击败并逼降戚方；在湖南道州、潭州、岳州、永州、衡州、郴州，广西桂州、贺州、阳朔一带击破曹成；在江西吉州、赣州一带平定多方土匪武装；在湖南洞庭湖一带打败杨幺，等等。这些匪寇聚众生事，少则三五万众，多则十多万人，水军、步军、骑军齐全，训练有素，他们或互相串通、到处流窜，或与金兵、伪齐相互勾结，向官军发起规模浩大此起彼伏的攻击，破坏力甚大，弄得朝廷焦头烂额应付不过来，消耗了抗金的力量，成为朝廷的心头之患。朝廷经常下诏征讨，但许多重臣武将慑于匪寇的强悍，不敢应诏应战。岳飞认为，"内寇不除，何以攘外；近邻多垒，何以服远"，可见他剿匪的主要目的是为了抗金。

岳飞剿匪有勇有谋，屡建奇功。公元1130年12月，宋廷命令张俊为江淮招讨使，剿灭流窜于江西、湖南、湖北等地的游寇李成、张用、曹成等。李成号称"李天王"，率十万之众横行池州（今贵池）、江州（今九江）、饶州（今鄱阳）、洪州（今南昌）一带，杀得官军溃不成军。张俊自怵于李成的十万流寇，向宋高宗赵构提出要岳飞协同作战。接到命令的岳飞立即从江阴领兵经宜兴过徽州直逼饶州。战斗打响，岳飞作为先锋军，亲自杀入敌阵，在友军支持下最终打败李成。

随后，岳飞又奉命围剿流寇张用。这个张用是岳飞的河南相州同乡，拥兵五万，自己敢打敢拼所向无敌，他的妻子"一丈青"更是女中豪杰，一人能敌千人。听说岳家军到，曾是岳飞手下败将的张用不免紧张，准备决一死战。张俊怕岳飞败阵，决定加派三千兵力给岳飞，但岳飞说，我徒手就能捉拿他！某天，被岳家军围困的张用接到一封信，打开一看是岳飞亲笔所写，信里抬头就问候，充满浓厚的乡情，接着晓之以理、晓之以利，劝他们夫妻二人弃暗投明、回头是岸。读罢此信，张用夫妻心有所动，决定率部投奔岳飞，后成为岳家军的主力。

岳飞的不战而屈人之兵，令朝廷上下大为佩服。湖南岳州（今岳阳）、道州（今道县）、潭州（今长沙）一带有多路土匪盘踞，其中以曹成拥十万之众为老大。当听说岳家军出动，曹成赶紧将兵力分散躲藏起来，但岳飞攻占重点，各个击破，曹成不得不投降了宋军。曹成手下的有一位猛将叫杨再兴，能征善战不怕死，曾杀死岳飞的胞弟岳翻。杨再兴被俘后宁死不降，最后被绑来见岳飞。岳飞视之为人才，原谅了这个与自己有杀亲之仇的匪首，亲自松绑解缚。杨再兴深受感动，一为岳飞之威名，二为岳飞之宽容，毅然投在岳飞麾下，成长为岳飞手下的抗金猛将，最后英勇战死。

岳飞的剿匪平乱，得到朝廷高评、社会点赞，不少官府纷纷上奏朝廷，或陈情匪害，祈求派岳飞前来平乱，或力举岳飞的功绩，请求朝廷褒奖岳飞，不少地区的老百姓感谢岳飞为他们扫荡了生存环境，立碑、建祠、撰联纪念岳飞。

岳飞剿匪，在一定程度上既剪除内患又平抑社会动荡，使朝廷能够集中精力抗金。他以善治恶，施以仁政，收编了不少流寇散兵游勇，这些人后来大都成为重要的抗金力量。

剑胆琴心——二说岳飞

谁家的黄鹤楼？

金碧辉煌的黄鹤楼，翼然屹立在武昌的长江之滨。这座千古名楼始建于三国时期（公元223年），自唐宋以来留下无数文化名人数以千计的题咏之作，成为中华民族历史长河的一个文化符号。

物以文名，文以人名。那么，黄鹤楼是谁的？谁家的黄鹤不复返，谁家有诗传千古，谁在楼中吹玉笛，谁人三月下扬州？

是唐代诗人崔颢（公元704—754年）的。"昔人已乘黄鹤去，此地空余黄鹤楼。黄鹤一去不复返，白云千载空悠悠。晴川历历汉阳树，芳草萋萋鹦鹉洲。日暮乡关何处是？烟波江上使人愁。"经典流传，让人们记住了黄鹤楼，也记住了崔颢。传说不久之后的公元730年，比崔颢还年长几岁的李白也来到黄鹤楼，登楼后想题诗，却发现了崔颢的诗作，沉吟良久，发出感叹："眼前有景道不得，崔颢题诗在上头"，没敢下笔。

传说归传说，李白还是写过"黄鹤西楼月，长江万里情""一忝青云客，三登黄鹤楼""黄鹤楼中吹玉笛，江城五月落梅花""仙人有待乘黄鹤，海客无心随白鸥"等诗句，甚至还以崔颢诗为范本，写下《登金陵凤凰台》："凤凰台上凤凰游，风去台空江自流。吴宫花草埋幽径，晋代衣冠成古丘。三山半落晴天外，二水中分白鹭洲。总为浮云能蔽日，长安不见使人愁"，此意此境，其韵其律，与崔诗可有一比，站在长江下游回望黄鹤楼的李白，用一个"流"字联通了崔颢，一个"愁"打了一个共同的心结。据说一直在长江湖北一带游学漂泊的李白，与比他年长一轮的湖北人孟浩然成为挚友，得知孟浩然要去长江下游的扬州，李白便约他在长江边告别，于是有了"故人西辞黄鹤楼，烟花三月下扬州。孤帆远影碧空尽，唯见长江天际流"，李白虽然没有登楼而赋，却也是站位黄鹤楼，放眼大江东去，所以说，黄鹤楼也是李白的。

看来黄鹤楼自古就是一处出发地，文人雅士、凡夫俗子多在此道别离。李白在这里送客，孟浩然也在这里送客。好朋友王迥将去江东旅行，孟浩然到黄鹤楼下送别，赋《鹦鹉洲送王九之江左》："昔登江上黄鹤楼，遥爱江中鹦鹉洲。"孟浩然在这里送客，白居易却在这里会客，他在《芦侍御与崔评事为予于黄鹤楼置宴宴罢同望》中道："江边黄鹤古时楼，劳致华筵待我游。楚思淼茫云水冷，商声清脆管弦秋。白花浪溅头陀寺，红叶林笼鹦鹉洲。总是平生未行处，醉来堪赏醒堪愁。"看来，黄鹤楼也是孟浩然、白居易的。

黄鹤楼还是贾岛的。"高槛危檐势若飞，孤云野水共依依。青山万古长如旧，黄鹤何年去不归？岸映西州城半出，烟生南浦树将微。定知羽客无因见，空使含情对落晖！"是杜牧的："黄鹤楼前春水阔，一杯还忆故人无？"是陆游的："苍龙阙角归何晚，黄鹤楼中醉不知。汉江交流波渺渺，晋唐遗迹草离离。"是范成大的："谁家笛里弄中秋，黄鹤归来识旧游。汉树有情横北斗，蜀江无语抱南楼。"是刘禹锡的："梦觉疑连榻，舟行忽千里。不见黄鹤楼，寒沙雪相似。"是王维的："下沧浪水，江边黄鹤楼。朱阑将粉堞，江水映悠悠。"

但是，我想说，黄鹤楼不是他们的。

公元1133年（南宋绍兴三年）10月，金朝傀儡刘豫军队攻占南宋的襄阳、唐、邓、随、郢诸州府和信阳军，切断了南宋朝廷通向川陕的交通要道，也直接威胁到朝廷对湖南、湖北的统治安全。岳飞接连上书，奏请收复襄阳六州。次年5月朝廷正式任命岳飞兼任黄、复二州、汉阳军（湖北汉阳）、德安府（湖北安陆）制置使，从鄂州统军出征，打响收复襄阳六州之战，这也是岳飞率领的第一次北伐战争。由于军纪严明、斗志高昂，指挥有力、运筹得当，岳飞率领的岳家军以锐不可当之势在三个月内收复了襄、邓六州，有力地保卫了长江中游的安全，打开了川陕与朝廷交通道路。

没有岳飞的夺回襄阳六州，就谈不上收复中原，遑论湖南、湖北的安全。

岳飞领兵十六载，驻守鄂州（今武昌）达七年之久，四次北伐从这里起兵。襄、邓大捷使仅32岁的岳飞被封为侯（武昌郡开国侯），但他并非沉醉于功名利禄，而是念念不忘北伐大业，不断上奏朝廷要求收复中原失地，却屡屡被朝廷拒绝。

悲愤的岳飞登上满目疮痍中的黄鹤楼，北望中原，写下了这样一首词——

满江红·登黄鹤楼有感

遥望中原，荒烟外、许多城郭。

想当年、花遮柳护，凤楼龙阁。

万岁山前珠翠绕，蓬壶殿里笙歌作。

到而今、铁骑满郊畿，风尘恶。

兵安在？膏锋锷。民安在？填沟壑。

叹江山如故，千村寥落。

何日请缨提锐旅，一鞭直渡清河洛。

却归来、再续汉阳游，骑黄鹤。

千年名楼，千首诗词，但多是写景状物，发一己之私情幽情悲情，或怅然嗟叹愁思缠绵，而只有岳飞眼中无楼、心中有忧，这首词同他的《满江红·怒发冲冠》一样慷慨悲歌、深切忧思，两首"满江红"，一腔爱国血情。如果说"怒发冲冠"是仰天长啸，"登黄鹤楼有感"则是蹙眉低吟。一样的悲壮豪迈，一样的气吞山河，一样的忧国忧民，立意高远宏阔，家国情怀彰然，令所有吟咏黄鹤楼的诗词黯然失色。

黄鹤楼上诗千丛，不及岳飞满江红。

武昌古城，对岳飞来说具有典型的转折意义，他从这里走向辉煌，也从这里走向苦难，走向人生的终点——公元1141年4月岳飞被解除湖北路宣抚使赴临安，10月被诬告谋反，投入大理寺狱。岳飞驻守武昌七年里，先后被特封为武昌县开国子、武昌郡开国侯、武昌郡开国公，岳飞帅府就设在武昌司门口。公元1163年，即岳飞被害21年之后，宋孝宗赵眘迫于压力为岳飞平反，武昌的老百姓最早为岳飞建庙。乾道六年，即公元1170年，湖北转运司赵彦博上书孝宗皇帝，请求在今武昌大东门外为岳飞建庙，孝宗皇帝亲书"忠烈庙"为匾额，并拨建庙专款。公元1204年，岳飞死后六十三年，南宋皇帝宋宁宗追复岳飞少保、武胜定国军节度使、武昌郡开国公、赠太师、谥武穆岳飞，追封鄂王。湖北的老百姓深深地惦记岳飞这位矢志抗金、战功位列"南宋中兴四将"之首的忠臣战将，今天武昌城的岳家嘴、忠孝门、岳飞街、报国巷、报国寺、报国庵、洪山岳松等几百处纪念地和遗址，民间还流传着大量的传说故事，表明了人们对岳飞的崇敬与赞誉。今天的黄鹤楼，巍峨雄伟，楼前立着一尊岳飞的铜像，只见他勒马北望，忧思萦头。基座上是他的手迹：还我河山！

有着文化地标性质的黄鹤楼，从浩若烟海的历史人物中选择了岳飞为镇楼之宝，不能不说是慧眼独具。

黄鹤楼是岳飞的。

剑胆琴心

岳飞是一位舞刀挥枪意气风发的武将，也是一位舞文弄墨豪情万丈的文人。

他出身贫寒，却勤耕好读，刻苦用功，"涉猎经史""书传无所不读，尤好《左氏春秋》及《孙吴兵法》"，读书时"拾薪为烛，达旦不眠"；他学有所用，懂文法、习礼法、研兵法、立军法，自成系统，均有建树；他喜好诗词，留下不少文采飞扬的题壁、题记、题跋、表奏、诗文；他亲近文儒，有儒风雅趣，每有宾客相聚，必"礼贤至恭""商论古今"；他爱好书法，尤其崇尚苏轼的字体，"垂意文艺"而且"笔妙墨精"。文为心声，字表心意，我们可以通过岳飞的文与字，管窥他的博大、伟岸与高尚。

——读岳飞的文字，让你知道有一种情怀叫敢于担当。岳飞身处两宋之际，时值国家危急存亡之秋，赢弱朝廷、昏惑君王、弄权奸佞，宋朝危如累卵。以弱侍强、割地纳币、称臣叫父，犹抱薪救火，和约得来的是不断扩大的战争和战争的成本，岁币反倒支撑了侵略者的经济，换得的是变本加厉的贪婪和永无休止的耻辱。疾风知劲草，板荡识诚臣，时代呼唤敢于担当的猛士。岳飞说，以身许国，何事不敢为？岳飞的政治志向、战略思考、战术谋略、治军原则、文化情怀、为人品格，充满舍我其谁、敢当大任的责任感、使命感和家国情怀，从他的诗文中可以管窥。他留给后世最著名的诗文，莫过于《满江红·怒发冲冠》，"三十功名尘与土，八千里路云和月"，让人感受到一种超越自我、跨越时空、逾越沟壑、飞越关山的豪迈、悲壮与炽热。"靖康耻，犹未雪；臣子恨，何时灭"是悲愤更是决心，是遗恨更是志气；"莫等闲""空悲切"是低声自叹更是警世恒言。"驾长车踏破、贺兰山缺。壮志饥餐胡虏肉，笑谈渴饮匈奴血。待从头、收拾旧山河，朝天阙"，这是何等豪迈的英雄主义气概和浪漫主义情怀。有人说岳飞在乎"功名"，此言不虚，他的确在乎名声，说过"要使后世书策中知有岳飞名，与关（羽）、张（飞）辈功烈相仿佛耳""勒功金石"，但岳飞追求的是为国立功、为朝廷立业，这种建功留名的志向是一种伟大的情怀。《归赴行在过上竺寺偶题》里一句"恢复山河日，捐躯分亦甘"，是岳飞激昂人生交响曲最嘹亮的音符。

　　高亢可以表达情怀，低沉同样是情怀的表达。岳飞另有一首《满江红·登黄鹤楼有感》为世人少知，"遥望中原，荒烟外、许多城郭""兵安在？膏锋锷。民安在？填沟壑。叹江山如故，千村寥落"，两问一叹，如歌低唱，如诉轻缓，其心之切、情之深，长使英雄泪满襟。"十年之力，废于一旦"，理想不展，国难未已，岳飞想报效朝廷与国家却屡屡受到掣肘与羁绊，常有悲凉之气爬上苍凉的额，暮气渐显，华发早生。岳飞应该是少白头、愁白头吧，要不为什么那么在意自己的白发呢？"无心买酒谒青春，对镜空嗟白发新""莫等闲，白了少年头""白首为功名"，顾影自怜，扪心自问，岳飞有一种只争朝夕、时不我待的紧迫感和忧患感。奉命去南方平定土匪流寇，不愿意打内战的岳飞心里想的还是北伐中原驱逐金兵，所以在《题骤马冈》里轻声探问"南服只今歼小丑，北辕何日返神州？"岳飞的《小重山·昨夜寒蛩不住鸣》是一首经典的低回曲，"昨夜寒蛩不住鸣。惊回千里梦，已三更。起来独自绕阶行。人悄悄，帘外月胧明"，收复中原的壮志未酬，振兴大宋的雄心不已，醉不成欢，夜不能寐，在月下阶前绕行吟咏，当然只能是低声沉吟。逐字逐句地咀嚼岳飞的《小重山》，像品赏德国音乐家巴赫的小提琴曲

《G弦上的咏叹调》，在低音区感受到那沉郁的旋律，读到宋夜的寒冷和宋朝的苍凉，更能体测到岳飞内心深蕴的温度。当然，也能听得到半拍惆怅的颤音，"知音少，弦断有谁听"。激越是一种情怀，低缓也是一种情怀；沉郁是一种情怀，惆怅也是一种情怀。两首《满江红》，如仰天长嘶；一首《小重山》，如俯鬃低鸣，一样的耿耿真情，一样的千千心结，一样的悠悠宋歌。岳飞彼时彼刻的咏叹，表达的是九百年前宋朝的情怀、宋朝的情调、宋朝的情感，是在辽、金、元三朝阴云覆围下，一支忧伤而优美了320年的长歌。

——读岳飞的文字，让你知道有一种力量叫力透纸背。《登黄鹤楼有感》里"何日请缨提锐旅，一鞭直渡清河洛"，像一声长啸穿云破雾，如一记醒鞭裂空乍响。读《寄东林慧海上人》里的"男儿立志扶王室""功业要刊燕石上"，能感觉到一股理想与信念的力量、正气与志气的力量正嗞嗞吱吱地生长，直冲霄汉。《题青泥市萧寺壁》里"雄气堂堂贯斗牛，誓将直节报君仇。斩除顽恶还车驾，不问登坛万户侯"，古代题壁多是即兴之作，天然去雕饰，但岳飞这一"雄"一"贯"，一"誓"一"报"，一"斩"一"还"，用词讲究，有排山倒海惊天动地之力。如此豪迈坦荡之作，岂是躲在阴角旮旯里的龌龊宵小所能抒发的。《送紫岩张先生北伐》里"号令风霆迅，天声动地陬。长驱渡河洛，直捣向燕幽"，似乎能听得到岳飞指挥第一次北伐时的山呼海啸、雷霆万钧。中国历史上文韬武略功成名就的战将，甚至为君为王者大有其人，如刘邦、项羽、曹操、周公瑾、辛弃疾等，他们横槊赋诗而不矫情做作，居功得意但不自傲自满，豪迈雄浑之气充实了中华民族的精气神。与他们相比，岳飞无刘邦大风歌之王气与张狂，无项羽之霸气与悲凉，无曹操之意气与骄横，无周公瑾之骄气与轻放，无辛弃疾之凉气与愁意，只留一腔热血、半卷清诗在人间。岳飞的字、文师法苏轼，诗词尤受苏轼豪放风格的影响，用词之猛，气势之豪迈，少有人能与之匹敌。征途迢遥乱云飞渡，使命在肩意气在胸，因此岳飞的诗词比苏轼的诗词更加激烈和深沉、更有厚度和力量，有万千之风月但无妖媚之风骚，有青春之风度但无少年之轻狂。芊芊宋词，苍苍蒹葭，因受晚唐五代诗词的影响而显得婉约、绮丽有余，幸亏有了范仲淹、欧阳修、辛弃疾、苏轼、陆游、岳飞，他们以刚健遒劲之力拯救宋词于淫词艳语之中，构筑了宋代文学的筋骨。提笔如挥戈，句句如枪，字字像刀，岳飞的诗文成就了宋词的阳刚风骨。

不光诗文，岳飞的书法也堪称经典。笔舞豪气，墨洒热血，字为心之声，看岳飞书写的《与通判书》、诸葛亮前后《出师表》、"还我河山"等墨宝，是墨迹更是心迹。《出师表》是一面镜子，岳飞路过武侯祠，夜读《出师表》，两心相通，惺惺相惜，在烛光壁影间映照到诸葛亮那跨越千年的忠肝义胆，不禁"泪下如雨""挥涕走笔"，用若锥之毫锋书之，墨祭忠贤。岳飞的笔法纵逸，跌宕起伏；或如风卷残云、劲草狂舞，或如刀劈剑指、战马狂奔；严密处刀枪不入，疏朗时月隐人稀；如椽之笔踏石留印、落铁有痕，苏风颜骨凛凛然铮铮然。文天祥称赞岳飞书法为"云鹤游天，群鸿戏海，……谁能及之？"岳飞虽然纵笔率性、信马由缰，却收放有力、神凝气聚，有一种直达心底的力量。对镜思今，我们也不难感悟两位先贤的思想魅力、人格魅力和艺术魅力。诸葛亮的文、岳飞的字，成就了一尊千古之精品、旷世之经典，成为宋代文化成就的一个标志、一个高峰。宋代是中国文化的一个鼎盛期，宋代书法承唐继晋，意趣盎然，蔡襄、苏轼、黄庭坚、米芾"四大家"各领风骚；宋徽宗赵佶的"瘦金体"独树一帜，运笔灵动，风姿绰约；宋高宗赵构的《赐岳飞书》妍媚多姿，清和俊秀，亦为精品。细细品味会发觉，这些传世之作有文人自醉悠然自得之感，有谨言慎行抱残守缺之虞，没有岳飞书法的剑拔弩张之力、金戈铁马之势、慷慨激昂之气。陷害岳飞的奸贼秦桧也是书法名家，效法米、蔡，抄录了《楞严经》中的偈颂，但与岳飞书法相比，器宇逼仄，动作宵小，伪饰矫情，猖狂得意，毫无坦荡之胸怀。文如其人，字如其心，岳飞的英雄气概见之于文，大将风度形之于字，赫赫武功成其英名，灼灼雄文成其风采。一国之难，寸心难支，只手难撑，岳飞的文字是纸上的刀枪心上的箭，只为护卫大宋的江山社稷。透过岳飞的文字，你能体感到那穿越900年时空的国之殇、心之痛。

——读岳飞的文字，让你知道有一种高度叫高山仰止。岳飞的诗文彰显着一种高远、高深、高大。他诗词留存不多，表奏、书文若干，但字里行间忠君、报国、为民之志回荡。从小时父亲教他要做爱国忠臣义士，投军时母亲在他背上刺了"尽忠报国"，他拜射箭高手周同为师，能左右开弓、箭无虚发，他的满怀志向、一身武功只为保家卫国。捧读他24岁时为反对朝廷权臣准备弃国南逃而给宋高宗赵构的建言书，"陛下已登大宝，社稷有主，已足伐敌之谋，而勤王之师日集，彼方谓我素弱，宜乘其怠击之"，"愿陛下乘敌国穴未固，亲率六军北渡，则将士作气，中原可复"，文章准确分析形势，提出建议对策，其价值并不亚于南阳诸葛的《隆中对》。公元1137年，岳飞准备迎战金人扶持的伪齐傀儡政权刘豫三十万大军的进攻，他发出战斗檄文，历数刘豫朝廷叛将、民族败类、人民罪人，甘为鹰犬的行径，"乃敢背弃父君，甘事腥膻，想其面目，何以临人？……挂今日之逆党，连千载之恶名，顺逆二途，早宜择处"，铿锵有力，充满正义的力量和坚决的斗志。公元1139年，宋、金达成和议，宋朝对金朝俯首称臣、缴金进贡，宋高宗赵构特地给韩世忠、张俊、岳飞三大统帅加官晋爵给予安抚，岳飞接到诏书，愤然挥笔写下《谢讲和赦表》："窃以娄敬献言于汉帝，魏绛发策于晋公，皆盟墨未干，歃血犹湿，俄驱南牧之马，旋兴北伐之师，"痛心疾首地指出前车之鉴历历在目，誓言"唾手燕云，终欲复仇而报国；誓心天地，当令稽颡以称藩"，其报国之心、复兴之志，日月可鉴。岳飞39年的人生，像一部交响乐，它始终回旋着两个鲜明的主题，一个是忠君爱国，一个是护国爱民；它按岳飞的人生阶段分为四个乐章：第一乐章是四次投军、初战即胜的丰富经历，第二乐章是首次北伐、收复襄阳六州的辉煌战绩，第三乐章是转战江淮、护卫皇帝、收复建康、剿匪平寇的宏大场面，第四乐章是第四次北伐十年功废、班师回兵、遭陷入狱、千古奇冤的悲怆结局。其中当然还穿插着如歌的行板、抒情的奏鸣、轻快的舞曲和回旋的主题，都是岳飞多彩人生、高洁志趣的写照。一部"岳飞交响乐"，是一部思想深刻、气势恢弘，反抗侵略、爱国爱民的壮歌。捧读岳飞遗文诗词，《送紫岩张先生北伐》《题池州翠微亭》《怒发冲冠》《登黄鹤楼有感》《小重山》《归赴行在过上竺寺偶题》《题翠岩寺》《寄浮屠慧海》《题新淦萧寺壁》《过张溪赠张完》《题金沙寺壁》《题鄱阳龙居寺》《题雩都华严寺》等连而无痕、断而无缝，按主题或时序连缀成册，便是一部壮丽的"岳飞史诗"。"男儿立志扶王室，圣主专师灭虏酋""立奇功，殄丑虏，复三关，迎二圣""宋朝再振，中国安强""行复三关迎二圣，金酋席卷尽擒归"，是为皇帝、为王朝而谋；"将士作气，中原可复""经年尘土满征衣""收拾旧山河""恢复山河日，捐躯分亦甘""归来报名主，恢复旧神州"，是为国家而战；"我来嘱龙语，为雨济民忧""叹江山如故，千村寥落"，是为人民而忧，站位高远，视野广阔，格局宏大。这些作品没有儿女情长百媚千娇，没有局促狭小一己小我。宋代诗词少了岳诗则削其高，缺了岳词则减其雄。岳飞所有的文字，透射出崇高的国家观、民族观、人民观，构成他思想的高度。

岳飞的诗文体现着一种高洁、高贵、高尚。"满江红"词牌既出，填词无数，但大多为赋新词强说愁，故作激昂无底气，只有岳飞的词如金玉振声，气韵齐天，清远永久。夜读《小重山》，似英雄梦断、知音难觅，你能在凄凉处听到见一位悲剧英雄诞生前夜的寂寞，一位末路英雄困顿惆怅的独白。静心倾听，你能感受到似小提琴独奏在G弦低音区的深沉浑厚和E弦高音区的纯净质感。岳飞有一个洁净的灵魂，"文臣不爱钱，武臣不惜死"，除了报国，别无他图；"敌未灭，何以家为？""誓期尽瘁，不知有家"，只图故国山河、王朝中兴、百姓安宁；岳飞有一颗美好的心灵，"花围千朵锦，柳捻万株金""偶看菜叶随流水，知有茅茨在翠微""轻阴弄晴日，秀色隐空山""潭水寒生月，松风夜带秋"，天人感应，触景生情。一行字一道景，一首诗一幅画，文字的美丽折射心灵的美好，岳飞通过妙笔美文营造高洁意境，抒发着对自然的钟爱，对祖国大好河山的挚爱，也表达了高尚的人生净界；岳飞有一种高贵的精神，他不图虚名、不贪浮财、不享清福，保持了洁净的灵魂、美好的心灵、高贵的品格、高尚的情操。与其他抗金名将如韩世忠、杨沂中、张俊、刘光世、吴玠等相比，岳飞没有居功自傲、拥兵自重、功高震主，没有大建豪宅、倒卖商品、贪婪无度，没有玉堂金马、妖妻艳妾、骄奢淫逸；他享受着淡泊清廉、谈笑鸿儒的生活，不贪锱铢之利，几无家财可言；他把宋高宗赵构给予的战功厚赏分给了将士，千金散尽，有功同享；宋高宗赵构小看了岳飞，以为岳飞会贪图个人功名利禄，便提出想在临安为岳飞建造官府，被岳飞婉拒："北虏未灭，臣何以为家？"没有小我，不计小家，举家移居九江，"仅有田数顷"，还是按官爵受封的，"家无余财，衣不完采"；面对查抄岳飞家财的清单，连秦桧都不相信有如此清廉之人，亲自刑讯逼供岳家的吏仆，查办的官员也不得不"恻然叹其贫"。如此廉官，在朝廷昏聩、贪腐盛行的南宋，确实罕见。岳飞义正性刚不趋炎附势，一身正气不搞歪门邪道，不在昏暗的朝廷和投降派高层中寻求政治"靠山""背景""后台"、搞团团伙伙；不苟且偷安、蝇营狗苟，以一己之正气，如贯世之长虹，用十足的正能量，激发了那个时代的本质和主流，点燃了风雨南宋那飘摇的夜灯。他重义守信、重情报恩，对有知遇之恩、教育之恩、提携之恩、护佑之恩的，相援之谊的、投奔之情的、拥戴之意的，点滴在心，涌泉相报。知岳飞者无不以心相许，随岳飞者莫不以力相拼，强大战斗力的岳家军靠的不是精良装备、不是富足粮草，而是上下同欲、官兵一心，是上行下效、生死相报！这就是高贵的力量。

岳高小重山，飞血满江红。几千年来，中华诗词浩如烟海，文化高峰雄奇魁伟，岳飞是其中一座挺拔高昂的巅峰。千百年来，中国古代因人而立的神庙文有孔庙，武有关帝庙，既文且武者，惟有岳王庙。文如战马，笔似刀枪，900年前的岳飞也是一位风骨凛然的文化战将。

天地良心——三说岳飞

几百年来，岳飞的英名、岳飞的故事家喻户晓，广为流传，岳飞作为封建王朝忠臣良将的形象，作为民族英雄的形象，矗立在人们的心中。每遇外侮，中华儿女必以岳飞精神为志、为帜，奋起抗争，拯救危难。

岳飞，是中华民族的良心。

关于问号的问号

岳飞的形象，在他当时的社会，几乎是没有争议的。

但是近代以来出现了一些关于他的争议、争论、质疑，甚至非议、诋毁。梳理一下，大致包括以下问题：

关于岳飞的历史功绩，他的战功有没有那么大、是不是他的后人造假，他对南宋初年的贡献有那么重要吗？是不是"在南宋的地位也不高，因为他生时太不显眼。当然除了他经常被皇帝骂和升官快"？他是不是军阀、有没有拥兵自重？是不是功高震主？"朱仙镇大捷"是否存在？岳飞洞庭湖平定杨么等军事行动是剿匪还是镇压农民起义，有没有正义性？史传和野史对一些战役时间、地点、线路的描述是不是真实的？岳飞有没有抗命违旨、见死不救的行为？岳飞是不是真的没有吃过败仗？岳飞是忠君还是为民，是愚忠还是抗君？岳飞是为国家利益一战还是为个人功名而战？等等。

关于岳飞的诗词书法，《满江红·怒发冲冠》是不是岳飞所写？词中的是磁州"贺兰山"还是宁夏"贺兰山"？是实指还是泛指？"三十功名"何所指？《满江红·登黄鹤楼有感》是不是存在？《满江红》与《小重山》是不是同一人所作，为什么风格迥异？前后《出师表》书法作品是岳飞真迹还是伪托？岳飞的一些诗词作品为什么在《金佗稡编》《鄂王家集》中没有收录？

关于岳飞的史料，岳珂编辑整理的《金佗稡编》中是不是有夸大的成分？《鄂王行实编年》值不值得相信？元人编写的《宋史》是不是"瞎说"？岳珂在整理史料中是否存在刻意开脱宋高宗赵构罪责的现象？岳珂回避是宋高宗赵构指使杀害了岳飞这一问题的目的何在？有关岳飞的官方史料和有利于岳飞的资料，有多少被掌管国史编纂工作的秦桧，以及主持南宋国史编年体日历和实录的史官、秦桧之子秦熺所销毁或篡改？

关于岳飞的身世家事，岳飞的父亲岳和是在岳飞多大的时候去世的？岳飞是"幼失所怙"还是从军后离队奔父丧？岳飞真的从小乐施好善仗义帮人吗？他年少时是不是真的喜读《左氏春秋》和《孙吴兵法》？有没有受到良好的教育，有没有机会练得一手好字？他真的去周同墓前凭吊谢恩了吗？岳飞前妻刘氏是否"改适"过他人？岳云是岳飞的亲子还是养子？张宪是不是岳飞的女婿？

关于对历史的评价，宋、金和议是不是必须？宋、金之间的战争是阶级斗争还是民族战争？秦桧是不是金人卧底的奸细？秦桧是不是被冤枉，是不是南宋的有功之臣？岳飞是被宋高宗赵构还是秦桧所杀？宋高宗赵构不愿收复中原、迎回二圣的原因是什么？为岳飞平反的真正目的何在？

仁者见仁，智者见智，争议是正常现象，本身不是坏事。真相往往在争议中现身，真理常常在明辨中展露，争议是一种历史现象，更是一种文化现象。有关岳飞的这些争议，我无意于纠缠某些细节，但我想从三个方面谈谈一孔之见。一是关于对岳飞生平及经历的争议，二是关于对岳飞诗文的质疑，三是关于对岳飞事功的评价。

——关于岳飞的生平。我们不否认，岳飞生平史料中存在一些有待确证的地方，比方说家庭情况、受教育情况、从小聪慧仗义的故事等，但是，我们不能苛求关于岳飞出生、成长经历资料的完整准确，除了皇子，谁都不可能一出生就注定要成为伟人，从出生第一天起就载入史册，何况岳飞是一个普通农民家庭出生的孩子；也不能苛求关于岳飞从军从政经历资料的完整准确，岳飞投身战斗之初并没有想过身后之事、后世的评判而让人记录以备查，何况是在戎马倥偬、南征北战的岁月，兵燹连年、疮痍遍地的两宋之际，更何况是在秦桧冤杀岳飞之后又疯狂破坏相关文字资料的那个令主战派噤若寒蝉的年代。

岳飞的幼年、少年时期是否受过良好教育？这是岳飞生平疑问中的一个重要问号，因为岳飞是否读过书、习过字，直接关系到有人对他创作诗词和书法能力的质疑。这种疑虑是可以理解的，但用历史的眼光回看900多年前岳飞生长的时代，这种担心不一定站得住脚。宋代是中国古代一个文化高峰和教育史上的鼎盛时期，教育事业发达的程度超过汉唐。立宋之初，宋太祖号令天下"取士不论家世"，打破了教育的门阀士族等级制度，惠及广大，泽披后世，使教育呈现出大众化趋势，寒门学子、平民子弟有了受教育的机会；科举制度完善，教育机构众多，管理制度严密，国家还专设"学田"以保证办学经费。宋朝官学发达，私学也十分兴盛，一些官场失意的官员或知识分子转向教育，利用唐末五代十国留下的书院旧址，或者在山林僻静处创立馆舍学塾，广招学徒，传道授业，私塾、义学、家塾、乡校、蒙馆、书院等遍布城乡，乡村教育和童蒙教育尤为发达。公元1102年，即崇宁元年，也就是岳飞出生的前一年，大宋朝廷下令"天下州县并置学，……县置小学"，公立小学很快在全国普及。岳飞的家乡是相州（今安阳），神话传说中的"大禹治水"、商朝"周文王拘羑里而演周易"、商朝"妇好请缨"、战国"苏秦拜相"、战国"西门豹治邺"、战国神医扁鹊之墓庙等，或发生或坐落在境内，历史悠久，文化积淀深厚。岳飞究竟受过怎样的教育，现无从考证，但从他的父亲岳和、母亲姚氏对他的教育，尤其是岳母刺字、命他从军矢志报国的故事来看，他的父母对他有文武兼有、忠孝两全和儒家思想忠义观的教育，还安排岳飞拜武功高手周同为师。少年岳飞就练成了一位大力猛士，臂力过人，能挽300宋斤铁弓、腰弩八石，惯使枪、刀、锏、箭术均无人能敌，有

"一县无敌"之誉。岳飞一边勤练武功，一边勤奋读书，"家贫力学""天资敏悟强记，书传无所不读""达旦不寐，家贫不常得烛，昼拾枯薪以自给"。所以一些人断定岳飞家境贫寒，一定没有受过教育、没有文化，没研究过兵书，写不出诗词、不会书法的言论，是毫无根据的。岳飞是力大过人、武艺高强，但武人不一定是粗人，以此质疑他的文学艺术修养和成就，是一种偏见与臆想。

——关于岳飞诗、文、字的一些争论。我不想纠缠于细节，只想表明自己的态度——敬畏历史。有人质疑岳飞两首《满江红》词作、前后《出师表》书法作品是否为他本人所写，但搜罗的证据弱不禁风、底气不足。有人质疑《满江红·怒发冲冠》不同版本之间的文字差异，这可能是史实，但在数百年前手抄雕版印刷传播的时代，许多传世之作都难免文字之差谬，这也是史实，所以我认为不必过度在意。捧读这两首《满江红》，试问，彼时彼刻，彼情彼景，有谁能怀如此之气魄、抒如此之大气？遍寻朝野，无人堪比。对前后《出师表》书法作品的质疑，我认为至今仍然缺乏有力的史据。凝视岳飞的书法作品，能感受到一种摄人的力量。字可摹但气不可贯，形能仿但神无以备。既不能证其伪，为什么要否其真？不能以"来历不明""查无此地""可能系伪托"来对历史作有虞推定。即使真有人模仿其笔墨、假托其英名，也反证了岳飞的价值。中国历史上有哪一个奸佞国贼贪官的字文能受如此之追捧？无据推论、猜疑、臆想并不是科学的态度，以讹传讹、标新立异、哗众取宠也不是严肃的历史观，宁信其无、不信其有是一种文化自卑与自虐。

——关于对岳飞事功的评价。岳飞指挥的一些战斗堪称战史经典，前文已有所述。还有一些战役，由于史料不全，或者宋人、金人基于立场的不同而记载、评价不同，但综合文献资料不难察其全貌。比如，《宋史》记载，公元1140年金兀术破坏和议，率兵攻宋，在顺昌（今安徽阜阳）被宋军刘锜打败，随后韩世忠、张俊、岳飞三大宋军统帅联合进攻，把战线从淮河沿线推到黄淮之间，其中岳飞取得的胜利最为辉煌。这是宋、金之间最全面、最宏大的一场战争，也是最显岳飞军事才能和实力的一场战役，宋、金人各有记录，但详略不同，一向讳言失败的金兵统帅完颜兀术更是以飞白之笔寥寥几语记之，但由元朝宫廷编纂的《宋史》则比较丰富。《宋史》是公元1346年元朝史官脱脱所编，500万字之巨，是官修史书中规模最大、距宋朝史时最近的一部。《宋史·岳飞传》对岳飞进行了较为客观、详实的记载，但是仍然有人否定《宋史》、贬低《宋史》中岳飞的战功。有人无视宋高宗赵构多次对岳飞的褒奖、诏书、信函等，无视岳飞收复襄阳六郡、血战郾城、收复建康等史实，淡化、矮化岳飞。有人借口宋朝官方档案中关于岳飞的记载不多、不全、不突出，进而否定岳飞的历史地位，也是没有道理的。

岳飞的战功不光表现在抗金作战，也表现在对内安宁上。战争是经济社会发展最大的敌人，缘起于北宋、加剧于南宋的连年战乱，加重了宋朝的经济负担，朝廷只好通过加大赋税来为战争买单，但横征暴敛必定激起人民的反抗，加之一些贪官污吏乘机搜刮民脂民膏，不可避免地逼民为盗，有的甚至引发大规模的农民起义。南宋政权视盗匪流寇如心腹之患，恐惧农民起义甚于金人的虎豹之忧，所以抗金形势一有转机，宋高宗赵构立即调兵刘光世、韩世忠、张俊、岳飞等大将剿匪。公元1130年，曾面对金人不敢出兵的刘光世却疯狂围剿信州（今上饶）农民起义，二十万人被杀光；抗金主力韩世忠血腥镇压建州（今福建）农民起义，十万人被杀光。作为朝廷命官和封建政权的维护者，岳飞也会身不由己地参加军事行动。公元1133年7月，岳飞奉命率二万多兵力抵达虔（今江西赣州）、吉（今江西吉安），经过多场激烈战斗，数万起义军被岳飞打败，光俘获人员就有二万之多，岳飞从马背上生擒了起义军首领，起义军余部逃往山区，岳飞命令全军"毋杀一人"，招顺的不少起义军精锐勇士，后来成为岳家军主力。当胜局在握时，宋高宗赵构传令要岳飞血洗虔城，爱民惜民的岳飞坚拒不从，屡次上书抗旨，避免了屠城之灾，保护了无辜民众。为此，赣州民众在自己家中悬挂岳飞画像以示感恩，几年后岳飞被陷害致死后，当地人民设忌日悼念他。因为剿匪有功，岳飞被宋高宗赵构召见。高宗当众褒奖岳飞的义举，赐予金线战袍、金带手刀、急难缠枪，还特授一面高宗手书的"精忠岳飞"战旗。这是当时的最高嘉奖之一，足以说明岳飞的功绩和他不可替代的作用。

史记资料的残缺是完全可以理解的，岳飞遭陷害，被秦桧抄家，家存文牍被没收，宋高宗赵构写给岳飞的全部"御笔""手诏"被抄走；宫中文书被检审封存，"奏议文字同遭毁弃"；散落于坊间的文字不敢面世。岳飞死后，赵构活了45年、秦桧活了13年，历史显然是由活人写的。由于秦桧、秦熺父子篡改历史、销毁史料，抹杀岳飞的功绩，致使关于岳飞的文献资料失真或遗失，这是完全可能的。如岳飞获得清水亭大战、牛头山伏击战的胜利，但南宋官方史料只字未提，显然是因为人为删改。宋高宗赵构在世，时人对官史中存在的明显错谬和有意篡改不敢声张。

等到岳飞被杀20年后平反时发还文稿，"其佚篇盖不可殚数""散佚不知几何"。可以想见，担任史官的秦桧之子，一定会将有利于岳飞的资料搜刮一空焚之一炬，历史就留下如此这般的空白、谜团。以此强求关于岳飞文史资料的完整，是吹毛求疵，不是实事求是的态度。我们只能从林荫渗漏的些许光斑来寻找昔日太阳的光芒，但这些存留足以看到岳飞的伟岸和崇高了。好在历史是自己写的，是人民写的，不完全是宫廷描摹的。

关于岳飞的政治地位，我们还可以从另外一个角度进行考察，即几任皇帝对岳飞的态度。宋高宗赵构对岳飞是爱恨有加、喜怵兼有，自不必说了。公元1162年，即绍兴三十二年五月，也就是岳飞被杀害20年后，南宋第二任皇帝宋孝宗，也就是岳飞曾经在宫廷见过一面并彼此留下好感，岳飞力举立之为储的赵眘登基，即以宋高宗赵构的名义下诏："追复岳飞原官，以礼改葬，访求其后，特与录用"，随后又追复岳飞"少保、武胜定国军节度使、武昌郡开国公",享受"食邑六千一百户、食实封二千六百户"的待遇,宋孝宗还悄悄地说了一句公道话:"天下共知其冤"。当时宋高宗赵构尚健在,以高宗之名也算是他对昔日旧臣的态度。公元1179年,即淳熙五年,宋孝宗正式宣布岳飞谥号为"武穆"。公元1189年,即淳熙十六年,南宋第三任皇帝宋光宗赵惇继位,这位最惧内的皇帝只在位5年,但这期间岳飞之子岳霖、之孙岳珂搜集了大量官方和民间留存的资料;公元1194年,即绍熙五年,南宋第四任皇帝宋宁宗赵扩继位,公元1203年,即嘉泰三年,岳珂遵父命将父子二人历经几十年搜集、编撰的包括"高宗皇帝御笔手诏"和《吁天辩诬》在内的证据文献进献朝廷。公元1205年,即开禧元年,赵扩追封岳飞为鄂王,削去秦桧死后所封的申王,改谥"谬丑",并下诏追究秦桧误国之罪;公元1225年,即宝庆元年,南宋第五位皇帝宋理宗赵昀,就岳飞一案颁布《赐谥告词》:"夫何权臣,力主和议,未究凌烟之伟绩,先罹偃月之阴谋"。这是大宋朝廷第一次公开指出岳飞冤死是因为权臣和议所致,并下诏"可依前故太师、追封鄂王,特与赐谥忠武。"从"武穆"到"忠武",这是有宋一代朝廷对岳飞的最高评价和最终结论。从以上叙述可以看出,大宋朝廷先后有五位皇帝是支持为岳飞平反昭雪，并有直接或间接行动的，这足以说明岳飞的政治地位。古往今来，有哪一个人物享受过如此高的政治待遇？那些企图把岳飞贬得没那么重要的言论，显然是站不住脚的。

岳飞的历史地位、政治地位、军事地位、文化地位毋庸置疑、不可篡改。漠视历史，就是践踏祖先。

历史需要捍卫，英雄需要保卫。

构诡岳飞，有昧良心

掌心里的岳飞

岳飞再能耐，再能征善战，也不过是宋高宗赵构的掌中之物。

岳飞如奔驰疆场的战马，而长长的缰绳一直紧紧地攥在宋高宗赵构的手里。

公元1130年，岳飞奉命协助抗金主将韩世忠在长江镇江到建康一带阻击金兀术过江。宋军八千兵力拖住金兵十万之众达48天，可谓奇迹。战线拉得很长，战斗异常激烈，几十场仗打下来，金兀术水路被韩世忠堵死，陆路被岳飞围困。在这关键时候，金兵张榜重赏破宋之策，两个贪利之徒向金人献计，一个汉奸建议凿一条渠道，趁江水涨潮之机舟师绕开宋军，直通长江，但后来被韩世忠发现，火速尾追，迫使金兵之计未能得逞；另一个败类建议用带火的箭火攻宋船，结果使韩世忠大败。随后，金人对建康城进行了疯狂的报复，全城十七万人逃生仅有十分之一。在关键时刻，岳飞挥师赶到，斩敌无数，收复了建康，也因此受到宋高宗赵构的嘉奖。韩世忠、岳飞的壮举，成功地阻止了金兵南侵，保护了江南地区的稳定与发展，也迫使金兵无法从海上追击宋高宗赵构，使南宋政权渡过了最大的危机。

由于岳飞收复建康勤王有功，加之后来威震土贼游寇再立新功，岳飞擢升为正七品，但被任命为通泰的镇抚使，岳飞感觉以自己的赫赫战绩仅被任命为镇抚使，且与被自己镇压收编的游寇土贼官职相当，甚至要与他们共事，岳飞感到委屈，隐隐觉察到朝廷对自己的不信任、不重用，上书欲辞。

公元1134年，金兵与金朝扶持的傀儡政府伪齐联手攻宋，湖北、江西中线一带告急，宋高宗赵构派岳飞兵出江州（九江）北上。这是南宋朝廷被赶到江南以来，宋军的第一次北伐，也是第一次主动出击，因此朝廷高度重视，做出周密部署，以岳飞为主将承担正面进攻任务，韩世忠、刘光世等老将从侧面策应，还派出一支劲旅出兵西线，以阻击援兵。30岁的岳飞不负朝廷重托、不负军民众望，亲率猛将张宪、徐庆、牛皋、王贵、王万、董先及儿子岳云等人，强攻猛打，一路攻城拔寨势如破竹，只用了三个月时间就攻下郢州、随州、襄阳、邓州、唐州、信阳等大片城池，这是南宋立朝八年来首次收复故土获得大捷，这几个月的战斗，使南宋转入军事上的主动，喜讯轰动全国，上下为之振奋。尽管后来金人与傀儡汉奸政府伪齐联手攻宋，但他们宁可绕远路，也不敢靠近岳飞防区与岳家军遭遇。

正是在这一期间，岳飞登上鄂州黄鹤楼，写下著名的《满江红·登黄鹤楼有感》。从文中看出，他没有丝毫的得意与松懈，只有忡忡之忧国忧民的情怀，昭昭之收复中原的壮志，以及深深的隐忧。因为早在岳飞收复襄阳六郡的战斗打响之前，宋高宗赵构就担心岳飞动作过猛、激怒金人，就浇了一瓢冷水，降下圣旨：不得出界、不得远追、不得声势过大、不得提出北伐或言收复汴京，等等。战事一结束即诏令他屯军鄂州，按兵不动。岳飞的第一次北伐就此打住了。这瓢冷水让他心凉。他尚不知道，宋高宗赵构早就拎了一桶冷水在他的背后跟着，候了岳飞一辈子。

公元1136年，也是靖康之耻10周年的日子，迫于国内军民抗击金人、收复失地呼声的压力，宋高宗赵构宣布备战第二次北伐，做了打大仗的战役筹谋和兵力部署，命抗金主将韩世忠、刘光世、张俊、岳飞等兵分几路进发。此刻因丧母在江西庐山守制的岳飞本不想出山，皇帝"三诏不起"，但最后仍然以朝廷大事、国家大事为重，墨绖出征，一马当先。尽管东线韩世忠的部队与金兵和伪齐兵战斗呈胶着状态，张俊也不愿意出兵相救，刘光世屯兵不动，使得岳家军呈孤军深入之势，但岳飞仍率部愈战愈勇，连克陕、豫大片失地，一路凯歌高进、捷报频传。但当岳家军前锋抵达蔡州（今河南汝南），离金人所占领的汴京仅一箭之遥时，宋高宗赵构又浇了一瓢冷水，诏令岳飞立即打道回府，不得越轨。朝廷高官知道皇上意图，停止了对岳家军粮草的供应，岳飞孤军奋战了十七天，终于支撑不住，不得不回兵鄂州。第二次北伐又打住了。岳飞又一次被凉水浇得透心儿凉。

宋高宗赵构深知岳飞能征善战，故用其军事才能，但也深知他坚定的抗战主张，深忧且恐。他把岳飞放在长江防线，用其忠心与武略来保卫南宋朝廷，但又不提拔到贴近自己的位置，保持一定的距离。

血气方刚的岳飞并不知道，宋高宗赵构想要的不是中原故土，而是王位稳坐，只是要摆出一个北伐的姿态，一来借以平复国内认为朝廷抗金不力的舆论，二来对金人秀肌肉，以相对优势增加与金人议和的资本，所以当公元1138年金人提出愿意归还一部分地盘、归还宋高宗赵构的母亲韦氏及宋徽宗的灵柩，但条件是大宋朝廷必须向金朝政府称臣纳贡，成为金国的附庸国时，宋高宗赵构竟然"喜而不寐"，欣然同意，感恩戴德。宋高宗赵构、秦桧的卖国行为必然受到南宋朝野、军民的反对，大街小巷群情激昂，到处是反对的浪潮，有识之才撰文痛斥朝廷，"天下者，中国之天下，祖宗之天下，……非陛下之天下"，指出宋高宗赵构、秦桧等人没有权力出卖国家利益、民族利益、人民利益。此时，宋高宗赵构意识到，要压制国内反对之声，必须打压主战派势力，减少对金作战的胜利，表现求和的诚意；此刻，金人判断出岳飞是最大对手和最强主战实力，岳飞便成了宋朝、金朝敌对双方共同的"眼中钉"。

如何拔掉这颗"眼中钉"？

作为皇帝，宋高宗赵构是颇费了一番心机的。他权谋阴深，驭人有术，深知韩世忠、吴玠、刘光世、张俊等战将的优长和缺陷，以短制长，对贪功的赏以功名，对贪财的送以重金，对贪色的任其放纵，唯有对岳飞没有制约办法，宋高宗赵构想在临安为岳飞建造官府稳住他，但被岳飞一句"北虏未灭，臣何以为家"婉拒。

明的不行来阴的，软的不行来硬的，宋高宗赵构和秦桧绞尽脑汁来对付臣子岳飞。

就在一次北伐后不久，皇帝让岳飞到建康护驾，君臣之间有过一次极不愉快的谈话，让岳飞感觉到了一种距离感。宋高宗赵构显然对岳飞收复中原的建议不感兴趣，只是想试探战将们对议和的想法，正是这次谈话使皇帝清楚地知道，他已不可能改变岳飞抗金的意志了。而岳飞是深感失望，但他并不十分清晰地知道皇上的真实意图，更不知道皇帝及奸佞权臣准备动手要拔钉子了。

宋高宗赵构对岳飞的态度有着深刻而复杂的原因，既有基于宋朝对金朝政策的因素，也有南宋皇帝对前朝旧皇的态度。

宋高宗赵构比岳飞小4岁，二人都出生于宋朝第八位皇帝宋徽宗时期，也是宋徽宗任用蔡京、梁师成、李彦、童贯、朱勔、王黼"六奸贼"乱国之时，被史学家称为北宋王朝最黑暗的时期。朝廷黑暗腐朽无能，内斗激烈手段残酷，少年赵构目睹过许多血腥斗争。成人及被封为康王之后，移居宫外，躲避了一些内斗。后来被作为人质，在金营感受过金兵的残暴；被派往金营求和，体会过金人的傲慢。赵构上位之初是有抗金勇气的，但内心深处是怯忄于金人的。后来一路狂逃到临安才安顿下一颗狂跳的心。一个"临"字体现了他仅以此为临时避难之处，仍心系东京，挂念旧府，不忘中兴故国的雄心，但一个"安"字也暴露了他安于现状之意。他既不愿意背着对父母见死不救的千古骂名，又不情愿兄长归来、自己不得不让出皇位，所以他始终在"临"与"安"之间摇摆、犹豫、冲突。说到底，宋高宗赵构想得更多的是自己的王位是否稳固，而不是江山社稷的安危。他任命抗战主将李纲为相、抗战名臣宗泽为东京留守，是为了守住朝廷，一旦动了南迁的念头，他就不要国土了。他不断地以钱财和割地来换得金兵不再进逼，甚至与奸臣黄潜善、汪伯彦、秦桧勾结密谋消解抗金力量，甚至敌视、围剿北方人民的抗金斗争，都是为了保王位、保朝廷而不是为了保国土、保人民。在这样的指导思想下，整个朝廷投降派、乞和派成了大多数，他们只顾眼前利益、自身利益，把握着各种内政大权，决定着各种对外政策。因此，宋高宗赵构对岳飞的态度非常复杂，总是游移不定、变化无端，且疑且用。每遇危难，他必用岳飞。尤其是公元1137年2月，得知父王宋徽宗在两年前即已被金人迫害致死的消息时，宋高宗恼怒，顿生报仇雪耻之心，他在寝阁召见岳飞，当面委以重任，准备把因临阵怯战的刘光世属下五万兵马交给岳飞统领，命他发起大规模北伐，岳飞信心大增，还作《乞出师札子》，制定恢复中原的宏伟规划。宋高宗赵构大为欣赏，但没想到受到大臣张浚和秦桧的从中设阻，宋高宗赵构收回了成命。这一举动表明，他对岳飞是用之有度、有所顾虑的。他既需要依赖岳飞抵御金兵，又害怕岳飞的胜绩激怒金人；既需要倚重岳飞以提高对金人谈判的筹码，又害怕岳飞做大了拥兵自重不听使唤。他深知只有改变代表性人物的立场才能有效影响抗战派的中坚力量，所以他恩威并施，多次通过晋爵加俸、下诏抚慰、褒奖赞美等方式拉拢岳飞，在给岳飞的诸多诏书中用了许多溢美之词，如"卿忠智冠世"等，也采取冷遇疏远、削权、训斥的手段威胁岳飞，甚至暗布杀机，除之而后快，企图改变岳飞反对议和的立场，但总不奏效。岳飞是南宋朝廷的一匹战马，但宋高宗赵构始终把缰绳攥得紧紧的，他已经高度自信，无论岳飞怎么能攻善战，都翻不出他这个如来佛的掌心。

聪明而敏感的岳飞也感觉到了宋高宗赵构的态度。富有武功文胆，有着武将豪气又有着文人意气的岳飞，一方面拍马挥刀杀敌，一方面又寄情山水排忧，进则所向披靡、驰骋天下，退则修身养性、独善其身。岳飞是一位能打硬仗、打胜仗的英雄，看到山河破碎，想到自己遭际，既悲且恨，常常在出世与入世中痛苦地挣扎。他交结高僧隐士，常有隐遁逃逸之意，一曲《满江红》豪情万丈、旷达奔放，一首《小重山》却愁肠百转、婉约悲泣。壮士情、英雄泪，血性与柔肠，使他在矛盾、犹豫中纠结。从小受到的精忠报国、忠君爱民教育，使得他敢于抗击外侮却不愿抗争内辱。在一片反战求和的声浪中，岳飞只能是孤胆英雄、孤独战士，自然受到冷落、孤立、排挤、打击，直到受到陷害、迫害、谋害。但是岳飞渐渐学会了忍，忍一时之气，免百日之忧，忍是为了待机而发、复兴中原。

而宋高宗赵构对岳飞的态度转变愈发明显，从欣赏却不信任、放手却不放心，到用而有度、用而不信，再到后来基本上是疑而不用、欲除而快之了。

在这样的心境和环境下，岳飞不可能对宋高宗赵构没有怨气。君臣关系裂痕日深，为小人留下了缝隙。中国历史上，不乏这样的例子，大英雄往往败倒在小人之手，你出生入死浴血奋战，他脚下一绊或暗里一刀，就改写了历史。创造历史需要千斤之功，而毁灭历史却只要四两之力。

岳飞一生中遇到过几个小人。

第一个小人是杜充。他本是进士出身，后一路升迁，担任沧州知府、北京大名府留守。此人既志大才疏、刚愎自用，又贪生怕死、欺软怕硬，而且残暴成性。因怀疑沧州城里从燕地迁移来的居民是金人的密探、内应、卧底，遂采取屠城政策，无论男女老少一律杀光。为阻击金兵追击，他下令黄河决口，一下子淹死二十多万老百姓，上千万人沦为难民，淮河地区从此荒芜一片。杜充与岳飞是相州同乡，很欣赏岳飞的才干，把岳飞当作重要部将使用。公元1129年正月，杜充取代去世的宗泽，担任东京留守，这是一个守护京城的重要角色，但杜充嫉贤妒能，与幕僚关系相处很差，部下经常造反或脱离，有人评价说"宗泽在则盗可使为兵，杜充用则兵皆为盗矣"。军中悍将张用因不满杜充而出现异动，杜充立即调集四路人马围剿张用，岳飞拒命不出，不愿意把刀口对准这位汤阴老乡、昔日同僚，但杜充再三命令岳飞出兵。杜充的进攻遭到张用几十万人的顽强抵抗，三路失利，唯有岳飞一支2000人的队伍奋勇当先。虽然这是一场南宋国内的一场内战，但岳飞仍然服从朝命赴汤蹈火。通过这次战斗，岳飞也发现了杜充的无能、狭促、怕死。最重要的是，杜充是十分惧怕金人，尽量回避与金正面作战。他彻底放弃宗泽当初联合河北民间武装共同抗金的战略，把大片土地拱手送给了金人。后来杜充要放弃开封南逃，岳飞苦谏未果。杜充逃到长江下游，担任建康留守，整日深居简出、歌舞升平、不事防御，岳飞多次泣谏，杜充不听。金兵打过长江，杜充仓皇出逃，最终还是投降了金人。跟随杜充这个小人，让岳飞有一种蒙羞感，但也增加收复故土舍我其谁的责任感。与杜充的小人品格相比，岳飞高尚人格和赫赫威名受到部将点赞，在后来招降收编张用夫妇过程中发挥了不战而屈人之兵的作用。

第二个小人，也是岳飞遭遇最大的小人，当然是秦桧。不过我这里要评说的，不是他与岳飞之间的故事细节，而想指出的是，秦桧不光是杀害岳飞的小人，更是南宋朝廷的小人、大宋之国的小人。

宋高宗赵构对金朝的政策，对徽、钦二帝的态度，对收复中原的想法，对主战派人物的真实态度，除了秦桧，天下无人可知。秦桧就是宋高宗赵构肚子里的蛔虫，阴险狡猾，深谙皇心。他是一个结党营私、党同伐异、专权擅为的丞相，与金人暗通，促成宋、金之间一再和谈，大量损害宋朝国家和民众利益。他深窥宋高宗赵构的心宅，主导了南宋朝廷从主战到求和、从抗金到降金的政策转向。秦桧附和宋高宗赵构，扭曲自己的灵魂，出卖国家的利益，歪曲事实，构诬忠良。他对岳飞一直心存芥蒂和戒备，深恐岳飞获得全胜，"主和"是他的地位所在、生命所系，岳飞胜一仗秦桧忧一分。所以他才会在岳飞北伐战争即将取得全面胜利的关键时刻，借皇帝之命连颁十二道金牌催返岳飞。

中国历史上的许多英雄，不是迎面受敌战死疆场，而是死于背后的暗箭冷枪；不是牺牲在敌人的枪口下，而是倒在自己阵营的屠刀下。岳飞就是这样一位悲剧英雄。身边的小人往往比强大的敌人更可怕。

秦桧不光对岳飞使尽小人之心，被宋高宗赵构称为"忠谏之臣"、两度为宰相的赵鼎力主抗金，曾说："祖宗之地不可以给人"，还曾竭力向皇上推荐岳飞："通晓上游利害的，没有超过岳飞的。"秦桧对赵鼎极其妒恨，得势后极力排挤、诬陷赵鼎，并将他发配到海南岛。赵鼎以"白首何归，怅余生之无几；丹心未泯，誓九死以不移"明志，最后绝食而死。小人惑君，奸臣祸国。同朝参政知事李光因为当着宋高宗赵构的面反对议和政策，遭到秦桧的疯狂报复，秦桧针对李光大兴文字狱，使李光家族"家破人亡、残破不堪"。从这个意义上讲，秦桧不仅是坑害岳飞的小人，更是朝廷的小人、国家的祸害。

公元1140年，岳飞发起最大规模的一次北伐。为这一天，岳飞等了整整十年！

这一次北伐，并非出自朝廷的宏韬伟略，而是缘自金人挑衅，换一句话说，机会是敌人送上门来的。四月的某一天，金人突然撕毁墨迹未干的和议大规模南侵，女真族势如疾风的骑兵狂卷中原，幸亏从不敢天真的岳飞没有放弃战备，迅速提兵北伐迎敌，掌握了战场主动权。岳飞抵达洛阳，上书朝廷要求前去祭扫、拜谒和修整皇陵，但岳飞奏书中"往观敌衅"四个字再一次引起皇帝警惕，宋高宗赵构出尔反尔地否定了本已同意的圣旨。

郾城、颍昌一战，打得异常残酷，岳飞亲率十六岁的儿子岳云出战，面对血腥阵前教子："如不用命，吾先斩汝矣！"岳云果然不负父命，率"背嵬军"英勇作战，

"人为血人、马为血马";骁将杨再兴单骑杀入敌阵,欲擒金兀术,遭金兵围攻,身中几十刀仍顽强战斗,几天后再战时陷入金重兵包围,杨再兴和三百壮士全部战死,从他一人身上取出的箭头达两升之多。这次大决战,岳家军以强悍威风震慑并击退了强己于几倍的金兵,连不少金兵都主动来投奔,以至于金兀术这位金朝最善用兵统帅、最强悍战将都发出了"撼山易,撼岳家军难"的感叹。

但正在这节骨眼儿上,配合岳飞主攻部队的韩世忠部、张俊部、杨沂中部、刘锜部莫名其妙地被朝廷调防,岳飞隐约感觉到有一股来自最高层的政治势力在掣肘。

正面迎敌,岳飞以一当十、所向披靡,然而侧身防奸,却无心也无力。正当岳飞的北伐铁军稳扎稳打步步为营的时候,却频频接到宋高宗赵构的不得"逾度"的警告。但兵锋既出,孤军也不能后退,只能勇往直前。

金兀术本畏惧岳飞,但他敏感地从几员大将的撤出中发现了端倪,证实了他对宋高宗赵构与岳飞君臣之间存在嫌隙的判断。在岳飞取得节节胜利之时,宋高宗赵构、秦桧等人的反制力日见加重。宋高宗赵构一怕得罪金人太很,二怕岳飞功高盖主,三怕金人认输归还宋钦宗。他们合谋使了两招,一是给岳飞划定一个圈,令其不得越出半寸；二是精心设计，将其他主力撤防，拆除犄角，使岳飞成独角之势，孤术难支。这样的结果，很有可能借金人之手灭掉岳飞。如此祸国之君、卖国之臣竟与灭我之敌沆瀣一气，干出了自毁长城的勾当！没有想到岳飞这个独角愈发坚锐、愈发威猛，不败反胜。岳家军孤军深入，形成对金兀术的包围，胜券在握，当前锋直抵东京城前沿的朱仙镇时，宋高宗赵构终于按捺不住了，一连发出十二道金牌，以"过如飞电"的速度紧急诏令岳飞班师回朝。收复中原的梦想顿时幻灭，岳飞痛苦万分，不得不鸣金收兵，他仰天长叹："十年之功，废于一旦！"。长期在金人铁蹄下生活、盼望大宋光复的旧宋百姓、家乡父老们得知岳家军要撤回，沿途苦苦哀求挽留，但岳飞不得不含泪告别，相约再来，留下千古遗恨。

此一战，令金人寒颤不已，岳飞死后二十年金人还自叹：岳飞不死，大金灭矣。

此刻起，辉煌的北伐黯然落幕，南宋对金的战略进攻就此打住。岳飞也步入了人生最暗淡的低谷，进入人生的落幕时期。

岳飞深处矛盾和痛苦之中。在忠君与爱国二者之间，他毅然选择了忠于国家、以身报国，因而为君所不容。

守护江南、保卫临安的功劳越大可能越受重视，但矢志北伐、收复中原的战功越大则可能越遭到宋高宗赵构的猜忌和不满，积攒的负值更高。岳飞是擅长打恶仗的战将，而恶仗往往发生在中原战场，把金兵赶出江南，让宋高宗赵构偏居一隅能睡安稳觉就够了。北伐的辉煌战果就是埋藏在宋高宗赵构内心深处的地雷，总有爆发的时候。因此，岳飞与宋高宗赵构的关系从有距离发展到有很深的嫌隙，不是岳飞能控制的，这既是君臣之间的矛盾，更是主战派与乞和派之间的较量，不可调和。岳飞当年的立储建议，也为君臣关系埋下了深深的祸根，武将做大，军人干政，本是宋朝的忌讳，胆敢对皇室大事发表意见，更是犯上越职篡权。尽管岳飞的立储之议是为了朝廷大计、赵氏长远，但让宋高宗赵构感到了不爽甚至潜在的威胁，他想除掉岳飞了。

皇帝昏聩，奸臣作祟，英雄注定要走上末路。

正在这时，有人递给宋高宗赵构一把刀。

这个人就是金兀术。

金兀术，即完颜宗弼，金太祖完颜阿骨打的第四子，金朝名将、开国功臣，是一位足智多谋的政治家和骁勇善战的军事统帅，对内勇于改革、发展经济，对外统兵打仗、战绩卓著，升为左丞相兼侍中、都元帅，掌握金朝军政大权。金兀术多次率兵对宋作战，有勇有谋有胆略，骑射武艺高超、力大过人，惯使斧，在女真人反辽、灭辽过程中起到重要作用，金、辽之间，金、宋之间许多激烈战争和经典战例都与他有关，其中最著名、最惨烈的和尚原之战、仙人关之战、顺昌之战、郾城之战、颍昌之战，宋军的对手都是金兀术。打得最惨烈的郾城一战，就发生在岳飞和他之间。他屠城无数，杀人如麻，对南宋的破坏是摧毁性、灾难性的。他对建康、临安进行过毁灭性扫荡，使这两个古城生灵涂炭，但是，金兀术清楚地知道，自己最大的对手是岳飞。他尽量避开岳家军的锋芒，躲着走、绕着打。但是从南宋初年宋、金之间总的战场来看，以金兀术为代表的金朝完颜家族武装集团一直处在强势，把战场从东北、华北扩大到江淮、长江中下游和三角洲地区。大宋王朝尽管有刘光世、韩世忠、张俊、岳飞等武将与金人抗衡，但整体战势并不利。宋朝地盘步步萎缩节节退让，打不过就拖，拖不过就跑，大宋王朝尽管软弱无力却有超强的抗打击力，在幅员辽阔的中原大地、在水草丰美的江南水乡、在美丽如画的东南沿海，上演了一场农耕文明对抗游牧文明、不无血腥却也不无狼狈的战争。当时的大宋王朝、大汉民族幸亏有了岳飞等一批英雄，他们用血肉之躯阻击了金兵的铁骑，保护了农耕文明、儒家文明和汉族文明的本质和主流，使金人一直得不到对中原地区和长江流域的控制权，使金、宋处在战略对峙状态，对此，金兀术深为忧虑，尤其是在郾城、颍昌之战他败给岳飞，还差点儿丢了命，他的女婿夏金乌毙命，就决心除掉克星岳飞。

金兀术在对宋谋略中最精彩的一笔，应该是成功地使用了离间计除掉了岳飞这个心头之患。他使用的手段主要是两个，一是利用宋高宗赵构急于与他和议的心理，致信宋高宗赵构提出"必杀飞，始可和"，逼南宋朝廷自己下手，二是通过操纵宋朝重臣秦桧，具体操刀。

金兀术的这封信，成了宋高宗赵构手里的一把刀，而且来得正是时候。

金兀术的"定点清除""借刀杀人""斩首行动"，不费一兵一卒地除掉了令金兵千军万马闻风丧胆的大宋猛将。后来不少人争论究竟是谁杀害了岳飞，这实际上是没有意义的，杀害岳飞的凶手，少不了宋高宗赵构，缺不了秦桧，也不能没有金兀术。

宋高宗赵构和秦桧实施迫害岳飞的过程，显然是经过了长期预谋、精心策划、分步实施的。宋高宗赵构心底的地雷，埋藏到了岳飞第四次北伐即将全胜，宋廷连下十二封诏书终止了岳飞的北伐狂飙。随后，公元1141年2月，宋高宗赵构奉诏援战淮西；公元1141年4月22日，岳飞接到命令赶到临安；4月24日，朝廷任命先后到达临安的韩世忠、张俊为枢密使，岳飞为枢密副使，明升暗降；4月27日，朝廷宣布撤销韩世忠、张俊、岳飞的宣抚司机构，把他们帐下官员全部解散。宋高宗赵构以高超的手法，重演了当年宋太祖"杯酒释兵权"一幕。8月，岳飞父子被投入冤狱。南宋绍兴十一年，公元1141年12月29日，朝廷以"莫须有"的罪名将岳飞和他的爱将张宪、爱子岳云一同杀害。

至此，宋高宗赵构攥紧了他的手掌，越捏越紧，像捏死一只蚂蚁一样，结束了岳飞的生命，解除了多年的心头之患。

岳飞的局限

准确地说，岳飞是死在自己手里。

宋高宗赵构对岳飞是如此态度、如此手段，岳飞难道一直无察？他对皇帝的作法是如何想法、如何作为的呢？

岳飞是存在局限的，有自己的软肋、自己的阿喀琉斯之踵。

——他虽然有势贯长虹之武功，却也有情思缠绵之文心。有"怒发冲冠"的热血，也有"凭栏处"的冷静；有"仰天长啸"的酣畅也有"空悲切"的惆怅。两厢牵扯，条条框框的束缚与羁绊使他既不可能是一个纯粹的纤纤文人，躲进小楼听蛩鸣，也不可能是一个彻底的赳赳武夫，整天渴饮饥餐。精神的高洁与现实的血腥，使他生活在两个决然无法苟合的世界，进退于庙堂与江湖之间，步履迟疑；出入于刀枪与笔墨之间，犹疑踟蹰。需要特别指出的是，岳飞是一个武将，却有着政治家的胆识和眼光，有着"垂意文艺""礼贤至恭"的情怀，让有着高深文化修养的宋高宗有所忌惮，这不能不说是构成宋高宗日后要除掉他的一个道不得、说不出的深层原因。但岳飞就是岳飞，是一个高尚的战士，既迎着前面的刀剑，也不避着身后的冷枪。

——他虽然是战场骁雄，却不是官场高手。谙熟兵法却不擅权斗，考虑国家多、顾及皇帝少，考虑朝廷多、琢磨宫廷少，耿直不会迂回，率真不会掩饰，有保家卫国的壮志，没有安身惜命的小心。宋高宗赵构南逃，他冒"越职"之罪直谏，自认为是职责所在，但经过儒家思想熏染的他，忠君之本分始终不忘，抗议是为了朝廷，反对也是为了皇帝。杜充贪生怕死几次逃跑，岳飞不怕触怒上司几次泣谏，甚至闯进内室相劝。会带兵打仗，却不会架设朝廷路桥，拉关系、找靠山、搭后台，没有把打仗的心计用在当官上。

——他虽然秉性耿直清高，却难以脱离现实环境。有着儒家思想教养下形成的传统人格，但也有独立个性、清净志趣。面对皇上，他敢犯龙颜，面对朝廷，他刚直不阿。面对奸臣弄权，他不愿意屈躬妥协；面对同僚帮派，他不愿意与同流合污。他不屑与宵小邀宠荣，不愿与同行争战功。不愿厮杀于泥淖，对羡慕嫉妒恨一概不觉察，对别人的忌才贪功不计较。不在意物质贪图享受，不在乎功名个人恩怨。只瞻前不顾后，更不左顾右盼。有话不藏着掖着，敢直陈胸臆。心底无私，襟怀坦白。成了秀林之木、出头之椽也不顾忌，遭了杀身之祸、灭顶之灾也不屈服。凭良心做人，凭忠心做事，凭本分博名声，凭本事打天下。性情如岳，壁立千仞；志向若飞，扶摇万里。

——他虽然有金戈铁马之壮志，却也有率性无羁之意气。岳飞从文从武豪气冲天，难免意气用事，甚至屡触逆鳞，频犯龙颜。公元1130年，岳飞因收复建康、平定游寇有功，被宋高宗赵构授予通泰镇抚使之职，尽管这是岳飞人生中的一次重大升迁，但他认为大功小奖、赏不及功，而且还与被他招安的土贼游寇成为同级同职、同事同僚，有一种鱼目混珠、与流寇为伍之感，心中忿忿不平，便上书朝廷坚辞不受，并表示愿以母亲、妻儿为人质，请求让自己领兵北伐。这种情绪性表达多少令一言九鼎的宋高宗赵构有些不爽。岳飞好酒豪饮，酒后失态，醉且失言，受到过皇上批评。每次北伐，他都按自己的意志和战况行事，不拿捏朝廷的真实意图，想打到哪里就打到哪里，能打到哪里就打到哪里，令不愿意与金人结怨过深的宋高宗心惊胆跳。在西渡黄河的战役中，他与主将王彦对战法和时机的看法不合，两次意气用事不服指挥，率部另辟战场。公元1137年，得知父皇已被金人害死，宋高宗意欲报仇，想把一向临阵惧敌的大将刘光世的淮西军调拨给岳飞，让岳飞准备北伐，但后来在秦桧、张浚等建议下作罢，岳飞一气之下向朝廷提出辞职，未经宋高宗批准就擅自离开回到庐山为母亲守孝，被视为犯上行为。这为宋高宗日后除掉岳飞也埋下灾祸的种子。因此南宋的官方文件《判决书》中罗列出岳飞的数条罪状，如"逗留不进""要蹉踏张俊、韩世忠人马"等。后来冤狱发生后，皇帝既已赐死于他，他还不服气，写下"天日昭昭，天日昭昭！"八个大字，以示不平。岳飞这些表现，是性情使然、情怀使然、秉性使然。撼岳家军难，撼岳飞更难！

也有人指出，岳飞最大的局限在于他的愚忠，认为他竭力为南宋卖命、维护南宋昏暗统治是一种历史倒退。对此，我们应该以历史唯物主义观点进行分析。岳飞固然遵从皇帝和朝廷的诏命，因为他的朝廷命官，他的政治抱负和军事目的只能通过皇权来实现，这不是愚忠而是大局观。作为封建专制机器中的一个重要器件，他必须依附于斯才能够施展其才，单打独斗只能沦为草寇游勇。他通过维护朝廷来实现自己的政治理想，通过挽救南宋政权来保卫自己的国家、保护自己的人民，通过自己的言行、战绩来激起人民对国家、民族、朝廷的信心。尽管在这个过程中他一次次地被明里暗里浇了冷水玩了"冰桶游戏"，但他无所畏惧，依然前行不辍，即使偶尔也发发脾气、闹闹情绪，但也只是通过有限抗争来引起朝廷注意，以表明自己不盲从、不苟同、不趋炎附势。苛责他对朝廷的忠诚是漠视历史与客观，不是实事求是的态度。

当然，与一切有作为的封建官吏、有力量的英雄豪杰一样，岳飞真正的局限在于他无法挣脱封建专制的束缚，也就是宋高宗手里的那根缰绳。所有文臣武将，无论是才高八斗学富五车的文豪，还是武艺高强天下无敌的英雄，都无法摆脱那个时代的阴霾笼罩。岳飞没有能够超越那个时代，没有陈胜、吴广的完全彻底，没有刘邦、项羽的无所顾忌，没有朱元璋的恢弘野心。

这些局限，决定了岳飞是宋高宗、秦桧当权者和那个朝代、那个时代的牺牲品。终于，宋高宗把手里的那根缰绳挽了一个结，牢牢地套在岳飞的脖子上，轻轻地那么一拖，结束了一个英雄的生命，却立起了一座精神的丰碑。

千古英雄

本文开宗明义，提出了"英雄"的三个标准。我们不妨从这三个方面考察岳飞的英雄壮举。

先看他成长的历史背景。

英雄的出现有其偶然因素，但英雄的成长却有其必然。

少数民族政体与汉民族政体之间的交流与冲突，始于先秦的夏商周，贯穿了整个中国古代史、近代史。起源于夏后氏之苗裔的匈奴族，发祥于殷商时期、活动于今天甘肃、青海、四川等西部边陲的羌族，分蘖于殷商时期的东胡族、崛起于蒙古高原和大兴安岭地区的鲜卑人，同样分蘖于东胡、兴起于公元前5至前3世纪的蒙古族，起源于4000多年前青藏高原雅鲁藏布江流域的藏族，分蘖于远古时期肃慎、活动于东北地区、辽代时形成的女真族，兴起于公元六世纪左右的契丹族，分蘖于西羌、游牧于青海湖一带的党项族，分蘖于两千多年前的肃慎以及后来的挹娄、勿吉、靺鞨、女真，兴起于白山黑水的满族，等等，都对中原政体、农耕文明构成过撞击。在这个过程中，这些分散的少数民族部落成长为一个个政治单元，公元916年契丹族人建立起大辽帝国，公元1038年党项族人建立起西夏王朝，公元1115年女真族人建立起大金帝国，公元1206年蒙古族人建立起蒙古帝国，这些游牧民族政治和军事集团崛起，他们凭借疾风般的骑士方阵，对汉实行战刀加马鞭的强悍政策。当然，在文明的对抗与冲突中，交流与交融也在加深。

宋朝于公元960年建立时，东北早有契丹帝国大辽虎视眈眈、西北有党项王国西夏正在雄起，西南还有南诏及大理王国、南方有安南王国在躁动骚扰。岳飞出生时的十二世纪初，中国处在大变革时代，宋、辽、党项三足鼎立，构成中国政治、军事格局的大三角，宋朝经济、文化发展但武力虚弱，使得大宋成了另外两个马背民族兄弟争抢的肥肉，没有军事实力的宋朝只好依靠签订和议换取安宁、送地送钱保命。风云变幻，斗转星移，在随后的一百多年里，大辽走向灭亡，北宋走向衰败，西夏走向萎靡，从辽中崛起的金走向壮大，但金被宋联合从欧亚扫荡归来风尘仆仆的蒙古族灭掉，最后这又一位马背民族兄弟一个扫堂腿，顺势灭了宋。

十二世纪初到十三世纪上半叶，中国历史的大舞台主要看宋、金之间的武打戏，往往是宋的步兵干不过金的骑兵，屡屡挨打、节节败退。整个宋朝，"求和"是它的主基调，除了公元1005年与辽国签订"澶渊之盟"、公元1044年与西夏达成"宋夏和议"，另外三次大的和议，如公元1142年与金朝签订"绍兴和议"、公元1164年与金朝签订"隆兴和议"、公元1208年与金朝签订"嘉定和议"，发生在十二、十三世纪。中原宋朝同北方少数民族政权签订的这五次大的和约，主要内容都是割地、赔款。南宋政权更是在不停地寻找臣服于金的机会。然而，贡品换得来暂时的宁静但换不来永远的和平，岁币交换来的是屈辱但不是尊严，大宋王朝一步步下降，沦落为诸侯国地位，而少数民族政权一方面掠夺宋朝的经济，一方面习宋制、学汉族，通过改革发展自己，渐渐壮大。

有宋以来，这个跨越三百多年、声势浩大而血雨腥风的交锋过程，也是农耕文明与游牧文明从隔绝走向交流、对抗走向融合的过程。这个过程是否先进，取决于是农耕文明消融游牧文明速度更快还是相反，但不管是谁消融谁，最后都趋向完美而深刻的融合。北宋和南宋上半段，更多的是游牧文明向农耕文明学习，游牧兄弟粗犷有力的骑射武功，使进攻能力弱的中原农耕兄弟每每处于劣势，农耕兄弟主要是被长城以北游牧部落的兄弟和东北白山黑水之间的游牧兄弟打倒在地，还不得不一次次地爬起来向游牧兄弟俯首认输、称臣、赔钱、割地。回想宋朝整个历史，这个躯体庞大的汉族"宋哥哥"着实好可怜，先后被契丹"辽弟弟"、女真"金弟弟"、蒙古"元弟弟"用坚硬的马鞭吊打，最后被逼到崖山跳了海。不过尽管受尽欺凌，但大宋王朝很长寿，活了320岁，而辽朝209岁，西夏王朝189岁，金朝119岁，元朝97岁，宋朝的长寿原因当然在于文化的先进性和生命力。

金人对大宋文化的摧残是惨烈的。金兵灭北宋之后，对宫廷珍宝、书画、典籍、钱币、器皿、丝绸、金玉等洗劫一空，押走徽、钦二帝及文武百官、妃嫔、子女3000

多人。在大举南侵过程中，金人强迫宋民剃发易服，贩卖大量宋民到域外，不从者任意杀害或活埋。对大宋王朝中原、江淮、江浙地区的疯狂屠城、放肆抢掠，"山河万里竟分支"，所到之处如过蝗虫，百姓生灵涂炭，"焚劫殆尽""人屋俱无""极目灰烬""所至残破"，"嗷嗷之声，比比皆是"，可谓哀号遍野。游牧民族落后生产力对农耕民族先进生产力的摧残程度和戕害方式，在中国历史上是罕见的。而宋朝对金朝的战争，是先进农耕文明对落后游牧文明的战争，因此大宋王朝的抗金战争是一场旷日持久的民族解放战争、反侵略战争、自卫战争，而不是争霸战争、殖民战争、侵略战争，具有进步意义、正义性。

北宋的终结、南宋的开启是宋朝的重大转折关头，岳飞正好身处这个重大的历史时期，成为大宋王朝抗金斗争的领军人物，在挽救民族国家命运、拯救人民生命的历史进程中作出了重大贡献，理所当然地是民族英雄。英雄的出现，有历史的必然，此所谓时势造英雄。这样的时代也一定会出现英雄，即使不是岳飞，也一定会有其他人。

再看看岳飞英雄的壮举。宋朝三百多年的生命周期中，有出息的皇帝，除了开国皇帝宋太祖赵匡胤，要算北宋第四任皇帝宋仁宗赵祯、北宋第六任皇帝宋神宗赵顼、

北宋第七任皇帝宋哲宗赵煦、南宋第三任皇帝宋孝宗赵
昚，其他皇帝都狼狈委琐、首鼠两端，没有一个大气坦荡
敢于担当的。尤其是丢了北宋祖业的宋徽宗、宋钦宗，四
处逃窜的宋高宗，更不是有力量的主儿。纵观南宋前小半
段的历史，是皇帝误导了统治集团、军事集团，还是权贵
集团、奸臣团伙绑架了皇帝？似乎二者都有、两厢情愿，
结果是南宋军事武装能打仗、敢打仗，但永远是阻击战、
防御战，少有全面的进攻战，仅有的攻击战是岳飞领导和
指挥的北伐，眼看要全面胜利了，却被朝廷紧急叫停。有
兵不敢用，有仗不能胜，没有强军，何来强国？敢战方能
言和，弱兵没有外交。和平是胜者的和平、强者的和平，
绝不是败者、弱者的和平。南宋的抑武之策大大削弱了对
外竞争力，屡屡向金人乞和，但金人都懒得搭理，只管
穷追猛打，一个被抽掉筋骨的国家被打得七零八落四处逃
生。要不是韩世忠、岳飞等率领宋朝军民联合起来反抗，
打击金人彻底消灭南宋政权的企图，宋高宗乞求在自己的
地盘上做一个金朝的儿皇帝都没有可能。岳飞生不逢时，
摊上了这个烂如破网的朝代和萧瑟破碎的山河，亲历了
辽、金的蹂躏和大宋王朝的悲惨命运，为国家、为人民、
为民族、为朝廷而战，天下舍我其谁，成为他的志向。他

四次投军都是出于爱国之情、报国之志。他的敢于担当、有所作为，恰好与皇帝权臣们的妥协政策形成鲜明对比，是英雄的举动。

然后再看看岳飞的历史贡献。在南宋前半段历史中，岳飞毫无疑问地是一个政治节点，宋高宗绕不开他，要向金人笑脸肌肉，必先让他亮相；要达成与金朝的和约，必先杀掉他；后面的几任皇帝也绕不开他，对岳飞的态度标志着对金政策，换句话说，在南宋的历史大势、历史走向、历史格局中，岳飞是一个风向标、标志物、一个文化坐标。

岳飞留给后世以丰富的精神遗产。

比方说，他的坚强勇敢。岳飞戎马生涯中跟随过七位上级，他们是刘浩、张俊、王彦、宗泽、张所、闾勍、杜充，其中几位是他的恩人。一个是刘浩，岳飞24岁时，枢密院官刘浩在相州招募敢死义士，他是第一个发现岳飞武功的主官；一个是宗泽，他的影响坚定了岳飞的政治理想和责任担当，他发现了岳飞的军事指挥才能，惜才如金，原谅了与主官王彦不和而擅自离队的过错，在岳飞被判问斩的一刹那，戏剧性地救了岳飞一命，并委以重任，按功行赏。在公元1128年的开封城保卫战中，宗泽据城死守、从容指挥，全凭岳飞在外围左右策应来回奔突，重创金兵。岳飞遇宗泽，堪称史之佳话；一个是王彦，这位抗金名将让所有将士全部面刺"赤心报国，誓杀金贼"八字，组成了"八字军"，岳飞曾是王彦的部下，王彦创立的"八字军"给了岳飞后来创立岳家军很多启发；一个是张所，正是因为张所的器重、力荐，岳飞才有了在政治、军事上施展才干、走向辉煌的机会。岳飞的敢打善拼不怕死，与这几位上司的直接领导和培养密切相关。公元1129年冬，金兵统帅金兀术率以重兵攻取江淮，沿长江大举南下，企图一举灭宋，在这场最惨烈的战斗中，强悍的金兵马如旋风、手起刀落，地上人头一片，不少宋将边战边却，或浴血战死，或跪地降金，承担长江防务总负责人的右相杜充不断退缩，最后投降了金人，建康失守，宋高宗仓皇逃到海上，一直跑到温州。被打散的守军中不少高官怵于金兵的残酷，欲推举岳飞为主帅集体降金。作为杜充的爱将，岳飞随他降金，必有高爵厚禄相待，但岳飞不为所动，慷慨陈词以誓卫国决心，号令敢降、敢退者立斩。岳飞所部士气大振，拼死追击金兵，连克多城，六战六捷，随后又阻击回兵的金兀术，四战皆胜，并且支援与金兵呈胶着状态的宋将韩世忠，最后于公元1130年5月一举收复建康。这次战斗跨时长、战线长、敌众我寡，而且是运动作战、难度大，但岳家军打出了威风，扭转了战场局面，名声大振。在最残酷的时刻，岳飞的勇敢顽强令人敬佩，上司可以投降，老师可以怕死，皇帝可以逃跑，同僚可以撤退，唯有战神岳飞誓死不屈。

比方说，他的品质高洁。岳飞对人严格，对己苛刻。他不但提出"文臣不爱钱，武臣不惜命"的理念正人律己，他个人的品质也是受到同时期官僚高赞的。岳飞廉洁不贪、淡泊名利，不贪图荣华富贵，从不邀功乞赏，多次请辞朝廷的赏赐。据《金佗稡编》收录，岳飞给皇上婉辞奖赏的奏折30篇，为儿子岳云、岳雷辞赏的奏折12篇，为母亲请辞赙赠的奏折2篇。"公之英威，古人之能过，至于仁心爱物，虽古之名将有所不逮。"岳飞夫妻感情恩爱，不纳妾，"素无姬侍"。战将吴玠花重金买来一位出身官宦人家、"名姝，有国色"的女子送到岳飞家中，岳飞却面也没见就派人送回。他不允许家眷铺张奢华，不穿绫罗绸缎，不吃山珍海味，除了皇上赏赐外自己没有购置过多的田产，仅有的旱地熟田和房舍用来赡养岳氏家族，即使囤了一些麻布、丝绢、米面，也只是随时补贴军需，据记载，岳飞一次就"余物尽出货，以付军匠，造弓二千张。"这在当时是难以想象的。尽管家财不丰，但岳家却有书籍数千卷。如果岳飞真是一个贪官，秦桧早就拿他开刀了，可岳飞不是。他"唾手燕云"的信念、中兴中原的理想从未改变。

比方说，岳飞的精神力量。他对宋朝精神的提振、中国精神的形成不可或缺。五代十国70年是中国历史上最混乱的时期之一，战争频繁、政权更迭、经济萧条、社会动荡，文明急剧衰落，所以宋朝虽然立朝，但缺乏统一的精神意志和统一思想道德基础，缺乏统一的民族观念和民族认同感，在来自北方、抱团取暖的游牧民族辽、金、西夏、蒙古人面前，显得没有精神、缺乏斗志。辽的历史早于宋，契丹人通汉文、用汉人；从辽中崛起的金，深知汉文化的作用，加快了汉化的进程；西夏人的汉化始于初唐，他们把汉家经典翻译成西夏文。宋朝创立时，这些游牧民族已经汉化400年。但是汉化程度不完全等同于文明程度，游牧民族血性里的强悍、野蛮、残忍基因并没有消除。他们比大宋少的只有土地，但比大宋多的是金戈铁马那疾如风、迅如电的强大冲锋力量和刀光剑影尸山血海中的欢愉。以岳飞为代表的一批抗金名将，率领宋朝军民奋勇杀敌，形成了收复国土、驱逐外侮坚定信心和坚强力量，鼓舞了全国人民的斗志，也支撑了南宋朝廷的精气神。这种不怕牺牲、反抗外来侵略的精神，也浇铸了中华民族绵延几千年的精神基座。

当然，岳飞还有许多值得赞誉的美德，前面文字中亦有展开。

综上所述，我们完全可以理直气壮地说，岳飞是中华民族的伟大英雄。

但是，多年来总有一些人质疑岳飞是不是民族英雄，主要理由是岳飞是汉族人，他所抗击的金人是女真族，从今天来看都是中华民族的源头和组成部分；古代的宋、辽、金、西夏、元统治区都是今天中国的领土，因而发生在宋、金之间的战争是内战，而不是对外民族的战争；宣传民族战争之间的英雄，不利于民族团结，等等。我想，我们应该从历史的角度，以马克思主义的立场、观点、方法，用全面系统联系的观点来思考这些问题。

宋金之间、宋蒙之间的战争是民族之间的交流交融交锋，是中华民族大家庭自然形成的过程，只要是高级文明对低级文明的淘汰、先进生产力对落后生产力的取代，只要是有利于中华民族大家庭的共同繁荣，就是正义进步的，符合历史大势。如果说岳飞不能算民族英雄，那么秦朝的蒙恬，西汉的李广、卫青，东汉的霍去病、班超，以及岳飞之后的辛弃疾、文天祥，明代的于谦、史可法、夏完淳等算民族英雄吗？如果认为宣传他们是民族英雄不利于民族团结，那如何评价他们为中华民族整体团结进步、和谐发展作出的贡献？中华民族今天的大家庭是由许多民族小家庭组合而成的，或友好交流，或武力交锋，都是交融的形式，不管是哪个民族的英雄，都是中华民族的英雄。

我们不能拆除历史的坐标和框架来评判历史的功过，正如不能因为国共两党交往了就否定红军、解放军中的战斗英雄、革命烈士，不能因为中日友好就否定我们的抗日英雄。如果完全脱离当时的历史条件，纯粹以今天的标准来评判历史上的人物，任何一个民族、国家都没有英雄可言。

几千年来，历代中华儿女在自己所崇拜、所敬仰、所爱慕的神话人物、英雄豪杰、道德圣贤身上，倾注了许多感情，寄寓了许多美好，恭奉了许多光环，是完全能够理解，而且应该得到尊重，这种衍生本身也是一种文化，一种积极健康善良的情愫，这是悠久历史的中华民族、世代中华儿女的集体乡愁；几百年来，人们对岳飞寄寓了深厚的感情，是有理由的。如果仅以片言只语的瑕疵、无伤大体的差谬、不甚确凿的推测、缺乏依据的证伪，企图否定一种基于宏观真实的历史判断，否定一种蓄积已久的人文情感，动摇一种植立已久的价值观念，摧毁一种形成已久的思想信念，断然否定延续几百年口口相传、心心相印的文化传承，则是一种傲慢、无知与偏见。我们敬畏历史，是因为历史中包含一种深厚的感情、凝练的价值观念。

历史上的岳飞，无论是坊间还是官方，一直是褒奖满身、美誉有加。

早在岳飞被谋害之时，就有多位义士或秉笔直书或奋起抗议，强烈指陈宋高宗赵构、秦桧一伙人对待功臣岳飞的陷害和谋杀行径；岳飞遇害当天，南宋首府临安不少民众痛哭流涕；"去此已三十年，遗风余烈，邦人不忘，绘其像而祀者，十室而九"，不少家庭挂起岳飞画像以励志、以避邪；建起以岳飞诗句为名的纪念亭"翠微亭"，自发建立的岳庙、岳祠遍布城乡，位于今天杭州西湖边的岳王庙墓和岳飞故里河南汤阴的岳飞庙更是香火不绝、祭客不断；岳王墓前四个奸佞跪地的铜像不知道承受过多少愤恨鄙夷的目光，而墓阙后的对联"青山有幸埋忠骨，白铁无辜铸佞臣"，表达了人们鲜明的爱与恨；岳家军驻扎过的湖北、安徽、江苏、浙江、河南，仍然保留着对岳飞的祭悼；南宋以降，人们以各种方式表达对一代英雄的祭悼、敬仰之情，赞颂岳飞义举、同情岳飞蒙难、抨击昏君奸臣的诗句无数，如"匹马吴江谁着鞭，惟公攘臂独争先。张皇貔貅三千士，撑拄乾坤十六年""忆故将军，泪如倾""如何一别朱仙镇，不见将军奏凯歌""果是功成身合死，可怜事去言难赎""一朝孤愤万年知""从来忠愤使人伤""大军河朔撼山空""蒿目苍生挥热泪，感怀时事喷心血"，等等；以岳飞为题材的故事新语、戏曲演义、小说剧本多如牛毛，如元代的《地藏王证东窗事犯》、明代的《精忠旗》《精忠记》《岳母刺字》《说岳全传》等，明清岳飞戏《牛头山》《如是观》《碎金牌》，等等。民间口碑，寄托了人们对岳飞的敬重，也表达了社会的价值观。人们以美好的愿望寄寓自己高尚的道德情愫、以完美的想象塑造自己理想的英雄形象、以崇高的精神标志自己意志的品质，这是完全正常而自然的，它反映了中华民族的精神走向与价值追求，无可厚非。

南宋时期的《鄂州忠烈行祠记》，把岳飞的品格概括为"忠、虚心、整、廉、公、定、选能、不贪功"等八个方面，这是当时最原始的评价，没有经过政治家的修饰和史学家的提炼，准确而全面，明晰而中肯。南宋末期民族英雄文天祥把岳飞比作为西周时期武王伐纣时的首席谋主、最高军事统帅、开国元勋姜太公吕尚，这是一个相当高位的评价，认识深刻；南宋的朱熹对岳飞评价甚高，认为他文武双全、仁智兼备，无论是做人做事做文，无人比得过岳飞，可谓画龙点睛。对岳飞有高评的，还有宋朝的陆游、毕再遇、孟珙、陆秀夫；元朝脱脱所著《宋史·岳飞传》对岳飞高度评价，称岳飞是"文武全器，仁智并施"；明太祖朱元璋评价岳飞"纯正不曲，书如其人"，明神宗朱翊钧评价岳飞"精忠贯日，大孝昭天"。明朝的徐达、于谦、戚继光、郑成功、张煌言，清朝的林则徐、邓世昌等著名爱国将领对岳飞推崇备至。清朝乾隆皇帝在《岳武穆论》中说："知有君而不知有身，知有君命而不知惜己命，"甚至有人喊出岳飞是"中国五千年历史上第一民族英雄"。每当面临外侮，面对西方殖民者坚船利炮，中国大地处处满江红、人人岳将军。

每逢国难当头，人们总是从岳飞身上寻找力量的源泉。民国时期，岳飞的形象一再被突出传播。尤其是在帝国主义列强侵华的背景下，岳飞作为中华民族的精神旗帜和英雄形象被深受苦难的中国人民所祭思。1931年九一八事变、东北沦陷，中华民族发出抗日救亡的怒吼，"岳母刺字"的故事、"精忠报国"的精神、辑墨"还我河山"和《满江红·怒发冲冠》传遍全中国。关于岳飞题材的戏剧、话剧在国内许多地方上演，"怒发冲冠""壮怀激烈"的情感极大地激发了中国人民的爱国热情和精神斗志，"还我河山"的怒吼与"大刀向鬼子们的头上砍去""黄河大合唱"一同响彻神州，岳飞精神一再激励起中国人民的抗争斗志。1935年，国民党高级将领、爱国人士续范亭在南京中山陵哭陵后剖腹明志，以抗议国民党当局的消极抗日，被抢救后在杭州疗养，凭吊岳飞墓时发出"东海狂潮响霹雳，而今谁是岳家军"的呐喊。贺龙、张自忠、戴安澜、薛岳等国共两党的许多抗战名将都是"岳粉"。不少地方举行抗击日本侵略者的誓师大会、庆功大会，都抬出岳飞神像进行祭拜，借岳飞之威灵以壮气，心中皆有岳庙，人人都是岳飞。

孙中山说"岳飞魂，是中华民族的精神代表，也就是民族魂。"毛泽东说"岳飞是中国历史上一个伟大的爱国英雄"，并多次谈到岳飞，对他的爱国精神加以褒奖，足见岳飞在中华民族、中国历史、中国政治上的重要地位。

但是，抗战时期关于岳飞的一起争论耐人寻味。

　　这一争论，源自蒋介石与汪精卫之间。1932年1月28日夜，日本海军陆战队对上海闸北中国驻军第十九路军突然发起攻击，十九路军随即起而应战，是为上海一·二八事变，这是继1931年九·一八事变之后日军制造的又一起阴谋。蒋介石制定对日应对原则，一是预备交涉，二是积极抵抗。事变发生第二天，即1月29日，汪精卫在同蒋介石在探讨如何应对事态时说："南宋的秦桧遭到世人唾骂，但我觉得秦桧也是个好人。因为他在国家危亡关头，总要找出一个讲和的牺牲者，秦桧其实就扮演了这么一个角色，他用自己遭世人唾骂，换来当时的和平，使无辜生灵免遭涂炭之灾。照我看秦桧的救国与岳飞的抗敌，只是手段不同而已。"蒋介石听后勃然大怒："秦桧是地道的卖国贼，这是妇孺皆知，怎么能同岳飞相提并论呢？"表示要与日本长期作战。汪、蒋之争，既表明两人对岳飞这位历史人物的不同态度，也反映出两人政治立场的不尽相同，汪精卫后来之所以充当了中华民族最大的汉奸"秦桧"，与他"崇秦贬岳"的思想基础和文化立场不无关系。

　　民国时期这两位大人物之间关于岳飞的争论，引起了朝野各界的关注。岳飞作为中国的民族英雄不仅被汉奸汪精卫所不认同，更是被日本历史学家们所忌讳，他们发文吹捧秦桧、贬低岳飞，一些在日本留学过的文人，如周作人等，发表文章称："岳飞是军阀，专权该杀，反倒是秦桧能顾全大局，值得褒扬，"暴露出丑恶的汉奸嘴脸。值得注意的是，一些以争议之名行诋毁之实的文章，出自汉奸文人，一些文章甚至就发表在日本的刊物上。1937年全面抗战爆发，日军于12月24日占领杭州，他们的军事行动之一就是破坏岳飞之墓、岳王庙。可见日本侵略者不光要占领中国的领土，更要破坏中华文化和摧毁中国人的抗争精神。

其实在汪、蒋之争以前，贬低岳飞的言论就已经出现在中国的学界和史界。

早在1923年，在上海光华大学执教的历史学家吕思勉在所著的《自修适用白话本国史》一书中认为，宋、金"和议在当时，本是件不能免的事"；秦桧"爱国"，不是"金朝的奸细""主持和议的秦桧却因此而负大恶名，真冤枉极了"，"秦桧一定要跑回来，正是他爱国之处，始终坚持和议，是他有实力，肯负责任之处"，"能解除韩世忠，岳飞的兵权，是他手段过人之处"；岳飞、韩世忠等武将已成"军阀"，岳飞的抗金事迹全被夸大，朱仙镇大捷"更是必无之事"；《宋史·岳飞传》的有关记载，"真是说得好听，其实只要把宋、金二史略一对看，就晓得全是瞎说的"；宗弼渡长江时，岳飞始终躲在江苏，眼看着高宗赵构受金人的追逐，没有去救援，等等。

抗战爆发后，这些"崇秦贬岳"言论受到学界、政界和社会各界的猛烈抨击，《自修适用白话本国史》一书被查禁，吕思勉本人被告上法庭。尽管如此，他的观点还是影响到了一些人，前面提及的汪精卫正是其中之一。吕思勉称《宋史》不可信、《宋史·岳飞传》"全是瞎说"等言论引发学界不满。有人指称，《宋史》是元代丞相脱脱于公元1343—1345年间主编的，此时距岳飞被冤杀时间为203年、距南宋覆灭仅66年，元朝人是在占有大量珍贵、一手宋朝宫廷史料基础上写成《宋史》的，而吕思勉的《自修适用白话本国史》出书时间为1923年，距岳飞被冤杀和南宋覆灭时间分别为781年和644年。资料年代越接近史实就越真实，这是常识，《宋史·岳飞传》和《自修适用白话本国史》相比，谁更接近史实，谁更是"瞎说"，结论不言自明。

研究还在深入，关于岳飞的争论还会继续。

随着时间的推移、研究的深入和先进技术的运用，一些史料还会陆续被发掘、发现，一些考古证据、文物或许能佐证或推翻已有的学术定论，历史需要去粗取精、去伪存真。"岳飞现象"本身并不是坏事，恰恰说明岳飞及岳飞文化的价值和魅力。只要证据确凿，质疑和否定是完全可以的。但必须坚持辩证唯物主义和历史唯物主义，以史为据，实事求是。不能以"来历不明，深为可疑"来简单否定之，我们不反对科学的考证、有逻辑的推理、有证据的否定、有线索的质疑，但反对假设、猜测、臆想和无谓的争论。但是如果超越学术领域、文化范畴，罔顾留存了几百年的既有史实，无视几百年来历代中国人民对先贤往圣形成的感情，刻意脱离历史背景孤立岳飞的壮举，或刻意炮制史料观点，恶意抹黑、诬蔑，意在借机挑拨民族矛盾、制造民族隔阂、引发民族事端，这就是以存疑之名行解构之实、以考证之名义行颠覆之实，这是不能接受的。

如果硬要把岳飞从我们的教科书中抽走，无异于抽掉中华民族千年长成又支撑了千年的脊梁。诋毁岳飞对中华民族精神的历史性贡献，消解中华各民族共同创造、历代中华儿女赓续塑造的核心价值理念、思想道德基础和人文精神，是历史虚无主义和文化虚无主义表现，需要我们警惕。对那些已经超出学术甚至文化范畴的言论，我们只能以笔为戈，像当年岳飞保卫大宋江山一样，来捍卫我们的民族英雄，捍卫我们的民族精神。

　　人类历史向来是一幕幕进步与倒退、忠诚与奸诈、正义与邪恶较量的舞台剧，和平与战争、荣光与耻辱、辉煌与苦难是舞台剧斑斓的背景。39岁的岳飞，是两宋之际这个独特舞台的独特角色。岳飞演得很尽心、很尽力，演得很真诚，也很悲壮，他演好了每一个角色、每一场戏，用热血、用生命，用激烈壮怀，用仰天长啸，只是没有看到，更没有想到，那些躲在黑色帷幕后的导演，给他安排了一条不归路。他的确看不到了，那双望断北归雁的眼睛几乎完全失明了，他最后一次仰天长啸：天日昭昭！天日昭昭！

　　长空雁阵声凄凄，五岳翘望无归期。九百年的风雨抹不去英雄的热血，九百年的悲歌回荡在历史的心空。那策马挥枪的义勇，那盘马弯弓的刚毅，那赤胆忠心的悲号，塑成风的影子、力的形状、心的方向，把和着基因、细胞的热血一同铸进我们的血脉和肌腱。一尊伟岸的雕像穿云破雾，屹立在中华民族的耿耿长河。岳飞——中华民族不倒的英雄！

孤帆远影——说郑和

引子

他再一次翻看了自己写下的近百个眉批。

尽管浪迹天涯，读书不多，但这一本书他却下了功夫。他用羽毛笔画下许多道道杠杠，以拉丁文或西班牙文写下这么多批注。

他在认为最重要的一处，画了一只手，写下一行字：商机无限。手的四指紧攥，食指直指处，是一个单词Cambalu，中文名"汗八里"——元朝开国皇帝忽必烈对元大都北京的称呼。手形的下面，是波浪翻滚的图案。

他还在书中叙及的扬州、杭州等城市处一一做了记号，在黄金、白银、丝绸、香料、瓷器、玉石、珠宝、醇酒等处画下一道道标记。

他叫哥伦布，意大利热那亚水手，一位地圆说的信奉者，天生的冒险家、航海家和后来的海军上将。

书是一套多卷本的游记，作者是200年前曾在热那亚蹲过监狱的意大利同乡马可·波罗。书里记录了他从1275年到1292年游历中国17年的见闻。当年17岁的马可·波罗随父亲和叔父从威尼斯进入地中海，经过黑海，到达底格里斯河、幼发拉底河流域的城市巴格达，翻越伊朗高原、帕米尔高原，经过中国新疆的和田、甘肃的敦煌，穿越河西走廊到达元大都北京，历时4年。1292年春，马可·波罗随同护送元朝的阔阔真公主，到波斯与国王阿鲁浑成婚，从泉州出发走海路，于1295年回到意大利。在一次海战中，马可·波罗被俘，在狱中他口述了在中国的见闻，由狱友、作家鲁斯蒂谦记录整理成了游记。

哥伦布捧读这本游记的时间，是公元1496年，第二次远航回到西班牙不久。尽管1492年8月3日从西班牙出发的第一次向西航行，使他到达了他误认为是亚洲大陆的南美大陆，甚至错把古巴当成了中国，没有找到中国的丝绸、玉器、瓷器、黄金、香料，但这位执着的冒险家并不死心。他的祖上从事纺织业，他要找到中国的丝绸。

马可·波罗的讲述，再一次激发了他的雄心。向东，向东，向中国出发，实现丝绸之梦！

西班牙女王举行盛大壮行仪式，还写了一封给中国皇帝的亲笔信。

第二次、第三次、第四次远航，一直到1504年11月7日回到西班牙。就像马可·波罗一样，哥伦布也被戴上过脚铐手镣。直到1506年5月20日去世，哥伦布的丝绸之梦都没有实现——他没有到达中国。

哥伦布不知道，马可·波罗也不是最先介绍中国丝绸的人。第一位用欧洲语言文字描述中国人和中国丝绸的人是法国圣方济修会的教士威廉·鲁不鲁乞。1253年他受国王路易九世派遣，从地中海东岸出发，沿黑海、穿东欧、过中亚前往中国。他在后来写的专著中称，见到了"丝人"（Silk People）——穿着薄如蝉翼、柔软滑溜服装的中国人，最好的丝绸来自中国。

那么，是谁引发了欧洲人的东方之梦、丝绸之梦？

是马可·波罗？是威廉·鲁不鲁乞？

都不是。

漫长的海上地毯

是中国的汉武帝刘彻。中国历史上最有雄才大略的皇帝之一。

公元前139年，汉武帝派遣张骞率100余人向西域进发，开启"凿空之旅"。他西行辗转10多年，历尽艰辛，虽然没有达到联合大月氏共同抗击匈奴的战争目的，却无意中开辟了一条连通西夷的路，从长安经西北，通往中亚国家、阿富汗、伊朗、伊拉克、叙利亚，抵达地中海、意大利罗马的欧亚交通要道从此拓开。中国黄金、丝绸、玉石等物产和冶铁术等沿这条路运往欧亚诸国，准确地说，丝绸之路应该是"丝玉之路""金丝玉之路"；而西域的核桃、葡萄、石榴、蚕豆、苜蓿等植物，传入中国。

1400年后的法国传教士鲁不鲁乞、1440年后意大利商人马可·波罗、1600多年后意大利人哥伦布等共同关注的中国丝绸，正是从这里走向世界的。

中国丝绸，牵动了全世界。

其实，在哥伦布试图到达中国之前的80多年，中国明朝航海家郑和，就已经开启了他的海上丝绸之路。

人类应该铭记这个日子——1405年7月11日，郑和这位10岁入宫为太监，跟随主子金戈铁马南征北战，为明成帝朱棣登基立下赫赫战功的大宦官，雄姿英发，挺立船头，目光远眺。他的麾下，是200多艘战船载着27000多名壮士。高樯重桅、旌旗猎猎、威仪隆盛，郑和开始了七下西洋史诗般的航程。

到1433年，他的船队远涉太平洋、印度洋、大西洋，航迹遍及爪哇、苏门答腊、苏禄、彭亨、真腊、古里、暹罗、榜葛剌、阿丹、天方、左法尔、忽鲁谟斯、木骨都束等三十多个国家和地区，最远到达红海和非洲东海岸。

郑和虽然不是海上丝绸之路的首创者，却是拓展者。

先秦时期的先民已有海上活动，岭南、百越先民用独木船往来于近海，出现最早的航海家和探险家，足迹远涉太平洋、印度洋。秦始皇统一中国后设南海郡，"以海为商"活动开始兴盛。公元前203年，秦将赵佗不满秦之暴政，乘天下大乱之机于立南越国，自己为王。赵佗立国93年，致力岭南地区的造船和航海技术，海洋经济得到发展。公元前196年，汉高祖刘邦派遣大夫陆贾出使南越，劝赵佗归降了大汉王朝，南海从此纳入汉朝版图，海上经贸活动频繁，连通中国南方港口城市与东南亚诸岛的贸易航线基本形成；汉武帝时期，汉朝不仅开辟了西北方向的陆地丝绸之路，还发展了东南方向的海上丝绸之路，汉朝宫廷招募了一大批商贾、水手、译员，聚集在今天广东湛江的徐闻、广西北海的合浦、越南的顺化等三个港口，输出的是黄金、丝绸、瓷器等，输入的是明珠、琉璃等，一时间中外海上贸易量激增，以日本为目的港的东海航线、以东南亚诸岛为目的港的南海航线，船只穿梭繁忙，海上丝绸之路渐成规模。

东汉末年三国时期，长江下游地区造船业发达，江浙地区缫丝业发达，丝绸制品很快成为海外贸易的主打商品；唐代时期越窑青瓷、湖州纺布、杭州锦缎大受海外欢迎，使宁波港成为大港之一；中唐时期，内陆战乱导致西北方向陆上丝绸之路阻塞，加之晚唐、宋初之际中国瓷器对外输出大增，平稳直达的海上运输安全性显然优于陆路叮铃哐当的马帮驼队，海上丝绸之路便兴盛一时；南宋时期东南沿海对外贸易迅猛发展，福建泉州甚至一度成为世界第一大港口。中国内陆丝绸、瓷器等外贸商品在这里集结，海外商品从这里登陆。展望南海此情此景，南宋诗人杨万里豪情万丈地写诗曰："须臾满眼贾胡船，万顷一碧波黏天"。

公元1279年，发生在广东崖山海面一场战斗，宣告了南宋王朝的结束，一支来自蒙古草原的游牧铁骑集团，席卷了中华大地，改写了中国历史。灭宋后，元世祖忽必烈顺势挥舞蒙古刀，旋风般地扫荡安南、占城、爪哇、日本、缅甸等。他们用一双千里草原训练出来的望眼，看到了万里海洋的广阔，以奔驰千里草原的胸怀，开始了统筹万里海疆的新征程。元代，让草原文明与海洋文明碰撞，一时间海运大兴、舶商云集，泉州刺桐港成为东南巨镇、世界第一大港口。所以哥伦布读到的马可·波罗游记里有这样一段："运到泉州的胡椒数量相当可观，如果有一艘运载胡椒的船到亚历山大港，就有一百艘船运刺桐港"。同样是在元代，规模仅次于泉州的广州，经海上丝绸之路通商的国家和地区就达到146个。

历史，为明代郑和的隆重出场铺垫了2000多年的海上地毯。

把文化种子播撒在海上

郑和在苍茫大海上播撒下中华文明的种子。

郑和开始踏上海上丝绸之路，登上历史舞台，创造了中国历史乃至世界文明史的波峰。

郑和是一位伟大的先行者，在浩瀚大海上耸立起中华智慧的灯塔。

郑和出发87年之后的公元1492年，哥伦布才开始横渡大西洋；92年之后的公元1497年，葡萄牙人达·伽马才绕过非洲南端的好望角，沿着郑和当年开辟的航线抵达印度西海岸；116年之后的公元1519年，葡萄牙人麦哲伦才穿越大西洋与太平洋之间的，后来以自己名字命名的"麦哲伦海峡"。也就是说，郑和以率先近一个世纪的脚步，领跑了世界航海探险运动。这是中国胆略。

郑和不仅创造了航行距离、船队规模、跨越时长等多项纪录，更创立了航海技术的时代巅峰。

郑和七下西洋，每次远航都是万人出征、百舸齐发。上百艘宝船、马船、粮船、座船、战船、水船编成舟师、两栖部队、仪仗队，扬帆如阵，旌旗蔽天，其规模之庞大、组织之严密、装备之精良、气势之旺盛，让亚洲任何一个国家乃至所有欧洲国家的海军联合起来都"无与匹敌"。而后来哥伦布、达·伽马和麦哲伦的船队只有几条船，最多不过20条船。

壮观不仅仅在场面。造船技术和航海技术涉及结构力学、流体力学、磁力学、工程学、数学、天文学、地理学、地质学、海洋学、气象学、生物学、医学等多门学科，在一定程度上代表着机械制造业的最高成就。当时世界各国还没有哪一个国家船舶的排水量、续航能力、技术含量能比得过中国。他们在洪涛接天、巨浪如山的大海上，"云帆高张、昼夜星驰"，凭借的是中国人自己发明的指南针，自己发明的航行定位方法、编队方法、通讯方式，形成一个庞大系统的航运工程。海路遥迢，水天茫茫，荒岛暗礁、冰川海沟、漩流风暴无数，他们边走边收集海洋数据，绘制出标识了530多个城市、岛屿、航海标志、滩、礁、山脉和航路名称的《郑和航海图》，为后来的哥伦布、麦哲伦、达·伽马等航海家提供了指南……

郑和启程的1405年，法国尚处在英法百年战争的中期，兵燹频仍，生灵涂炭；英国正废除农奴制和劳役制，发展自耕农占多数的经济社会，并逐步形成英国民族国家；东南亚、南亚、非洲一些国家和地区处在奴隶制社会和部落纷争之中，生产力水平低下；大洋洲、太平洋和印度洋诸岛仍然处在原始公社制社会阶段。而此刻的明朝正处在"永乐盛世"，国家一统、社会安定，经济繁荣、国力强大。

永乐皇帝朱棣是明朝的第三代皇帝，也中国历史上为数不多的大手笔皇帝之一，他把中国这个东方帝国推向了历史的巅峰，创造了许多世界之最，被历史学家称为"大明帝国的奇迹"。他继承明朝开国皇帝朱元璋的诸多英明政策，战而不乱，开而不禁，保持了经济社会的发展稳定。这位把国都从南京迁到北京，修建明万里长城、扩建大运河、建造紫禁城、大修武当山、编纂《永乐大典》、爱好天文的皇帝，登高望远，看到了遥远的蔚蓝色波光。他致力发展造船工业、海上运输和对外贸易，接续着先人的航迹，把在黄河和长江边上站立起来的中华民族，引向海洋。郑和，是朱棣的海洋代表。

郑和把大明王朝的铁锚抛扎在诸洋沿岸的港湾，也把中华文明种在了风情万种的异域。他奉行"以德睦邻"、"厚往薄来""宣德化而柔远人"的政策，"宣教化于海外诸番国，导以礼仪，变其夷习"，肩负"与天下共享太平之福"的重任；船上满是四书五经、书画典籍，他把中华礼教和儒家思想传播到沿途各国，把凝结着中国智慧的历法和度量衡制度、农业技术、制造技术、手工雕刻技术、航海造船技术、造纸术、印刷术、中医术等，以及各种能工巧匠、精通各种语言的翻译和佛教、伊斯兰教人士等，带到未开化之地。沿途各国人民惊奇而热烈地迎接着这些来自昌明隆盛之邦、诗礼簪缨之族，穿着长袍马褂彬彬有礼的使臣。非洲肯尼亚东海岸的拉木群岛，至今还保留着使用中国瓷杯、中式小船、中式草垫竹篮子、中式民居、中式拔火罐和"姜片泡茶"的习惯。

不但中国的儒学思想沿这条丝绸之路远播沿途各国，

西方基督宗教、印度佛教也从海上丝绸之路传入中国，一大批传教士、外来僧侣登陆进入内地，一批寺院佛塔相继落户东南沿海。意大利的天主教耶稣会传教士、学者利玛窦从罗马出发，经葡萄牙的里斯本、绕南非的好望角，正是沿着郑和当年的航线，从非洲东海岸的莫桑比给前往印度、锡兰，过马六甲海峡到达中国的澳门。

　　沿着郑和开辟的友谊之路，诸国君主使臣纷至沓来，献贡礼拜，形成"万邦来朝"的盛景。朱棣在位21年，亚非国家使节来华318次，平均每年15次。有文莱、满剌加、苏禄、古麻剌朗国等国的11位国王亲自率团前来，最多一次有18个国家朝贡使团同时来华，还有3位国王访华期间病逝，留下遗嘱要托葬中国，明朝都按照君王的待遇一一厚葬。

　　郑和下西洋不仅对外传播中华文明，也加强了中外文明的交流。当时的明朝政府开办了"四夷馆"，相当于今天的外语学校，专门培养外语人才；开办了"会同馆"，相当于今天的国宾馆，内设朝鲜、日本、安南、暹罗、鞑靼、满加剌、畏兀兀、琉球8个馆。编纂的双语刊物《华夷译语》流传海外。

　　航路波涛汹涌，文明相互激荡，郑和耕海牧浪，一路播种文明。

漫漫海上商路

郑和在遥迢海路上铺就了一条流金泛银的商路。

"天书到处多欢声，蛮魁酋长争相迎"，郑和船队走到哪里，就把哪里变成海洋的节日和节日的海洋。船上精美的金银、丝绸、锦缎、瓷器、漆器、铁器、铜器、金幡、香炉、雨伞、香油、中药、茶叶、食物、家畜、农具、植物、麝香、樟脑、大黄、柑橘、肉桂、谷物、大豆等，广受欢迎。而在爪哇国里，中国铜钱、中国布帛能到处通用；在苏门答腊，"皆以十六两为一斤"，借用了中国的计量方法；在占城国，中国纸笔文具，改变了这个国家"书写无纸笔"的历史。

卖出买进是为贸易。"买到各色奇货异宝，麒麟、狮子、驼鸡等物，并画天堂图真本回京""夷中百货，皆中国不可缺者；夷必欲售，中国必欲得之"，"由是明月之珠，鸦鹘之石；沉南龙速之香，麒狮孔翠之奇；梅脑薇露之珍，珊瑚瑶琨之美；皆充舶而归。"中外商贸往来互补、有无互通。

海上和平之旅

郑和在多舛险途上高举起护佑和平的利剑。

关于朱棣皇帝命郑和下西洋的目的，众说纷纭，有说展示国家实力的，有说宣扬大明威德的，有说炫耀武力的，有说搜寻建文帝朱允炆的，有说发展对外贸易的，有说扫荡震慑内患外扰的。

似乎都有道理，但也都不尽然。大明王朝能以举国之财力、实施跨越28年的海上行动，绝不是为了单一目的，更不是为了某个帝王的个人意图。如果我们拘泥于某个事件的蛛丝马迹来推导历史，以今人之心度古人之腹，实在是小视了我们的先人。

郑和下西洋，是中华民族海洋意识的一次觉醒。

实力雄厚的大明王朝当然有文宣武备、恩威并重的意图。当时的世界，也只有它才有这个资格和能力。但是它没有搞武力扩张、海外殖民。郑和多次斡旋于各岛国之间，调停纠纷、化解矛盾、消除隔阂、平息冲突。他的宝船上满载的不是鸦片、屠刀，不是掠夺的黄金、香料和奴隶。

郑和七下西洋，只打了三场战斗。

一次，郑和出使到锡兰岛（今斯里兰卡），锡兰国王想劫掠宝船，兵分两路，一路以数万之兵切断前来拜访、酒宴归去的郑和卫队退路，一路直取停泊在海岸的郑和船队。郑和随行卫队三千人马凭借优良战斗素质和精良武器装备，突出重围，在敌军发起偷袭之前严阵以待，挫败了对方的阴谋，然后以迅雷不及掩耳之势攻入锡兰王城，生擒锡兰国王作为人质，平安撤回到船队。

另一次，是剿灭横行在中国南海、东海、马六甲海峡、日本海域、印度洋面的陈祖义特大海盗集团，一举歼灭五千多名盗匪，缉拿匪首陈祖义到京，朱棣皇帝下令处死了这个一直掠夺海上商船和海滨城市的海盗枭首，确保了海上航行安全。

还有一次，是在苏门答剌国遇到内讧一方数万兵力的偷袭，郑和指挥将士奋勇抵抗并活捉了匪首。

这些战事，均发生了东南亚近处。没有郑和的大型船队雄峙海上，就没有东南海域的和平与安宁。

2016年的初秋，泰国湄南河畔，泰方官员指着河的入海口告诉我，当年郑和就是沿着这条河进入曼谷的。河畔有一座帕南车寺，寺内供奉着郑和像，有对联曰："七度使邻邦有名盛记传异域，三保驾慈航万国衣冠拜故都"。

人们不会为强盗树碑立传。只有和平的使者，才能享此之殊荣！

我曾在印尼的雅加达和巴厘岛、马来西亚的马六甲海峡、泰国的湄兰河等地寻访郑和的足迹，遍布各岛冠以"三宝"之名的庙宇、山城、街道、港口、宫殿、水井、石碑、禅寺等，昭示着当地人民对郑和的热爱。许多祭祀"三宝"的节日仪式，仿佛在召唤郑和的英魂护佑。

驻足马六甲海峡，我在想，为什么郑和船队数次穿过这个近在咫尺的交通要道，却没有建一个城堡、据点、炮台和殖民地，难道他不知道这个门户的战略重要性？郑和船队远涉印度洋、波斯湾，但只是在第四次远航时在必经之地霍尔木兹海峡的基什岛建立了临时供给基地，在第六次下西洋时又使用了一次，除此别无他途。

结论只有一个：大明王朝没有武力征占异域一寸土地的企图。

与此相反，几百年来葡萄牙人、荷兰人、英国人、日本人无数次地把战刀插在马六甲这个沟通东西方的咽喉上。一些航海家、探险者同时也是双手沾满鲜血的侵略者、殖民者。西班牙、葡萄牙为争霸海上，把地球"咬"成两半：西班牙独占美洲，有历史学家认为，南美墨西哥地区中世纪玛雅文明的神秘消失，与西班牙航海者的入侵有着直接关系。美洲大陆的发现也伴随着巨大的人间灾难，美洲、非洲、大洋洲、亚洲纷纷沦为殖民地。哥伦布一路屠杀、掠夺、贩卖、奸淫、驱赶、绑架，印第安人被屠杀，黑人奴隶被贩卖，他曾经把印第安人装在令人窒息的船舱里运回西班牙，一次就是600人，还专设了两副绞刑架——随时把敢反抗的奴隶吊死；葡萄牙抢占亚洲与非洲，海上远征队公开声称其在非洲西海岸的主要目标，是贩卖奴隶、寻找黄金和象牙，中国澳门正是在这种背景下落入了葡萄牙殖民者之手。航海家达·伽马率领坚船利炮前往印度，一路烧杀抢劫，把砍下的土著居民的手足、割下的嘴唇耳鼻、敲掉的牙齿，竟以船装舟载，恶行令人发指！他们曾在印度洋遇到一艘从麦加返回的没有武装的船，一次烧死船上的摩尔人700多，还用大炮摧毁了印度城市卡利卡特（Calicut），即郑和曾多次到过的"古里"！

　　欧洲早期的航海史是一部加速了人类进程的历史，也是一部扩张、侵略、殖民的历史，海上掀起的血雨腥风，使一部本应亮丽迷人的航海史，变得血迹斑斑、不忍卒读。野蛮只会激起反抗。勇敢的麦哲伦没有想到他会葬身于比他更勇猛的菲律宾群岛部落居民愤怒的刀下。他的船队出发时265人，3年后回到西班牙时仅生还18人。

马克思在《资本论》中指出："美洲金银产地的发现，土著居民的被剿灭、被奴役和被埋藏于矿井，对东印度开始进行的征服和掠夺，非洲变成商业性地猎获黑人的场所；这一切标志着资本主义生产时代的曙光"。恩格斯指出，"葡萄牙人在非洲海岸、印度和整个远东寻找的是黄金；黄金一词是驱使西班牙人横渡大西洋到美洲去的咒语；黄金是白人刚踏上一个新发现的海岸时所要的第一件东西。"

今天非洲一些国家的博物馆里，欧洲人登陆使用的火炮和中国人馈赠的陶瓷瓦罐排列在一起。这是鲜明的对比，是最好的评判。

孤独的先行者

郑和是一位伟大的孤独者。

他的前头，只有几位摸着海岸线前行的航海家，他的身后近一个世纪才有哥伦布、迪亚斯、达·伽马、麦哲伦、库克等人的帆影。他的远航壮举前无古人，后无来者。但真正让英雄孤独的，是高处的寒意、背后的凉意。

郑和斗得过恶浪，却躲不过阴风。

公元1422年9月，郑和六下西洋返航。1424年8月，朱棣皇帝驾崩于北征途中，朱高炽登基。有人开始责难朱棣的外交政策，加之连逢灾害，国库空虚、民生凋敝，有人便把原因归咎于郑和出海是劳民伤财，于是朱高炽即位当天，即颁诏停止造船、召回人马。

在禁海国策和舆论压力下，郑和近十年风帆未启。

公元1431年，新任皇帝朱瞻基决定，派遣年已六旬的老郑和第七次出航。尽管航向依旧，航线熟悉，但这位斗得过风刀雨剑却躲不开唇枪舌剑的老航海家知道，这很可能是他一生的最后航程了。

如果有人认为最初派遣郑和下西洋的朱棣皇帝还有着某种意图，甚至有不可告人目的的话，执行任务的郑和却是完全无私的。不像后来哥伦布的远征是有着强烈的利益驱动——他在自己的遗嘱中坦陈，他要得到海军上将职务，并担任所发现大陆的总督，要得到海域收益的十分之一、陆地收益的八分之一，以及海军上将、总督、长官的薪水，要让自己的儿子、孙子及至世世代代继承下去，甚至连奖励徽章的收益分配都想好了。与他同行的水手们全都暴富了。横财，让人拼命。

而郑和没有任何私欲，是一位清心寡欲的宦官。船到阿拉伯海，抛锚扎风。昂首西望，是位于沙特的麦加。作为一位穆斯林，到麦加朝觐是郑和终生的愿望。然而，郑和再次决定，放弃一己之愿。他派出穆斯林水手划着小船儿去圣地，自己却悲怆地留守在他七下西洋七次驻足的印度西海岸的古里，凄楚地遥望阿拉伯海对面，那景仰了一辈子的圣地。

我想，郑和此举是想向世人表明，他远涉重洋是为了大明王朝和中华民族，绝不是为了实现个人私愿。因为也就在这一次，印度古里永远地留住了这位世界上最伟大的航海家、最虔诚的穆斯林。

一切都在意料之中。迎接这位伟大航海家疲惫风帆归国的，是一纸诏令："下西洋诸番国宝船悉令停止"、"各处修造下番海船悉令停止……"，以及一堆熊熊大火——为防止再有人出海，兵部官员焚烧了郑和的船队、造船厂、造船图纸、航海日志、航海资料等。

一代先行者开辟的航路就这样葬送在火海。

明人一炬，遗恨千古！

随着朱瞻基帝的驾崩，明朝陷入了彻底的禁海政策——外贸商人被处死，外语教学被严令禁止。及至清朝政府，甚至规定——片帆寸板不许出海，界外不许闲行，出界以违旨立杀！

一个民族的征帆就此灰飞烟灭几百年！海上辉煌之不再，外夷崛起之不睹，强敌觊觎之不察，切肤之痛留给了后人。

禁海，既是关国，也是关窗，既走不出去，又看不到外面，一个王朝从此闭目塞听。

明朝的自毁航路，为欧洲列强让出了东侵的通道。

梁启超先生长叹："哥伦布以后，有无量数之哥伦布，达·伽马以后，有无量数之达·伽马，而我则郑和以后，竟无第二之郑和。"

中国之叹乃旷世之耻，中国之痛却成为他人之鉴。

2002年，美国政府想取消探索外太阳系的"新地平线号计划"拨款，美国宇航局首席专家狄克强烈反对，他在敦促国会拨款的报告中，使用了"召回郑和案"的提法——他说："1433年，当中国郑和的航队即将启程探险那未知的大西洋时，明朝皇帝却将他们召回了——从而使中国失去了在哥伦布数十年前发现美洲新大陆的机会。而在21世纪的今天，我们是否又要由于目光短浅而失去另一次探索太阳系外新疆域的良机？"中国郑和启航之后的整整610年，2015年8月，飞越了冥王星的这个美国探测器，正在柯伊伯带天体间穿行。美国人跨越了"郑和之痛"，把"海洋意识"拓展到"宇宙意识"。

一个人的远航，是一个民族的盛举。一个人的悲哀，是一个王朝的悲剧。

雄风犹在再启航

纪念郑和，需要反思。一个崇尚英雄的国度本不应该让英雄孤独。

几百年来，想祭奠我们的航海先辈，却只能从外国人打捞的中国帆船遗骸中吊祭他们的风骨；想探寻勇士的足迹，却只能从外国博物馆借阅郑和航海图的复印件。美国《国家地理》杂志曾盘点上一个1000年里最负盛名的30多位探险家，惟一的亚洲人郑和赫然入列。但是我们对自己的先行者缺乏足够的认识。我们不应该墙内开花墙外香，轻薄了我们自己！

几百年来，郑和似乎并没有受到英雄的礼遇。郑和实现了大明帝王的梦想和自己的精神追求，但不是个人行为，而是一个王朝、一个国家、一个民族的行为，实现了一个民族的远征愿望和文化高度。但是中国社会却对此保持了几百年不应有的沉默。假如没有郑和船队游弋海上，调停纷争、震慑强梁、安抚弱小，中国周边不可能有和平安定的环境，沿途诸国不可能刀枪入库铸剑为犁发展生产，不同民族、不同种族、不同宗教信仰部落之间，不知道还要厮杀多久；假如没有郑和船队的劈波斩浪，人类的脚步还哆哆嗦嗦地离不开海岸线，跨洋贸易、洲际交流还要经过漫长的摸索。这是郑和对世界的贡献，我们应该以大海波涛一样的掌声，给予他以英雄的荣耀！

几百年来，中国的历史证明了一个道理——落后容易挨打。如果没有一支强大的海上武装力量，就很难保证国家安全和领土完整。公元1840年到1842年英国对中国发动的第一次鸦片战争，公元1856年到1860年英、法两国在俄、美两国支持下发动对中国的第二次鸦片战争，公元1894年到1895年日本发动对中国的甲午战争，来自海上的侵略严重地打击了大清帝国的政治、经济、文化，使近代中国坠于最黑暗的深渊。

郑和船队是一支强大的海上武装力量，既是一个类似今天的航母战斗群，又是一支庞大的海军陆战部队，一支上船能海战、下船能骑射的多军兵种联合机动部队。船队即是舰队，海洋也是战场。

假如郑和船队余威仍在，中国就不会上演后来的割地赔款、屈膝求和、丧权辱国的悲剧；就不会有大清帝国在朱棣为奖掖郑和而赐建的南京静海寺内签下第一个丧权辱国的《南京条约》；就不会有大清皇家园林在英法联军刀光和火光中痛苦的呻吟与永远的耻痛；就不会有甲午海战悲愤的仰天长嚎；就不会有八国联军在中国大清皇宫阅兵的嚣张气焰！酸楚的历史，含泪的悲歌，腥风犹在，血痕依然！

我曾在南海沿九段线航行了18天，行程8000公里，最南端到达曾母暗沙，途中遭遇不明国籍飞机、军舰的跟踪驱赶；途经了南沙群岛中的郑和群礁、永乐群岛、宣德群岛，以及以郑和的副将晋卿、道明、尹庆、景宏、费信、马欢等名字命名的岛礁。但其中一些岛屿已经不在我们手里。异国军舰在横冲直撞、招摇逞强，冲击着中国的九段线。当年的丝绸之路被分割、被蚕食。

中国海，在呼唤郑和雄风。

当年哥伦布画下的道道杠杠，幻化成乱云飞渡，惊涛穿空。但哥伦布笔下的那只手形所指示的城市，正巍然崛起，渐渐走向世界舞台的中心。"一带一路"两条丝绸在这里打了一个结实的中国结，巨大的航船从这里再出发。

丝路长歌，因时而兴。壮丽航程，顺势再启。

那个孤独而伟岸的身影——说徐霞客

公元1607年的春天，明代的徐霞客（公元1587——1641年）挥别莺飞草长的家乡江阴，开始了长达30多年的科考之旅，先后到过今天19个省份的100多座城市，探过500多个岩洞。

徐霞客是一位旅行家，但把他仅仅当作"游圣"来供奉，是一种误读；徐霞客是一位文学家，但把《徐霞客游记》只当作文学作品来欣赏，是一种浅读。

徐霞客首先是科学家，一位在地质学、地理学、生态学有独特发现、突出贡献的专家。《游记》内容涉及文化、经济、历史、民族、宗教、地理、地矿、水文、气象、动物、植物、风俗等多个领域，既是文学著作，更是科学著作、哲学著作，是一部绽放出思想光辉的巨著。徐霞客是中国古代科学精神的集大成者，也是中华文化精神标高的确立者。

让我们推近镜头，追寻400多年前的崇山峻岭之间，那个孤独而伟岸的身影，定格那一尊精神的丰碑。

一

游览黄山，不应该忘记先行者徐霞客。

公元1616年、1618年，徐霞客两次游历黄山。是他最早发现并记录了光明顶、鳌鱼背等处是黄山最高处的古夷平地，考证出黄山是长江水系和钱塘江水系的分水岭；是他第一个详细、系统勘测并记录下天都峰、莲花峰、光明顶、飞来峰等诸多标志点地形地貌的。登顶天都峰，徐霞客感觉"万峰无不下伏，独莲花与抗耳"，再爬上莲花峰顶，果真发现"其巅廓然，四望空碧，即天都亦俯首矣""峰居黄山之中，独出诸峰上"，因而得出莲花峰是黄山最高峰的结论。这一伟大发现令今天的测绘专家们都啧啧称奇，因为现代化技术测定，莲花峰海拔为1864米、天都峰海拔为1810米，两峰高度相差54米，而两者相距1100米，一般人是很难通过目测发现这一差距的。

徐霞客不但标注出自然山峰的高度，也创立了中国古代科学成就的高度。

他是中外历史上第一个系统考察丹霞地貌的专家。他深入考察湖南茶陵"灵岩八景"、浙江天台赤城山、福建武夷山接笋峰、江西余江马祖岩层、广西容县都峤山等25处红层盆地丹霞地貌，对山川地貌、火山溶洞、动植物生长、村落形成及变迁等作了详细记录；他深入考察喀斯特地貌的成因、特征、分布等，发现岩洞是由于"水冲刷浸蚀"而成，洞中的钟乳石是由含钙质高的水滴蒸发凝聚而成，等等。外国学者认为，徐霞客关于岩溶地貌的考察，比欧洲科学家要早150到200年；法国洞穴联盟专家让·皮埃尔·巴赫巴瑞说，"徐霞客是早期真正的喀斯特的学家和洞穴学家"，美国科学家甚至以"近代岩溶地貌之父""最卓越的地理地质学奠基者"来赞誉徐霞客。

徐霞客通过实地考察，证明长江的源头是金沙江，而不是《尚书·禹贡》中记载的岷江；辨明了左江、右江、大盈江、澜沧江等多条水道的源流；他对沿途有详尽的生态记录，如"崖南峡中，箐木森郁，微霜乍染，标黄叠紫，错翠铺丹，令人恍然置身丹碧中"。阅读《游记》，如研读国土资源调查报告、百科全书。梁启超说，中国实地调查的地理书当以《徐霞客游记》为第一部。

在创立科学成就高度的同时，徐霞客也创造了中国古代科学精神的高峰。

　　实证意识是科学精神的前提。如果屈原的《天问》是对神秘世界的叩问，柳宗元的《天对》是试图对《天问》的哲学回答，徐霞客则力图在自然世界里寻找实证解答。实证要求亲眼所见、现场目击，需要积累直接经验、第一手材料。他每到一地，名山必登，名川必访，无论是目测山的高度、丈量洞的深度，还是探究江河的源头、地形的走势，他都必到实地勘察，登就登顶，"从石萼丛错中攀跻山顶"；到就到底，"直迸东底，深峻不可下"。追本溯源，脚踏实地，徐霞客三十年一以贯之。

　　求是态度是科学精神的内涵。徐霞客治学态度严谨，线路选择正确，求证方法细致，分析判断准确，表现出科学家最优秀的素质和品格。他三次出行都有设计，第一次以家乡为圆心，按照就近原则展开，半径范围渐次扩大；第二次到了遥远的北方，考察半径最大，内容最丰富；第三次向西南方向展开，考察江河走向和地形地貌为重点，专业性更突出。从最初的风光旅行到向科学考察转变，徐霞客的实践主题不断升华、与时俱进。为了探明山的高程、洞的深度、流的源头，他不辞劳苦反复比较，力求科学准确、实事求是。游记中提及的桥就达1000多处，都是亲身走过的。他通过实地比较两条溪流的速度，得出"程愈迫则流愈急"的结论，符合流体力学原理；他通过周密实测，得出桂林七星岩"一山凡得十五洞云"的结论，与今天实地勘测结果一致。科考探险需要技巧，徐霞客发明制作了布带、铁杖等登山器材。他的考察日记严、细、深、实，堪称科学方法的宝典、科学态度的典范。

批判思维是科学精神的品质。没有批判思想的武器缺乏力量，没有批判能力的学科不是科学。徐霞客走出书斋，选择了反叛传统的人生道路，就是批判精神的初显。他尊重经典，但不迷信于典籍，敢于订正《大明一统志》等权威典籍；他尊重事实，但不满足于定论，认为"山川面目多为图经志籍所蒙"；他尊重权威，但不屈从权势，对官方结论敢于质疑；他敬畏生灵，但不迷信神灵，敢于登山入洞惊动"神龙精怪"。他不唯古、不唯书、不唯上、只唯实，开创了实证新学风，是对几千年学风的批判；他把科学、哲学、文学有机融合在一起，又辨章学术、考镜源流，把自然科学研究从社会科学研究中分离出来，形成独立学科体系。考证意味勘正，确定亦是否定，重构必先解构，先行者往往是牺牲者，徐霞客的精神不亚于伽利略、哥白尼、布鲁诺等科学先烈。

创新理念是科学精神的灵魂。不墨守成规，不闭门死读，不坐而论道，而是求新求异、履新履奇，是徐霞客的追求。实践出真知，创新获新知，只要听说新的高峰、新的险境、新的奇洞，他必定前往，一些考察点连当地人都不曾涉足、不敢问津，甚至闻所未闻。徐霞客的笔下没有重复的景，令人处处耳目一新，时时期待下一个亮色。他创新了务实求是的学风，倡导的认识论、方法论开启了实践性学科和实用型专业的创新；他创立了人文科学与自然科学既融为一体，又双向互通的经典范式。创新理念有如凌空的光芒，始终照耀着他漫长而艰险的探险之路。

格物然后致知，穷理方能求真。实证意识、求是态度、批判思维、创新理念铸成徐霞客的科学精神。没有它，中国科技史会黯然失色，中国思想史会缺章少页，中国精神会缺筋少骨肌无力。忽视、漠视、无视徐霞客的科学价值，是盲目自卑、妄自菲薄。我们应该恭奉徐霞客一尊中华民族伟大科学家的桂冠。

二

徐霞客的科学思想为什么会出现在那个年代？他的科学精神缘何而来？

首先，让我们从几千年的中国科技史中来寻找历史的纵坐标——

中国是一个科技成果丰富、科学巨擘众多的国度。古代四大发明无疑是世界科技和人类文明的高峰，除此之外，先秦以来的古籍经典中保有大量科技知识、科学思想，许多科技成果世界领先。

譬如，战国时期墨子的《墨经》包括《经上》《经下》《经说上》《经说下》《大取》《小取》6篇论述，通过对自然科学、逻辑学和认识论论述，建立起中国古代早期比较完整的逻辑体系，成为当时的显学，而墨子比古希腊时期西方形式逻辑学鼻祖亚里士多德要年长84岁。《墨经》中汇集了丰富的力学、数学、声学、光学知识，其中阐述的光影现象、小孔成像、平面镜、凹凸镜等"《墨经》光学八条"，比古希腊科学家欧几里得的光学记载要早100多年。20世纪研究中国科技史的英国著名学者李约瑟博士说："当希腊人和印度人很早就仔细地考虑形式逻辑的时候，中国人则一直倾向于发展辩证逻辑。与此相应，在希腊人和印度人发展原子论的时候，中国人则发展了有机宇宙的哲学，在这方面，西方是初等的，而中国是高深的。"这些科学思辨、科学方法表明了中华民族对自然世界的认知，领跑了人类文明。

譬如，在天文学方面，春秋时期有关对哈雷彗星的描述是人类的首次记录，比欧洲早600多年，春秋时期形成的历法系统、原则比西方早160年；战国时期出现了世界上最早的天文学著作《甘石星经》；两汉时期的历书《太初历》《三统历》系统描述了日月星辰的运行规律，其原理至今还在沿用。最早关于太阳黑子的记录得到世界公认；张衡最早解释月食现象并发明制作了监测地震的地动仪，比欧洲早1700多年；唐朝制定的《大衍历》最早反映了太阳的运行规律；这一时期还发明了测量地球子午线长度的科学方法；元代编定的《授时历》比现行公历早300年。《乾象历》《皇极历》《崇祯历书》《时宪历》等还在被中外科学家们研究和应用。

譬如，在数学、物理学方面，除了《墨经》之外还有丰富的成果。两汉时期的《九章算术》是世界上最早叙述分数运算的数学著作，《算经十书》中的《周髀算经》提到的勾股定理要早于公元前5世纪的古希腊数学家毕达哥拉斯的发现。魏晋南北朝时期数学家刘徽、祖冲之对圆周率的推算成果比外国早近1000年。

譬如，在医学、农学方面，战国时期的医学家扁鹊被称为"脉学之宗"，发明的"望""闻""问""切"四诊法至今还在沿用；东汉神医华佗成为医术高明、医德高尚的形象代表。两汉时期编定的《黄帝内经》、《神农本草经》《伤寒杂病论》，南北朝时期的《本草经注》，唐代的《千金方》、《四部医典》、《唐本草》，明代李时珍的《本草纲目》等医药学著作都是医药科技成就的高峰。北魏时期贾思勰的《齐民要术》，明代徐光启《农政全书》、宋应星的《天工开物》代表着中国古代最高的农学成果。

譬如，在建筑学方面，先秦时期就开始修建的万里长城、都江堰、大运河等，都是人类文明史上的恢宏巨构。隋朝建造的赵州桥是世界上最早的石拱桥，唐朝建成的长安城世界规模最大，北宋李诚编写的《营造法式》是我国最早的建筑学著作。辽代建成木结构的河北蓟县独乐寺、山西应县木塔至今有着重要的研究价值和实用价值。明朝建设的北京城、紫禁城更是世界建筑史上的奇观。

辉煌的科技成果背后，是伟大的科学家群体。先秦时期的物理学家、数学家墨子，东汉造纸术的发明家蔡伦，东汉天文学家、地理学家、数学家张衡，东汉医家家张仲景，东汉地图学家裴秀，北魏农学家贾思勰，东晋医药学家葛洪，南北朝医药学家陶弘景、数学家祖冲之、地理学家郦道元，唐代医药学家孙思邈，唐代天文学家僧一行，北宋活字印刷术的发明家毕昇，北宋天文学家、医药学家苏颂，北宋数学家、物理学家、化学家、天文学家、地理学家、水利学家、医药学家沈括，南宋数学家秦九韶、杨辉，元代天文学家、数学家、水利学家郭守敬，元代农学家王祯，明代医药学家李时珍，明代数学家、天文学家、水利学家徐光启，明代天文学家、农学家、生物学家、物理学家、化学家宋应星，明代地质学家、地理学家徐霞客，等等，……他们的名字，灿若星河，熠熠生辉。他们不光是中国古代科学的巨擘，也是世界科学史上的高峰。

中国古代自然科学发展形成过三次高峰。第一次高峰出现在魏晋南北朝时期；第二次高峰出现在宋元时期；最后一个高峰则出现在晚明，以李时珍、徐光启、宋应星、徐霞客等四位最伟大科学家的出现为标志。

让我们再回到徐霞客所处的晚明社会，聚焦现实的横坐标——

学术思想是社会转型、朝代更替的先兆、先声和先导。朱元璋严刑峻法整饬政风，初步扭转元末以来的官场流弊，一直到宣宗时期"吏治澄清者百余年"，但随后恶化的官风卷土重来，"士君子尚品养廉"之风不再，士风消极颓靡，学风空疏虚浮，因循之风、贪贿之风、空谈之风盛行。内外交困的大明王朝尽管有海瑞、高拱、张居正等重臣试图通过改革和严治来挽救即倒之危楼，还关闭天下书院、严禁自由讲学，以禁锢人们的思想，文人学士大多噤若寒蝉，但这些治政措施因触及权贵集团的既得利益，遭到疯狂的阻拦和报复，改革先驱成为先烈，使得明朝衰势加剧，进入覆灭的倒计时。就在这行将就木、气数几尽之际，各种思想虽不敢吭声，但暗流涌动，异常活跃，中国近代史之前的第三次思想解放运动在悄悄酝酿，一种自由的气息正散发开来。

徐霞客闻到了这股气息。在54年的人生里，他经历了万历、泰昌、天启、崇祯最后四任皇帝，他去世三年之后，大明王朝灭亡。他虽然没有看到这最后的结局，但他看到了夕阳西下的晚明社会那无可奈何的昏聩，看到了权贵们对文人们的戕害和杀儒、辱儒行为。既不愿随波逐流、同流合污，又难以熟视无睹、视而不见，徐霞客感到了失望，加之考试失利，无意于功名的他把兴趣转向了自然科学，史籍经典中的自然知识天地，打开了一个没有红尘的世界。

中国晚明社会有过开放的萌动，西学东渐有过短暂的风景。1598年6月，意大利传教士利玛窦到达南京。由于明朝采取海禁政策，利玛窦苦于打不开局面，只好小心翼翼地传教，小心翼翼地与官府交往，但是他发现中国有丰富的自然科学知识和科学思想，而且中国人渴望与西方人交流，于是找到两个打开中国的突破口，一个是与中国思想家、科学家徐光启合作翻译出版欧几里得的《几何原本》，另一个是与南京大报恩寺的大和尚僧雪浪展开了一场关于科学思想的辩论，一时间影响力大增。与此同时，利玛窦向人们广泛展示他带来的自鸣钟、三棱镜、地球仪、日晷、《坤舆万国全图》等，介绍西方的天文、地理、历算、建筑、造船、机械原理和地图测绘等知识，引起了中国社会的关注，也激活了沉睡的晚明社会的科学思想。这一年，徐霞客12岁。

徐霞客成长时期，程朱理学已显陈腐僵化之势，源于王阳明心学派别的泰州学派，因其生动灵活、不囿于圣贤经书和理学教条，反对"空言之弊""不贵空谈而贵实行"，反对圣贤偶像和摒弃封建礼教束缚的进步思想，深受学人仕子追捧，渐渐成为当时中国社会的主流哲学思想之一。距徐霞客家乡一箭之遥的东林书院十分活跃，以顾宪成为首的东林党人抨击朝政、针砭时弊，反对空幻虚无、谈空说玄，影响力日盛。徐霞客经常参加他们的活动，与钱谦益、缪昌期、高攀龙、文震孟交往甚密，东林党人所倡导经世致用的求实学风、崇实黜虚的实证思想、知行合一的哲学理念，追求理想、敢于牺牲的精神深深地影响着徐霞客。

历史的云卷云舒，现实的忽明忽暗，为英雄的出场铺设场景，徐霞客科学精神丰碑的崛起，是历史的必然。

三

徐霞客科学精神的丰碑有三个支撑：奋斗意志、人文情怀和哲学实践。

顽强的奋斗意志铸造了徐霞客科学精神的本质——

徐霞客幼读诗书、饱览史志，深受儒家思想的浸染。他立足于格物、致知，专注于诚意、正心，有志于修身、齐家，虽然没有治国之心，却有走天下之志。他践行北宋大儒张载的"横渠四为"，"为天地立心"，当在天地之间建树真理的标杆；"为生民立命"，当遍察世态、体味苍生，留下不朽的文字；"为往圣继绝学"，当追寻"学"之本源、"学"之真谛，承前启后、继往开来；"为万世开太平"，当盘清珍贵家底、记录宝贵资料，为子孙万代留下生态的传世图谱和原始样本，以及行为示范。一句话，徐霞客的理想是"走天下"。

大凡中国古代思想家、政治家、仁人志士们的最终理想，都是"平天下"，但实现理想的方式不尽相同，有荡涤寰宇威震天下者，如商汤王、周武王、秦始皇、汉高祖、张骞、成吉思汗、郑和等，有登高望远心忧天下者，如屈原、范仲淹、陆游、岳飞、李杜等，有钟情文化走遍天下者，如郦道元、玄奘、鉴真、丘处机、耶律楚材、徐霞客等。他们的壮举或改天换地、惊天动地，或震古烁今、亘古通今，构建和支撑着中华民族的天下观。徐霞客的走天下，也是一种平天下。

20岁左右开启探险之旅，26岁到46岁完成第二阶段跋涉；49岁开始人生的最后一次出发，直到4年后因"两足俱废"而东归，回家一年后去世。他一辈子只做一件事，而且是特立独行的事情，这是一种顽强与坚毅。

实现理想需要坚强信念，战胜困难需要坚定意志。徐霞客是一位野外地质调查科学家，但是他没有必要的安全保障、作业条件，缺乏足够的自救能力、避险知识。他遭遇过"路棘雪迷，行甚艰"；攀登过"阔仅尺余，凿级其中，仰之直若天梯倒"的悬崖；潜入过"陷身没顶，手足莫施"的深涧。电闪雷鸣的雨夜丛林中，衣衫褴褛的他靠野果充腹，盼风歇雨停；风雨如磐的断路绝壁前，瘦骨嶙峋的他咬紧牙关，胼手胝足而行。他一不怕苦、二不怕死，逢险必探，遇洞必入。在株洲探险，洞深水湍，"归途莫辨"，当地人"无敢导者""无肯为前驱者"，但徐霞客毅然"解衣伏水，蛇行以进。"他到过老虎"月伤数人"的梁隍山；深入过"豺虎昼游，山田尽芜""俱不敢入"的云嵝山"虎窟"；在河南嵩山"忽见虎迹大如升"、湖北武当山"且闻虎暴"；闯荡过"十人去，九不还"的广西北流"鬼门关"；穿越过"瘴疠甚毒"的云南澜沧江畔；举烛进入柳州真仙洞，猛然发现"石下有巨蛇横卧，以火烛之，不见首尾"，何等惊悚！

他一路上经过了不少盗贼出没横行之地，游记中多处提到"多盗""劫盗""盗警""群盗"等，有时甚至性命难保，曾五次遭遇劫匪。"楚游日记"中有这样一段记载，公元1637年2月初的深夜，在湘江舟中搦管写诗曰"箫管孤舟悲赤壁，琵琶两袖湿青衫。滩惊回雁天方一，月叫杜鹃更已三"的徐霞客，忽然隐约听到岸上传来像小孩又像女子的啼哭声，但舟中人害怕是盗贼之诈，心善的静闻和尚搭跳板离船上岸察看，发现是一个小男童在哭泣，便好心安抚，没想到他刚一回船，"群盗喊杀入舟，火炬刀剑交丛而下"，徐霞客方知果真是盗匪施诈来抢劫，赶紧将盘缠扔进水里。盗贼们"前后刀戟乱戳""贼戳不已"，多人受刀伤，徐霞客不得不"掀篷入水"跳水逃命，"先及江底，耳鼻灌水一口""水浸寒甚"，而他们乘坐的小船被盗贼们一把火烧了，"火光赫然"，所幸徐霞客本人在"乱刃交戟之下，赤身其间，独一创不及，此实天幸"，毛发未伤，但静闻和尚为了保护经书和徐霞客的手稿等，受了两处致命重伤。不知道当此情形下的徐霞客，远看火光冲天时的那份沮丧、凄苦和心痛。

徐霞客科考的成果，是生命的代价。无数次履险临危，一路上穷困潦倒，甚至"卧处与猪畜同秽"，但他只留下"无可奈何"寥寥几字便不再纠结。他长期过着"足泥衣垢""煨湿薪，卧湿草"的生活，受到"足痛未痊""膝肿痛不能升"的折磨；在过箐篁瘴地时不幸皮肤中毒，苦不堪言，"久涉瘴地，头面四肢俱发疹块，累累丛肤理间，左耳左足，时时有蠕动状。而苦于无药"，切身之痛，彰然纸面，读来令人心痛。时人评价其"途穷不忧，行误不悔。暝则寝树石之间，饥则啖草木之实。不避风雨，不惮虎狼，不计程期，不求伴侣。亘古以来，一人而已，"不是千古奇人，也是旷世神人。

深厚的人文情怀培育了徐霞客科学精神的底蕴——

科学精神不能没有人文滋养。三十功名，万里遐征，广博而深厚的人文情怀是徐霞客最原始的精神底质、最本真的情感底色，这种情怀体现在他对人与自我、人与自然、人与社会三大矛盾关系的处理中。

人与自我的关系，是徐霞客人文情怀的起点。他的先祖是东汉高士，北宋末年从开封落户江阴。南宋覆灭后，徐家拒绝做元朝的官员，归隐乡野，保持了"读书不仕""不染势利""务农为本""耕读传家"的祖风，几百年来家境平安。徐霞客继承了父亲"志行纯洁"和母亲"勤勉达观"的秉性，15岁就藏身书楼，遍览四书五经，尤好图经志籍。他拜访家乡名儒和过往贤人，与钱谦益、陈函辉、文孟震、陈继儒、陈锡仁、缪昌期等名流交往甚密。他对明朝著名谏官、大学问家、书法家，后来在福州辅佐南明隆武皇帝、试图东山再起的忠臣黄道周十分敬仰，得知两度遭斥、遭贬的黄道周途经无锡、镇江，徐霞客乘小舟赶去拜望，同黄道周把盏吟诗。徐霞客还借到海上丝绸之路起点福建漳州考察的机会，专程拜访在漳州老家丁忧守制的黄道周，赞叹黄道周"字画为馆阁第一，文章为国朝第一，人品为海内第一，其学问直接周、孔，为古今第一"。以高士为伍，与贤德为友，注定了徐霞客的人生不落俗套，这是一种智慧的人生设计。即使在远足考察的旅途，徐霞客也没有放弃读书学习，一路上寻访文人名士、探讨学问。在云南保山，他还专门住在当地文人刘北有家的书馆，借书、读书、抄书，一笔一画地抄录下《南园漫录》《续录》等，精深的学养功底孕育了日后游记文字的灵动。

超然尘世的念想造就卓然不群的境界。徐霞客开启了一场说走就走的人生模式，但他不是茕茕孑立、踽踽独行，而是志在天下、踌躇满志，创造了那个时代知识分子的新活法。他不囿于蓬蒿之间而是任性自由，如同庄子的"逍遥游"、列子的"御风而行"，他是逍遥之鹏、物化之蝶，蹁然于万水千山。他有一种孤独的高贵和高贵的孤独，静心、专心、尽心，不以物动，不为世惑，做到了完全无我、彻底物化。这是人生的梵境。

文字是心灵的镜像，心灵是文字的枝头，美好的心灵才能栖得住优美的文字。徐霞客的性灵文字有着净化人心的功效，抓狂的心态、浮躁的心理、尘染的心灵只要一经过它的筛网，立刻变得绿油油、青葱葱的了。古往今来，浩繁卷帙，没有哪一个的文字比他的文字更绿色，没有哪一颗文心比他的文心更高洁。

人与自然的关系，是徐霞客人文情怀的亮点。"天行有常"，是为古训。如果我们忽视"常"、违背"道"，就会遭到天谴。今天的我们在尽情享受工业文明成果时，突然发现成果也是恶果——资源枯竭，环境污染、温室效应、森林锐减、植被破坏、土壤沙化等，正在侵蚀和损害人类。"人穷则反本"，我们需要重归人类文明的来路，重新审视长期以来形成的发展理念、创新模式、思维方式和价值观念，需要寻求一条人口、资源、环境与经济社会协调发展、可持续发展的道路。而徐霞客以他30多年的艰苦跋涉，为我们留存了这样一个"本"。翻读《徐霞客游记》，犹如参照生态样本。他的笔下，是一幅幅精美的工笔画，崖壁皆骨骼，丛林皆毛发，川流皆血脉，是明代版的《富春山居图》《溪山行旅图》《芥子园画谱》；他用生命的元素，描绘出传世巨制，点染了自然的灿烂。一部游记，遍地开花，菊花桂花桃花梅花兰花玉兰花山茶花山鹃花；满篇文字，到处生绿，山绿水绿树绿草绿崖绿山寨绿田野绿青苔绿。他用最精美的文字，描摹最奇妙的世界，表达最深沉的情感。尊重天人关系，追求文化意蕴，崇尚自然法则，遵从客观规律，成为徐霞客一生的遵循。无论是顺风顺水、依步借势，还是滞涩难行、困顿疲倦，他从不放弃对真、善、美的追求。钟情山水，礼敬自然，善待苍生，在人与自然之间结成了一条绿苍苍的生命纽带。

人与社会的关系，是徐霞客人文情怀的高点。《游记》是科学巨著，也是调研笔记，记录了众生百相，宛如明朝版的《清明上河图》。他有佛缘圣心，到过许多佛教圣地、道教名山，入佛出道、出佛入道，一路上与僧侣为伴，以寺、庙、观、斋、庵为居。《游记》中叙及的僧侣道人150多位，"寺"一词出现1100多次，寺名205个、庵名230多个、庙名120多个。对这些寺庙道观庵的考察，使他对佛教、道教深有研究与比较。公元1639年4月，徐霞客翻越云南的高黎贡山，到达今天中缅边境的腾冲，考察后发现这里道教比较兴盛，他在《滇游日记》里记道："他处皆释盛于道，佛教比道教昌盛，而此独反之。"他与江阴城里迎福寺的高僧莲舟法师、静闻和尚，天台山国清寺的云峰和尚，雁荡山云静庵的卧云法师等是好朋友。这些静心修炼云游四方的僧尼们，最能理解，也最支持他的远行。徐霞客曾路遇观心和尚，两人一见"即有针芥之合"、他们谈古论今，几欲彻夜，"恨相见之晚也"。即使在不得不结束科考之旅的时候，也不忘取道昆明，向好友体空和尚道别。无论是风雨孤旅，还是临危涉险，总有僧侣护佑、佛光普照，总有无须报答的惠赠，使他既有儒家的仁爱，又有释家的智慧，更有道家的天性。

最让人动容的，是徐霞客与静闻和尚的友谊。他在《游记》中240多次写到这位和尚。静闻一路随行，既是旅伴、向导，也是仆人、保安，佛心相吸，生死相托。湘江遇盗，静闻和尚挺身而出受了刀伤，到达南宁后一病不起。二人相约，徐公继续前行，静闻原地等候。临行前徐公专往崇善寺惜别，本已十分拮据的他留了些钱，托寺里僧人照顾和尚。静闻自知来日无多，恐一去永诀，便讨得徐公的布鞋、茶叶等留作纪念。75天后徐公返回崇善寺，方知就在分别的第二天，静闻即长辞人世。徐公悲痛难已，"拜而哭之"，一连写下六首《哭静闻禅侣》，"含泪痛君仍自痛，存亡分影不分关""黄菊泪分千里道，白茅魂断五花烟"，可谓痛断肝肠。徐公遵从静闻的遗愿，背上他的骨灰匣，历时一年护送到静闻生前向往的鸡足山悉檀寺安放。生死情谊，感天动地。正是因为一路上有高僧为伍，徐霞客始终游走在"物我两忘""不觉俗仙""与太虚同游"的仙境，养成宁静致远、清高致深的

"出尘之胸襟"。

徐霞客对民族文化充满钟爱。他考察了湘、桂、黔、滇四地10多个少数民族，深入考察当地的民情民俗，开创了我国民族学实地调查之先例。现存63.9万字的《游记》中，多篇涉及少数民族，仅粤西、黔、滇三地的日记就有48.7万字之多，占总篇幅的76%。他与云南丽江纳西族首领木增的友谊更令人称道。公元1639年正月，这位纳西族首领在丽江以最隆重的礼仪欢迎徐霞客，两人相见恨晚，促膝交谈。木增请他帮忙修志，徐霞客花了三个月时间修成《鸡足山志》。后来徐霞客因腿疾加重卧床不起，木增派人用滑竿抬着，花了150天护送徐霞客回江阴。没有对少数民族风情风貌的考察，《徐霞客游记》就会黯然失色；没有少数民族地区的接力援手，就没有徐霞客科考之旅的延续跟进；没有少数民族兄弟的帮助，他甚至可能回不到家乡！这份民族友谊兄弟情令人感叹！

丰富的哲学实践锻造了徐霞客科学精神的品质——

科学的最高境界是哲学，科学家往往也是哲学家。

徐霞客行走在哲学王国，读《游记》能感受到文字背后的思想之重、科学深处的哲学之力。

他的哲学思想体现在实践中。他试图在山形地貌的本原中发现特殊的因子、共同的要素，从多样性中提炼同一性、特殊性中发现普遍性，是一个"求是"的过程。这些实践特征，符合恩格斯对朴素唯物主义的描述。徐霞客的科考成果也是哲学成果，是实践哲学的生动展示。

徐霞客有异域隔世知音。公元前7—6世纪的古希腊，有一位思想家、科学家、哲学家叫泰勒斯，被誉为"古希腊七贤"之首、"科学和哲学之祖"，是西方思想史上第一个有名字留下来的思想家。他也是一位行走者，足迹遍布地中海，到过东方许多国家。他有两个著名观点，一是"万物生于水，又复归于水"，认为世界的本原是水、是物质的；二是"万物皆有灵"。对比徐霞客对山川景象充满灵气的描述，二人有着跨越两千年时空的呼应。比泰勒斯稍晚，公元前5—4世纪，古希腊另一位哲学家赫拉克利特认为，万物的本原是火，世界是一团永恒燃烧的活火，火转化为万物，万物又转化为火，这是古代朴素唯物主义的另一种表述。无论是泰勒斯的"水论"，还是赫拉克利特的"火论"，还是中国古代的金、木、水、火、土五行学说、"气一元论"，或者是古代印度所认为的宇宙万物皆由水、风、地、火构成的观点，同徐霞客的"山水论"一样，都是古代朴素唯物主义思想。

实践是检验真理的标准。徐霞客的科考之旅揭示了世界的本原是物质，而非超物质、超自然神力这一真理；揭示了世界是运动的结果、变化的产物，静止是相对的、运动是绝对的这一规律，具有朴素的辩证法思想。

徐霞客远离社会并非远离现实，而是超越现实的思想者、实践哲学的探索者。客观世界本来是和谐有序存亡有法的，伴随新物种的出现，旧的平衡被打破，新的平衡在建立。儒家认为"天"是一切道德观念和处世原则的本原，而"人"则因为受到名利欲望的蒙蔽，需要修行才能回归本原。而徐霞客选择的修行方式就是行游探险。佛教禅宗认为，人性本来就是佛性，只要祛除世俗的观念、欲望，就能达到成佛的状态，进入自然境界，徐霞客的行走也是一种拒绝诱惑的"见性成佛"，即"识自本心，见自本性"。徐霞客的生活与身背行囊、蓬头垢面的古印度苦行僧没有太大区别，但苦行僧讲求自我心灵痛苦的摆脱，而徐霞客追求的是人与自我、人与自然的契合统一，这是一种更宏阔的胸怀和更高远的境界。道家认为，天地乃万物之父母，天之道在于"始万物"，地之道在于"生万物"，而人之道在于"成万物"，徐霞客寻"道"于山水之间，以求"天地与我并生，而万物与我为一"的境界。

道法自然，天人合一，儒、释、道关于天人关系的哲学思想，在徐霞客身上得到了完美的统一。

徐霞客是实事求是、知行合一的践行者，他一改中国传统知识分子的人生道路，不做"藩中雉、辕下驹"，志在"朝碧海而暮苍梧"，把生命赋予神山圣水，边知边行、知中有行、行中有知、知行相长，走出了古代知识分子成长成才的新路。

"今朝九钟抵岸，行七十里，宿银田市……一路景色，弥望青碧，池水清涟，田苗秀蔚，日隐烟斜之际，清露下洒，暖气上蒸，岚采舒发，云霞掩映，极目遐迩，有如画图。今夕书此，明日发邮……欲以取一笑为快，少慰关垂也"。

这是徐霞客写的吗？不是，是毛泽东。这是他于1916年6月写给朋友萧子升的一封信，读来颇有霞客之风。毛泽东是有徐霞客情结的，1959年4月在上海召开的中共八届七中全会上，毛泽东说出了自己的一大心愿：想去考察黄河、长江，想学明朝的徐霞客。徐霞客的实证考查方法，启发了毛泽东对中国现实社会的考察想法，从徐霞客的知行实践到毛泽东的《实践论》，从《徐霞客游记》到毛泽东的《湖南农民运动考察报告》《寻乌调查》，我们能读到跨越300年的文脉传承。

徐霞客的知行实践也深深地影响了中国历代知识分子，向他们展示了一条天开地阔的人生道路。1937年，为纪念徐霞客诞辰350周年，西南联大曾组织过一支有300多人的"湘黔滇旅行团"，沿着当年徐霞客考察西南的路径，跋涉3500公里，历时69天，不但留下大量珍贵的考察日记，还走出了一大批如著名学者任继愈、火箭专家屠守锷、化学家唐敖庆、物理学家洪朝生、地质学家宋叔和、计算机专家陈力为等数十位中国社会科学和自然科学领域的泰斗级人物，他们是徐霞客科学精神的继承者。

没有思想的民族走不远，没有精神的民族立不住。历数先贤，不应该忘记作为科学家的徐霞客，尤其不能误读了一尊伟岸的丰碑。

回望430年前的时空，当遥祭万山丛中那一个孤独而高贵的背影。让徐霞客的科学精神霞映古今长天、照耀当今时代，是我们的文化自信。

（同题文章发表在2017年5月25日人民日报）

长河落日——说曾国藩

　　纵观春秋以降两千多年来的风流人物，无一不是深植于中华传统文化沃土之中的。政界领袖也好，学界巨擘也罢，商界巨子也好，军界强人也罢，他们的共同特点是饱读诗书，谙熟孔孟，通晓术道。得其要者成其业，得其真者成其事，得其精者成其功。一句话，文化积淀决定一切。

　　判断一个人的势，得研究他的史，看他的功底。比较人之优劣胜负高下，得看他们的文化素养、知识积累、思想准备。厚度决定高度，营养决定长势，底蕴决定韬略。"山间竹笋""墙上芦苇"成不了风景，胸有万千丘壑的人终会为峰峦。

　　说中国传统文化代表人物，绕不开曾国藩。这位被誉为晚清社会"第一名臣"的湘人，受到许多不同时期、不同阶级、不同意识形态精英们的推崇，他们对这位"千古完人""官场楷模"有很高的评价。早在湘乡读书时，毛泽东就熟读《曾文正公全集》，他批阅过的书还保留在韶山纪念馆，谈话写信时多次引用曾国藩的例子，年轻时发出过"余于近人，独服曾文正"的感叹，晚年时也时常念叨曾国藩，可见影响之深。毛泽东的对手蒋介石对曾国藩更是敬佩有加、顶礼膜拜，认为曾国藩"足为吾人之师资"，把《曾胡治兵语录》《曾国藩家书》常置案旁、阅研不辍。近代中国缔造了决然不同的两党两军两种国体的两位领袖，如此高评同一个人，不能不承认这个人的文化价值。

上

曾国藩生于公元1811年11月26日，卒于1872年3月12日。纵观他的一生，时值晚清衰景，出生于嘉庆、学用于道光、建功于咸丰、落寞于同治。他出身于寻常的耕读之家，从圣人曾参排下来，他是第70代，残香余火，不甚旺盛。这意味着曾国藩的起点并不高，但也有遗风可袭。24岁那年，曾国藩到京师会试，一试不中，再试又爽。28岁及第，在翰林院谋一抄抄写写的小职。位卑言轻，谨小慎微，官运未曾腾达。生活有些窘迫和局促，常常不得不央

人到扬州去买廉价书。进京七年之后想回家看看，但囊中
羞涩，且担心人走茶凉，饭碗没了。拮据与艰难，落寞与
飘零，从他的一首诗中可管窥："好栽修竹一千亩，更抵
人间万户侯"。虽有诗意和情调，却不难读出他的失落与
凄凉。"栽竹"不成的曾国藩并不寂寞，他静心读书，遍
览史书，学识精进，还结交了不少皇亲国戚、重臣显贵、
名学硕儒、文人士子，尤其是拜理学大家倭仁、唐鉴为
师，获益终身，为日后的建功立业和逢凶化吉建立了广泛
的支持系统和人际网络。

　　1852年，曾国藩官拜兵部左侍郎，算是事业告成了。
不久，他外放江西任乡试正考官。不料在赴任途中接到丧
母的噩耗，赶紧掉转马头回家守制。这也让好不容易爬到
一个高处的他滑了下来，就地转了一个圈。走长江、入洞
庭，千里奔丧之路颠沛流离，出惊入险，让他威风丧尽，
斯文扫地。威风也好，斯文也罢，都是需要背景衬托的，
一旦少了权杖的支撑和风雅的附庸，谁都不过是一介江湖
浪子或凡尘俗人。但从庙堂到江湖的位置转换，让他既忧
其君，且忧其民。

　　求学求官，从文从武，注定曾国藩一辈子都要趴在悬
梯上，上上下下疲惫不堪。只有在荷叶塘为母亲守制的日

子，是他一生中片刻的宁静。虽然衷肠百转，但这位曾氏家族的光彩人给全家带来了荣耀，他也在天地万物亲情之间找到了身心的憩园。远离官场竞斗和繁文缛节，摈弃市声嘈杂和往来应酬，无案牍之劳形。儿时玩耍的场景，读书时的记忆，亲伦的缠绕，辣呵呵的湘菜，乡野村舍里的腐儒学究，倾慕已久的圣贤遗作，都让他经脉松弛，神游八极。

但是，一朝为臣，便不可能有一颗真正意义上的平静心，笃定成不了闲云野鹤。回乡不久，揭竿于中国西南部阡陌之间的农民起义，如狂飙烈焰席卷到湖南，清廷地方政权败势如摧枯拉朽。曾国藩尽管孝义在身，但在朝廷的敦促和众人的苦谏下，不得不受命于危难，移忠作孝，墨绖出山，与太平军作战。

曾国藩办起了团练。这本是一群只会薅草插秧拖竹排的乌合之众，但是在曾国藩的调教训练下，迅速形成原发的、有组织的战斗力。其锐力逼人，不逊于正规部队的精锐之师，让绿营旗兵等官军相形见绌。更让人吃惊的是，从曾国藩以下绝大部分军官竟是一帮读经吟诗，连刀都没摸过的文人书生！文盲当兵、文人当官，这是曾国藩的军事思想。咸丰四年2月，曾国藩率湘军出动，抵御太平军。

他发表战斗檄文《讨粤匪檄》，声称太平天国运动是"荼毒生灵""举中国数千年礼义人伦诗书典则，一旦扫地荡尽。此岂独我大清之奇变，乃开辟以来名教之奇变，我孔子、孟子之所痛哭于九泉"，接着号召"凡读书识字者，又乌可袖手安坐，不思一为之所也"，站在维护孔孟礼仪道德的制高点，可谓师出有名，很快吸引了不少知识分子加入对太平军的斗争。文人以思想见识的开达、精神意志的坚定，以柔克刚的韧性、以谋制勇的韬略，铸就了攻坚克难的锐气与胆识，比起义的农民军有着明显的优势。

真正的战争，并不在战场。从团练初办之日起，曾国藩的政治前途和身家性命就与湘军命运相连，荣损与共。当团练壮大成湘军，从犬牙交错的急流险滩中拼杀出来，控制了长江沿线，立即被朝廷视为救命的刀把子，挥杀冲刺，不惜锋卷刃折。曾国藩本应轻装上阵策马挥戈，但是官场上的昏聩、贪婪、腐败、无能、虚伪、嫉妒、掣肘、陷害，使他不得不疲于应付内耗，练兵习武和统兵打仗的精力十不及一！正是在这种砥砺中，他坚韧不拔，意志如磐，有一股咬定青松不放松的精神。每遇困厄屈辱、劣势惨境，每遇损兵折将甚至牺牲了亲人、爱将，曾国藩总是咬牙立志："好汉打脱牙，和血吞"，声声见泣见恨，字字斩钉截铁。

曾国藩与太平军作战，初战即败，再战又败，狼狈不堪，两次跳江亡命。即使是在战绩辉煌之时，粮草、军饷、辎重、奖赏，仍事事时时牵制他，随时都会因触及地方官僚的利益和败露一些人的劣迹而举步维艰、前功尽弃。朝廷的狐疑和责难，满蒙皇亲的排汉势力和恐惧心理，使他身边线人密布，暗哨林立。危楼既倒，一木难支，心力交瘁的曾国藩时常感到自己是戴着镣铐跳舞。封建体制的弊端丛生，帝国王朝的行将坍塌，外忧内患，民不聊生，祸害四伏，举步维艰，国势走向式微。

曾国藩既是统帅，又是文人，具有极其复杂的多面、多层性格，具有多重价值标准和价值取向，但无论位居两江总督，还是官至直隶总督，曾国藩总是性情不改，矢志不移。对朝廷，他肝胆涂地忠昭日月；对朋友，他诚实守信义薄云天；对家人，他老老幼幼孝感阴阳。论文，他才高八斗满腹经纶；论武，他挥兵点将纵横捭阖。做人，他力奉圣贤；做事，他克勤克俭。论谋略，他能掐善断，胸藏万千丘壑；论相人识才，他驭人有术，不拘一格广纳群贤，善听谏言忠告，身边谋士密友如云。用人善从其优，顺我者以长补短、以功掩过，逆我者用其所长、以过克功。对忠勇壮士，他烈马佩金鞍，宝刀赠英雄。对儒道贤达，他以奇文共赏，珍品相送；对爱财之徒，他散尽千金，慷慨大方。他治军练兵，力奉封建礼教思想，以"忠义血性"育人，训练出一支能吃苦不怕死的湘军。他整饬吏治，奖掖忠勇，团结了一批德才之人。他以文对文，以武压武，以文降武，以武制文，文武之道机关算尽。他闻过则改、闻忠则喜，戒骄戒躁、勤俭刻苦。正是这些闪光点，使曾国藩在自己的势力范围和朋友圈里，建立了一套道德规范，局部地、暂时地、浅层次地制止了晚清颓废风气的急剧恶化。晚清中兴之业，曾国藩功不可没。相比之下，太平天国正缺少了一位像曾国藩这样自省自律的儒将，缺少了坐天下守江山的思想理念和人文精神。他一方面尊圣内省廉洁自律，一方面又厚饷养兵，默认甚至纵容部下打家劫舍滥取豪夺，一场恶战下来，湘勇们沿长江送金银财宝绫罗绸缎回湖南老家的船队如织。为巴结讨好朝廷要员，他不惜以珍品重金行贿。他奸诈多疑，诡计多端，阴气逼人，杀人如麻，枉戮无辜，有"曾剃头"之绰号。他力图把每一件事都做到极致，把自己的每一个角色都扮演得淋漓尽致，但又深知水满则溢，月盈乃亏的天常，心存"求阙""惜福"意识，有着欲舒却卷、且展还藏的心态，累得筋疲力尽。

曾国藩大概厌倦了官场险恶宦海诡谲，骨子里想做一个"道德完人"。考究了历代宦官之家兴衰史之后，他精心营造一种滋润子嗣、泽被后世的家庭家族文化。他语重心长地嘱咐子侄们，勤俭持家，不可骄奢淫逸，当以"考、宝、早、扫、书、蔬、鱼、猪"八字为本；"慎独则心安，主敬则身强，求仁则人悦，习劳则神钦"，意思是说，即使一人独处，也要严格要求小心谨慎，不妄取妄为；要有一种敬重严肃的生活态度和精神状态；要有一副仁爱慈善之心；要靠勤勉劳作、不懒惰获得社会地位；"读书以训诂为本，诗文以声调为本，事亲以得欢心为本，养生以少恼怒为本，立身以不妄语为本，居家以不晏起为本，居官以不要钱为本，行军以不扰民为本。"这"八字"、"八本"，是曾国藩自己遵从也要求子女们遵从的一根根墨绳，闪烁着理性和人性的光芒。他既是四方学人的楷模，也是家庭家族的楷模。自曾氏兄弟以下，先后出过外交家、数学家、翰林、诗人、画家、教育家、考古学家、化学家、女革命家、中科院院士、新中国的高级领导干部。一个家族盛及五代，在历史上是不多见的，这与曾氏的家训严明、家风清正不无关联。

　　曾国藩终生手不释卷，枕书而眠，笔耕不辍，直到临终的前一天才搁笔。他给家人写了1400多封家书，坚持记日记达200多万字，为后世留下1500万字的著述。他的文人学者情结甚重，终身追求炉火纯青的千古美文和流芳百世的道德文章，尤以散文创作成就著称，多篇经典范文可谓字字珠玑。他还编撰了《经史百家杂钞》、《十八家诗钞》等书籍，对书法、绘画、诗文、收藏等有精深的造诣和见地，其书论、画论、文论、书评等精当深刻，为后世效摹。难能可贵的是，曾国藩的这些咬文嚼字多在风声鹤唳的军营中、颠沛流离的车轿里、危机四伏的城墙边、军旗猎猎的战船上进行，多在夜深人静时、灯火阑珊处进行。他主持整理的320卷《王船山遗书》，就是率军赴山东剿灭捻军的激烈战斗中完稿并交给了金陵书局出版的。战争的惨烈与心灵的纯净、疆土的扩展与精神的爬高，都耗人心智、苦人筋骨，一点点地熬干他心灯的油。

　　也正因如此，曾国藩是一位心思很重的人，一生都谨小慎微、惊恐万状。他为自己在刀丛火海之上支了一条钢丝绳，"寸心兢兢，且愧且慎"地踩在上面，"不敢片刻疏懈"，感言"余忧患之余，每闻危险之事，寸心如沸汤浇灼"。他白昼为鬼，入夜做人，时而君子，时而屠夫。

角色的频繁冲突与转换，令曾国藩痛苦地挣扎在官民之间、文武之间、生死之间、君子与小人之间、佛道与鬼魅之间、坦荡与诡道之间、痛快与痛苦之间，谨言慎行，惧蹈危机。

但是，这一切都被曾国藩用一个字化解——忍。曾国藩外藏内敛的百忍之道，至今为后人叹服。1857年，47岁的曾国藩因父丧，第二次回荷花塘守制，这正是他兵事不利、处境尴尬的时候，但也是他反思自忖最深刻，对"忍经"琢磨最多的时候，为他的再次复出、一崛而起奠定了扎实的心理基础。"吾服官多年，亦常在耐劳忍气四字上做工夫也"，这是他的心得。在收敛低调中做人，在挫折屈辱中做事，在巧与周旋中攀升，"让一让，六尺巷"，退一步海阔天空，大丈夫能忍难忍之事，这就是曾国藩。但是，他的"忍"并不是一味地强忍，而是善忍、会忍，当忍则忍，不该忍则不忍。对皇上、太后，以及满蒙亲贵的猜疑、排挤、冷落、出尔反尔和种种不公，曾国藩一忍再忍，一忍到底，但对误国误军、贪婪无度而又加害于他的人，则"是可忍，孰不可忍"，或拍案而起参人一本，或拔剑而起势不两立。他的一生有起有落、有荣有辱，但没有抟扶摇直上九霄，也没有一失足掉进深渊。虽然没有片段的精彩，却有整体的绚烂，总能启动平抑机能，在高潮时削去波峰，在低潮时填平谷底。在这亦忍亦纵、忍多纵少的人生波涛中，曾国藩颠簸了一辈子。

曾国藩节俭自律，不事奢靡，生活简朴，克己甚严，有时到了苛刻的地步。身为声名显赫的两江总督曾国藩，始终保持一介寒士之风。床上铺草席、盖土布，衣服上常有补丁，一只竹藤箱伴他转战多年。30岁时做了一件青缎马褂，只是每逢喜庆之时穿一次，30年后依然如新。他身体长期虚弱，年轻时得肺病，常咯血，晚年得心血管病，头晕目眩耳鸣，视力极差，辨字识人都困难。牛皮癣伴随终身，心情一不好就奇痒难耐，夜不成寐。肝、肾不好，还患有疝气，可谓百病缠身苦不堪言。曾国藩一辈子争斗在三条战线：官场、战场和病情，惟有第三条战线他从来没有赢过。荣华富贵、锦衣玉食不曾充分享受，倒是凡人百姓的贫寒痛楚他都没能逃脱。

曾国藩的大女儿、三女儿分别嫁给富贵之家，但两个女婿却是纨绔子弟，恶习甚重。即使这样，位高权重的曾国藩仍然训诫生活得极不幸福的女儿们"君虽不仁，臣不可以不忠；父虽不慈，子不可以不孝；夫虽不贤，妻不可以不顺"，要"忍耐顺受""耐劳忍气为要"。这位"三纲五常"的忠实信徒，以成就君子之德，最终葬送了女儿们的幸福。

　　1870年的曾国藩已病态残状，日薄西山。但是这轮正黯然西坠的残阳仍无可逃避地被一团乌云裹胁和掩噬。这团乌云，便是中国近代史上震惊中外的"天津教案"。1870年四五月间，深受封建主义和帝国主义的双重压迫下的天津，像一座一触即发的火药库，民不聊生，怨声载道。这时一连串发生在民间的婴幼儿失踪案，把人们怀疑的焦点投在了望海楼法国天主教堂，这桩必然发生的偶然事件，引发了天津人民对洋人洋教和帝国主义的愤怒，他们焚烧了包括法国、美国、英国、俄国人的教堂。朝廷震惊，"异邦盛怒"，七国公使联名向清总理衙门抗议，甚至把军舰开到天津进行武力威胁。一部分朝廷官员惧怕洋人，主张息事宁人，一部分人主张与洋人一战到底，兵争之势如箭在弦。已是直隶总督的曾国藩不是不知道跟法国人及其他帝国主义"和"与"战"利害，明知处置这桩涉外事件艰难险重，左右为难里外不是人，但不得不奉旨行事，别无选择。他写好遗嘱，拖着花甲之年残弱之躯上路了。从保定到天津近在咫尺，曾国藩却走了他一生中最难走，也几乎是最后的一段路。畏难与感伤情绪淤积在肠排解不开。他迷惘地对孩子们说，如果一死，请孩子们将他的遗体从运河沿长江送回湘乡老家，"沿途谢绝一切，概不收礼，但水陆略求兵勇护送而已。"他甚至对历年奏折、所作古文家书都做了交代，不必刻印送人，只留儿孙观览。还放心不下子孙们的教育成长，留下眷眷拳拳的家训感言。

天津，是曾国藩人生的滑铁卢。走完这一段路的结果，是广大民众把一顶帽子扣在他的头顶："卖国贼。"海内声讨一片，他为京师湖南长郡会馆题写的匾额被愤怒的国子监学子们砸烂。背负骂名的曾国藩郁郁寡欢，病情加重。一代名臣落得如此落寞、如此凄凉的晚景，虽是个人宦海沉浮、声望起落，却是一个朝代的投影、历史的必然。

处理"天津教案"不久，曾国藩奉旨回到两江总督的位置。不知是圣意还是天意使然，他的人生坐标又一次回落长江。不过，这轮黯淡失色的长河落日，发出了最后一缕回光——1872年2月，他领衔上奏朝廷获准，与李鸿章、丁日昌等人一道，把包括詹天佑等在内的第一批40名中国幼童派往美国留学。这是中国历史上第一次向海外派遣公费留学生，这项前所未有、功在后世的创举把近代中国的洋务运动推进了一大步。几天之后，曾国藩便一病不起。

1872年3月12日，一直深陷朝野唾骂，"外惭清议，内疚神明"的曾国藩病逝南京寓中，终年62岁。一代晚清中兴名臣沉重而劳累的一生，终于谢幕了。大江浩荡，巨浪淘沙，淹没了在长江上厮杀驰骋了半辈子的一代骁雄。

展开历史的画卷，定格曾国藩的一生，他既是中国传统文化酿造的精英，也是封建腐朽文化孵出的恶果。他成帝王之业，修自己之德，既有忠君爱民之心，也有成全一己之德的私心；有诚实守信的一面，也有虚伪奸诈的一面；既有扼断长江占山为王的赳赳霸气、匪气和豪气，也有文人腐儒特有的谦谦怯懦、自卑和心虚；他既可以把道德文章做得冠冕堂皇让人心悦诚服地奉为圭臬，又可以翻覆云雨杀人不眨眼。历史的局限、时代的局限、社会的局限，成为曾国藩人性的枷锁。

曾国藩走出了近代中国知识分子治学经国之路、知行合一之路、修齐治平之路，是一位成功的失败者、失败的成功者。之所以说他失败，是因为他无论怎样自律自省抗争，都无法摆脱走向低沉的命运；之所以说他成功，是因为以"立功""立德""立言"昭著于世的岳麓书院学人弟子，他继承了以儒学纲常名教为核心的传统文化，师崇程朱理学，倡导湖湘文化，附着了厚重的封建礼教色彩和传统道德观念，又身体力行"师夷长技以制夷"，成为中国近代洋务运动的先驱，是一位集传统与新型世界观、人生观、价值观之大成的代表人物。

评价曾国藩，不能忌言他的政治色彩和文化价值。作为竭力维护封建专制统治的重臣，他脸上的烙印是铣削不掉的。作为镇压太平天国农民起义的刽子手，他杀人如麻尸山血海，满手腥秽是洗刷不掉的。历史不容翻案，事实不可虚无。

拂却纷繁缭绕的历史烟云，我看到一具爬行在封建文化悬梯上，疲惫不堪的骷髅。

下

可以把上述文字概括成一个字："累"。

曾国藩之累是那个时代一代文人名臣的缩影。这里，我想说说曾国藩的"势"。

曾国藩有过人之绩，必有过人之能。"能"即"势"也，便是他长袖善舞，工于"运势"。不妨从"谋势""顺势""进势""蓄势""退势""文势"等几个方面，管窥曾国藩的人生起伏和心路历程。

谋势。善弈者谋势，谋势之重当居所有势中之首。曾国藩对自己人生道路的设计，都是从大处着眼，胸有成竹。他常说，室中所见有限，登楼则所见远矣，登山则所见更远矣。从政、带兵、弄墨，谋篇布局，排兵布阵，人生的每一着棋他都登高望远，落子大气、沉着、妥当，走一步看三步，步步为营。起势之初，守制在家的曾国藩受命于危难办团练。他审时度势，清楚地看到太平军政治主张的社会基础，看到太平军草莽之师的武力威猛，看到了清军的虚妄与羸弱，意识到要维护封建政权必须要有一支坚不可摧的铁军；作为一介书生起兵的他也清醒地知道，在军阀混战兵戈相刃的乱世，他要出人头地，军权在手、拥兵自重是何等的重要！他需要一支自己能掌控的铁军，这是他今后发言的政治资本。既然最高层把这盘棋交给他，何不用好、用活、用足？于是，曾国藩苦下功夫训练军队，把乡规民约、乡情礼仪和军法管制结合起来，使一群只会薅草插秧拖竹排的乌合之众，焕发出原发的、有组织的战斗力，锐力逼人！在这种武道兵法中，曾国藩大量地灌入人文理念，建立起独有的、强有力的思想政治工作体系。正是这种自成系统的建军思想、文人以柔克刚的韧性、以谋制勇的韬略，铸就曾国藩的锐气与胆识。当团练壮大成湘军，从湖南、湖北一路血战到江西、江苏，控制住三千里长江沿线，发展成近二十万人、势如破竹的赫赫铁军，为清廷平定了半壁江山，曾国藩的地位也随之如日中天，令朝廷高眼相看！这就是曾国藩为自己谋的大势。即使在人生最后的时光里，他作为封建重臣，仍在谋国之大势。曾国藩在近代中国首先发起并推动以"师夷长技以制夷"为目的，以"自强"、"求富"为口号的洋务运动。处理"天津教案"不久，曾国藩顶着卖国贼的帽子奉旨回到两江总督的位置。在这里，他建立起近代中国第一个兵工厂、第一个翻译局，推动中国学习外国先进科学技术，为近代中国革命埋下伏笔。1872年2月，这轮黯淡失色的落日发出了生命的最后一丝回光，也是中华民族近代史上一缕耀眼的曙光——他领衔上奏朝廷获准，与李鸿章、丁日昌等人一道，把包括詹天佑等在内的第一批40名中国幼童，派往美国留学。这是中国历史上第一次向海外派遣公费留学生，这项前所未有、功在后世的创举把近代中国的洋务运动推进了一大步。一个月之后，一代晚清名臣曾国藩这才溘然长逝，成为兴于斯、衰于斯，成亦然、败亦然的长江上一轮被大江波涛淹没的落阳。盖棺定论，曾国藩人生的起幅和落幅时的两次大势，不能不说是他人生之幕上的两道精彩之笔。

顺势。曾国藩是封建常纲的践行者和维护者，他的一切道理规矩、一切出师之名、文韬武略和格物致知，有潜在的深层次的，而且是一以贯之的规则支配，这个规则是他的内势。他认为，"三纲之道，君为臣纲，父为子纲，夫为妻纲，是地维所赖以立，天柱所赖以尊，"是构建社会秩序的本根。如果"居心不循天理，则畏天怒；做事不顺人情，则畏人言"，告诫同僚及子嗣"可畏天知命，不可怨天尤人，"要顺从纲纪、依从天命，即使是论及养生治病之道，曾国藩也主张"顺其自然"，不可"妄施攻伐强求发汗"。可见曾国藩的骨子里，遵从和维护封建制度统治的自觉意识非常深厚，形成了封建专制的力量，也成为阻滞历史前进的力量和社会革新的痼疾。从发展趋势上看，顺既有之势，便是逆潮流而动。

进势。在曾国藩看来，天下断无易处之境遇，人间哪有空闲的光阴，没有积极进取之心，不会成就英雄之业。凡是盛世创业垂统之英雄，以襟怀豁达为第一义；本世扶危救难之英雄，以心力劳苦为第一义。一个人如果一日无进境，则日日渐退。尽管军政事务繁忙，但曾国藩文心不乱，日思进取不怠。每每兵营熄灯之后，这位军政首领便青灯读史，展纸调墨，"以一缕精心，运用于幽微之境，"进德修业之事，哪怕是有一日懈怠，曾国藩都觉得后来补救则难，精神越用越振作，阳气越提越旺盛，如果溺爱自己，就难成大事。曾国藩说，"勤则寿，逸则夭，勤则有材而见用，逸则无能而见弃。"无论是建功立业，还是赋诗作文，都要保持"倔强"二字，也就是孔子所说的"贞固"，孟子所说的"至刚"。勤奋须"存倔强以励志，则日进无疆矣"。"极俭以奉身而极勤以救民"，曾国藩始终以勤、俭自律，保持着永无止境的进势。

蓄势。曾国藩为官有一个很大的特点，就是以静制动、以逸待劳、蓄势待发。要蓄势，首先要持势、守势、敛势，都是养内势。他认为，"寡言养气，寡视养神，寡欲养精"，看似养生之道，实为养志之诀。他主张人须有知惧之心、畏命之心，当时时知惧、不惧则骄，当畏天命、畏人言、畏君父，五尺之上必有神明。只有心存敬畏，才能慎独自持。内势怎么蓄？曾国藩在《过隙集》中说，"凡日间过恶，身过、心过、口过，皆记出，终身不间断"，以图改过自新。修己治人之道，勤于邦、俭于家、言忠信、行笃敬。他如是对己，也如是待人。"劳、谦"二字屡屡被曾国藩引用来教弟训子，因为"劳所以戒惰也，谦所以戒傲也"，遵从不僭则受用终身。他常教育孩子们说，别看我身为将相，但所有的衣服加起来不足三百金，希望你们保持节俭朴素之风，这也是"惜福"之道啊。身为直隶总督的曾国藩奉命赴天津处理"天津教案"时已病入膏肓，自知此一去难返，便给两个儿子曾纪泽、曾纪鸿留下带有遗嘱性质的信，仍然念念不忘以德教子。他说，"余生平略涉儒先之书，见圣贤教人修身，千言万语，而要以不忮（zhì 嫉妒）不求为重。"忮者，嫉贤害能，妒功争宠，譬如懒惰之人自己不能修业，却害怕、嫉妒别人修。求者，贪利贪名，患得患失。嫉妒之心，往往容易出现在功名、业绩、地位相当的人之间，而趋名趋利之心，则往往容易出现在升官进财的时候。因此，"将欲造福，先去忮心，将欲立品，先去求心。忮不去，满怀皆是荆棘；求不去，满腔日即卑污"。"知足天地宽，贪得宇宙隘。芬馨比椒兰，磐固方泰岱，"这才是德馨望重的谦谦君子们终身所追求的人生意境。争强好胜是常人之举，但曾国藩认为"在自修处求强则可，在胜人处求强则不可"，内心力量的强大才是真正的强大，君子不必处处争胜、时时好强，即使靠强横野蛮取胜，也是为君子所不齿的。要蓄势，也须从小处着手，曾国藩认为，古之成大业者，多自克勤小物而来，"百尺之楼，基于平地，千丈之帛，一尺一寸之所积也，万石之钟，一铢一两之所累也。"为人处世要力举"谦、谨"二字，力戒"傲、惰"二字。貌贵温恭，心贵谦下，为人收敛检点。心以收敛而细，气以收敛而静。如此这般，才能蓄得一股浩然之气、刚固之气。这种势因不犯剋而不受损，因不形骸而聚敛，凝成无坚不摧之力，才能做人刚毅、做事稳固。

退势。曾国藩人生的履历一直在前进，但研究他的心理，会发现实际上他一直在准备着抽身隐退。家运昌隆，名声在外，让曾国藩常常惊惶不已。他扪心自问：何必占天下第一之美名呢？他总在告诫自己，天道忌盈，盛时常想衰时，上场当念下场。在人心险恶的官场和血光刀影的战场，他总揣着一颗退心。他的思想里，总在用孔孟程朱之学与老庄之道相糅杂，既有功名利禄，又不求功名利禄以养恬淡之心，既攻势逼人，又柔退谦让协调上下左右的关系，常告诫自己"终身让人道，曾不失寸步。终身祝人善，曾不损尺布。消除嫉妒心，普天零甘露。"功成身退、韬光养晦是曾国藩最惯常的招数。由于镇压太平天国有功，曾国藩被朝廷封侯，但此刻他想到更多的则是历史上诸多功高震主却不知隐退，最后落得个血淋淋下场的教训。九弟曾国荃浴血奋战攻下金陵，曾国藩即告诫弟弟：
吾兄弟誓拼命报国，然须常存避名之念，总从冷处着笔，
积劳而使人不知其劳，"富贵功名皆人世浮荣，惟胸次浩
大是真正受用，"但这还不够，曾国藩进一步要求弟弟再
加上"谦退"、"俭约"才是尽善尽美，赶紧功成即隐，
其标志性的事情有三件：一是立即盖贡院举行乡试，取
用江南人士，二是建旗兵营房，请北京派兵来驻防，三是
自裁湘军四万人。曾国藩的这一系列举动，逐渐消弭了
朝野人士对他们兄弟二人的猜忌、嫉妒、疑虑，更向皇上
表明，曾某人并没有拥兵自重，谋取权势的野心。这种退
势，变被动为主动，使曾国藩兄弟又一次躲过血光之灾，
这是一般人想不到、也做不到的。曾国藩进而思退，退而
思进，进退自若，这是自身修炼的一种境界，但是在中
国封建社会的官场，曾国藩要做到这一点，并不容易，常
常陷入自己的进退观与政治社会的势力两厢不可调和的矛
盾中，进退维谷。久在官场、沙场鏖战，曾国藩颇感心力
交瘁，多次有放下屠刀解甲归田的念头。他在给夫人的信
中说，"居官不过偶然之事，居家乃是长久之计，能从勤
俭耕读上做出好规模，虽一旦罢官，尚不失兴旺气象。
若贪图衙门之热闹，不立家乡之基业，则罢官之后，便气

象萧索。"家乡、家族、家庭、家人，一直是曾国藩赖以松弛精神的后花园，也是他退尽人生虚华反璞归真最后的底线。他的为文为武为官为人之道，心血湍湍，通过遥迢家书路全部流进了荷花塘。荷叶塘，一直是曾国藩盼望的归宿。在这一点上，曾国藩比不上仅距他百里山路的晚辈同乡——熟研曾氏家书、叹称"吾于近人，独服曾文正"的毛泽东。韶山冲毛泽东的老屋门前，也有一口塘，也有一塘拥拥聚聚田田的荷叶，但是毛泽东走出韶山冲三十二年后才回来。他心里装的不仅仅是一口荷叶塘，而是风云际会的天下大势，是廓清乱世重振河山舍我其谁的英雄豪气。曾国藩骨子里是文人，器宇远逊于革命家毛泽东，常以书文教育子孙尚文尚书，不要为官从军，退出血雨腥风的竞斗场和是非地。子孙后嗣也恪遵训导，除长子曾纪泽在其父死后才承荫出仕任外交官外，其余人大多是教科文领域的著名人士。考察曾国藩的人生环境，他的退势是一种必然之策和万全之策。

文人立言，多见于文字，曾国藩文章的字里行间贯穿着一股特有的文势。他认为行文之法，以行气为第一义，气盛则言之短长与声之高下皆宜。遣词造句，则以珠圆玉润为最佳境界。文章的谋篇布局，讲究有千岩万壑重峦复嶂之奇观，笔走龙蛇，有云属波委官止而神行之象。曾国藩谈到为文之道说，"雄奇以行气为上，造句次之，选字又次之。然未有字不古雅而句能古雅，句不古雅而气能古雅者；亦未有字不雄奇而句能雄奇，句不雄奇而气能雄奇者。是文章之雄奇，其精处在行气，其粗处全在造句选字也。写文章须在气势上下功夫，""气能挟理以行，而后虽言理而不灰"，"文章之道，以气象光明俊伟为最难而可贵"。一如久雨初晴，登高山而望旷野，二如登高楼俯瞰大江东去，独坐明窗净几之下而远眺，三如英雄侠士褐裘而来，绝无龌龊猥鄙之态，这是做文的三种气象。曾国藩提出做文的八字诀和四象说，八字诀是指以雄、直、怪、丽为阳刚美之特征，以茹、远、洁、适为阴柔美之特征；四象，是指太阳为气势，气势中又分喷薄之势、跌宕之势；少阳为趣味，趣味中又有诙诡之趣、闲适之趣；太阴为识度，识度有闳阔之度、含蓄之度；少阴即情韵，情韵中又有沉雄之韵、凄恻之韵。曾国藩的为文之道，实为做人之道，他的整个人生，便是一篇精致的美文，势如行云，精辟透彻，令后世奉为圭臬。

无论是谋势、顺势、进势，还是蓄势、退势、文势，都是曾国藩本人苦修而成。没有顺势，就不会有进势；要想有进势，须先有蓄势；有了进势，还须想好退势；文人须有文势，文势成就雄文。顺、蓄并重，进、退自如，可以谋大势、成大业。但是这一切都只是曾国藩个人之内势，中国历史和社会现状才是外势。曾国藩孜孜以求内势外势的平衡，以求得心安神静，但每每这种平衡被打破，内势大于外势，则痛苦不已，外势大于内势，则惶恐不已，这使得他一生都在追求中，一生都在痛苦中。

曾国藩内势强盛，但受传统绳索束缚羁绊极甚。有忠君敬上之愚心，无拯国救民之胸怀，顾小节，弃大义，常常自警德追孔孟，文近韩欧，武比郭（郭子仪）李（李光弼），自铸绝代忠臣形象。但由于眼界不高襟怀不阔，他德如洞中残烛，于黑暗里有几丝光亮，却不足以普照众冥；文可把玩品味，也有不少锦绣，但很难以兼济苍生，以民为本不曾有大的建树，倒是武功盖世，最终杀伐成性，用滴血的刀尖支撑起清朝统治的舞台，使天下之人莫不噤若寒蝉。曾国藩是完全有能力改写中国历史的人，他挥师沿长江东下，攻长沙、战武昌、打九江、围安庆、取金陵时，已集二十万之众，朝野瞩目，威震天下，只要他挥戈北上，清朝政权在顷刻间土崩瓦解便成定局。满朝文武莫不惊慌，满人看到了这一点，汉人也看到了这一点，权贵们看到了这一点，曾国藩的幕僚们、武夫们，连为兄长出生入死浴血奋战的一介武夫九弟曾国荃也看到了这一点，无不拥戴、怂恿、力促他振臂一呼以成帝业，唯独一向洞明世事的曾国藩"没有看到"这一点。最可怕的是，帘幕后的慈禧太后看到了这一点。这个足不出户，心深似海，保养极好的漂亮寡妇，挥动几只足有三寸半长的纤纤玉指，以援军的名义，调集几支铁杆，或者与曾氏有隙的劲旅，悄悄地对铁桶般包围太平军的湘军呈合围之势。黄雀在后，螳螂奈何？最后，纤纤玉指用几顶"一等勇毅侯"之类的帽子，换取了湘军血性的筋骨，让抽了骨骼的历史仍然匍匐在原先的泥路上前行。从这一点说，正是曾国藩过盛的内势，阻碍了历史的脚步。

　　但是，历史是不可假设的，假设也不是真实。曾国藩之势无论何强，终究挽救不了、也摆脱不了封建专制行将灭亡的颓势，违抗不了走向民主、走向共和的天下大势。大势所趋，回天无力。这就是一代骁雄、晚清名臣曾国藩的悲剧。

图书在版编目（CIP）数据

刘汉俊评说历史人物 / 刘汉俊著 . —北京：民主
与建设出版社，2017. 12
　（名家散文自选集）
　ISBN 978-7-5139-1811-4

　Ⅰ . ①刘… Ⅱ . ①刘… Ⅲ . ①散文集－中国－当代
Ⅳ . ① I267

中国版本图书馆 CIP 数据核字（2017）第 283693 号

刘汉俊评说历史人物
LIUHANJUN PINGSHUO LISHI RENWU

出 版 人	许久文
总 策 划	李继勇
著 者	刘汉俊
责任编辑	刘树民
封面设计	宋双成
出版发行	民主与建设出版社有限责任公司
电 话	（010）59417747　59419778
社 址	北京市海淀区西三环中路 10 号望海楼 E 座 7 层
邮 编	100142
印 刷	三河市腾飞印务有限公司
版 次	2018 年 1 月第 1 版　2018 年 2 月第 2 次印刷
开 本	787mm×960mm　1/16
印 张	20 印张
字 数	181 千字
书 号	ISBN 978-7-5139-1811-4
定 价	39.80 元

注：如有印、装质量问题，请与出版社联系。